ERNTENACHT

Dunkle Folklore

ANDRÉ MILEWSKI ANDREAS HAGEMANN
BEN LESSER BENJAMIN SPANG
BRUNO E. THYKE CONSTANZE SCHEIB
CLAUS R. KULLAK ELEA BRANDT
KARIN JACOB KATRIN ILS LOKI FEILON
NINA C. HASSE NORA BENDZKO
STEFAN BARTH STEFANIE FAHLTEICH
THOMAS WILLIAMS WOLFGANG LAMAR

Herausgeber
BRUNO E. THYKE

Herausgeber: Bruno E. Thyke
c/o AutorenServices.de
König-Konrad-Str. 22
36039 Fulda

Lektorat: Nina C. Hasse & Katrin Ils
Korrektorat: Ben Lesser & Karin Jacob
Coverdesign: Benjamin Spang
Illustrationen: Athena Noctua
Satz: André Milewski

1. Auflage

Druck: epubli – ein Service der neopubli GmbH, Berlin

INHALT

Vorwort		7
STEFANIE FAHLTEICH	Roggenmuhmes Fängerzeit	9
LOKI FEILON	Der Hexenmeister	13
NINA C. HASSE	Wer Wind sät	35
BEN LESSER	Rübezahl vs. Enrico, Mandy und Klaus	59
ANDREAS HAGEMANN	Nachtalb	67
BENJAMIN SPANG	Die Drei	79
KARIN JACOB	Eine Handvoll Ähren	99
STEFAN BARTH	Abgebrochene Riesen	113
ELEA BRANDT	Nur der Wind weiß es	133
CONSTANZE SCHEIB	Luis	151
STEFANIE FAHLTEICH	Die Roggenmuhme	171
NORA BENDZKO	In den Augen liegt der Abgrund	193
WOLFGANG LAMAR	Goldfisch	211
ANDRÉ MILEWSKI	Der Getreidewolf	235
STEFANIE FAHLTEICH	Die Roggenmuhme 2.0	251
CLAUS R. KULLAK	Die Saat des Zorns	255
THOMAS WILLIAMS	Nichts wie raus aus Märchenstadt	281
BRUNO E. THYKE	Die Blutlese	297
KATRIN ILS	Die siebte Tochter	323
Glossar		342

Vorwort

Kennst Du den Hafermann?

Falls nein, dann geht es Dir wie mir, als ich ein Bild der österreichischen Künstlerin Janna Koppenwallner entdeckte. Ein amerikanischer Twitter-Account postete das Bild und schrieb dazu, es handle sich um eine »deutsche Sagengestalt, die Kinder ins Korn lockt«.

Es ist kurios, dass ein Bild deutscher Schreckgestalten den Weg aus Österreich über einen amerikanischen Twitter-Account bei mir die Frage auslöste, wieso ich noch nie von dieser Figur gehört habe. Mit der Frage war ich nicht alleine. Das Bild traf einen (kreativen) Nerv: In nur wenigen Stunden fanden 17 AutorInnen zusammen, die sich auf Entdeckungsreise in die Welt der Erntedämonen und unheimlichen Gestalten im deutschsprachigen Raum begaben.

Die Saat des Hafermanns ging auf, und du hältst nun die Ernte in Händen.

Diese Horror-Anthologie beschäftigt sich mit den

größtenteils vergessenen Gestalten, die die Beziehung zwischen Korn und Leben, Ernte und Tod darstellen. Eine Beziehung, die Jahrhunderte lang für Menschen überlebensnotwendig war.

Eine gute Ernte entschied darüber, ob man satt wurde, gesund blieb, den Winter überstand. Nicht umsonst gibt es seit der Antike Götter und Göttinnen der Fruchtbarkeit, der Ernte und des Korns – und böse Geister, die mit Hagelschäden und Dürre Ernte und Leben vernichten.

Mit der modernen Landwirtschaft verloren wir diese Beziehung. Essen ist da, immer, sogar zu viel, und es sind keine Sagengestalten, die die Überschüsse vernichten.

Heute brennen Felder wegen der Dürre, Böden sind mit Nitrat verseucht, Insekten zum Bestäuben der Pflanzen fehlen.

Kornfiguren am Feld »für den Kornvater« werden uns nicht helfen.

Deshalb haben wir uns dazu entschieden, alle Erträge aus dem Verkauf dieser Anthologie zu hundert Prozent den Wildbienen zu spenden.

Ich wünsche Dir viel Spaß beim Lesen und Gruseln, denn viele dieser Geschichten gehen unter die Haut. Es fließt einiges an Blut, und da es sich vielfach um Kinderschrecken handelt, machen wir auch nicht vor Kindern halt. Sei Dir im Klaren darüber, ob Du dazu bereit bist, bevor Du die nächsten Seiten aufschlägst und Dich hinab begibst in die Tiefen der Monster und Dämonen.

— BRUNO E. THYKE

ROGGENMUHMES FÄNGERZEIT

STEFANIE FAHLTEICH

Glüht Mittagssonne weit und breit,
ist Roggenmuhmes Fängerzeit.
Und ist ein Kind ja gar so dreist,
die Kornblum von dem Stängel reißt,
dann, ja dann, kommt sie geflogen,
fängt das Kind, was ungezogen,
zieht es in die Höhle rein,
in ein dunkles Kämmerlein.
Sie schneidet ihm die Ohren ab
und prügelt es mit eisern' Stab,
erstickt es mit den Brüsten groß,
blendet es mit Ruten Stoß,
bis Kindlein kurz vorm Sterben ist,
weil die Muhme sich vergisst.
Doch kann das Kindlein schnell entfliehen,
sich aus des Kornweibs Griff entziehen,
dann kommt das Kind ans Licht gekrochen
und spürt des Sommers Hitz' im Knochen.
Ahnt ihr das Kind durchs Feld gerannt?
Die Sachen schwarz durch Muhmes Hand.
Das Ziel, das findet's aber nicht,
weil Kornfrau ihm die Beine bricht.
Denn überall im Roggenfeld
hat sie Fallen aufgestellt.
Da schreit das Kindlein um sein Leben,
weil es sich nicht mehr kann bewegen.
Dann wird es still. Der Wind verstummt.
Hört nur, wie die Muhme summt.
Seht nur, wie die Fingerspitzen
Feuer in die Gegend spritzen.

Wind heult auf, das Feld verbrennt.
Niemand, der zum Kinde rennt.
So stirbt es in der Flammen Glut,
weil's Kindlein nicht war auf der Hut.
Ihr Kinder, ihr, nehmt euch in Acht
und schaut, was ihr am Felde macht.
Geht nicht rein. Seid nicht dumm.
Die Roggenmuhme lauert stumm.
Die Reime sollen Lehre sein,
traut niemals einem friedlich Schein.

DER HEXENMEISTER

LOKI FEILON

»Tötet ihn, in Gottes Namen!«

»Tötet ihn, tötet ihn!«

»Möge Gott den Teufel vernichten!«

Es war schwer die Rufe auseinanderzuhalten. Und es war noch schwerer für Veit, sie zu ertragen. Hedda war tot. Diese Menschen trugen Schuld daran. Mit ihren abfälligen Blicken, ihren Gerüchten, mit all dem Hass, der aus ihrer Seele schwelte, wie Höllenfeuer, hatten sie Hedda von sich gestoßen. Bis sie entschieden hatte, lieber kalt unter der Erde zu liegen, als einsam zu sein.

Doch eine Christin würde niemals den Freitod wählen, davon war der Pater überzeugt. Vor allem kein Mitglied seiner liebreizenden Gemeinde guter Menschen. Es war widerlich. Seine Rede über Liebe war widerlich. Die einzige Liebe, die diese Heuchler kannten, war die Liebe zu sich selbst und nicht einmal die. Sie verstanden nicht, was Liebe bedeutete. Veit bezweifelte, dass sie sie je gefühlt hatten.

»Möge Gott über deine mörderische Seele richten!« Nach einer klangvollen Pause spuckte der Pater aus und die Menge tat es ihm gleich. Sie schlugen Kreuzzeichen, als könnte ihr Glaube sie vor den Dämonen der Hölle beschützen. Doch das Böse saß längst in ihren verdorbenen Seelen, geboren aus ihrer eigenen Verbitterung. Die Menschen brauchten den Teufel gar nicht. Sie waren längst selbst zu Teufeln geworden.

Beinahe hätte Veit gelacht. Er war schon immer an allem schuld gewesen, egal ob die Ernte ausfiel, jemand erkrankte oder starb; das alles war das Werk von Veit, dem Bastard. In Sünde geboren, vom Teufel gezeichnet.

Dabei hätte er Hedda niemals etwas antun können. Jedem anderen Menschen, aber nicht ihr. Doch es spielte keine Rolle mehr. Gott liebte ihn nicht, das sagte der Pater, und noch ein paar andere Dinge. Die Menschen bekreuzigten sich murmelnd und baten den Herrn um Vergebung. Veit bezweifelte, dass Gott zuhörte, und noch viel mehr bezweifelte er, dass er all diesen guten Christen verzeihen würde. Dämonen in Priesterkutten. Sünder mit Kreuzen um den Hals.

Ein letztes Gebet – das Vaterunser – dann warfen sie den Stein in die Ruhr.

Jemand schubste ihn hinterher. Fallen.

Es war still unter Wasser. Einsam. Verlassen. Man konnte jeden noch so unbedeutenden Gedanken hören. Das leise Flüstern des Ertrinkens. Die Panik, wie sie durch die Adern rauschte. Die Feigheit, die verbot, einfach tief einzuatmen. Ach, Hedda. Wieso nur hatte sie ihnen Recht gegeben?

Du kannst ihr helfen.

Das konnte er nicht. Er konnte nicht einmal sich selbst helfen. Nur ertrinken.

Selbstmörder haben einen ganz besonderen Platz in der Hölle.

Wer zum Teufel sprach da?

Du fluchst bei meinem Namen und stellst diese Frage?

Das konnte unmöglich sein. Seine Sinne schwanden, der Druck auf seiner Brust wurde größer. Er starb. Eindeutig.

Was sind schon ein paar tausend Jahre deiner unsterblichen Seele gegen ewige Qualen?

Hedda. Er sprach von Hedda!

Sag ja.

Nein.

Sag ja.

Nein!

Deine Ewigkeit für ihre.

Die Fluten erdrückten ihn, waren in seinem Verstand angekommen, flossen durch seinen Geist wie durch ein Wasserrad und trieben seine Wut an, immer schneller. Immer ein Stückchen weiter. Nicht er sollte elendig auf diesem Grund verrecken, nicht sie hätte hier unten sterben sollen, sondern diese verdammten, heuchlerischen Christen!

Panik. Er brauchte Luft. Er musste leben. Niemand sollte sich die Legende von Hedda, der Selbstmörderin, erzählen. Nein, sie würden von Veit, dem Teufel, sprechen und davon, wie seine Verzweiflung die Welt verschlang.

Rauschen. Leben. Er wollte leben!

Du bist etwas Besonderes, Veit.

Der Stein, der ihn am Grund hielt, verwandelte sich in eine Nadel und Veit schoss an die Oberfläche. Luft. Atmen. Erschrockene Gesichter, die ihn anstarrten wie einen Geist. Stehende Sekunden. Der Moment, die Zeit, eingefroren, eines dieser Kirchengemälde voller Heiliger, die mit offenen Mündern auf ein Wunder starrten, steif und ehrfürchtig. Doch er wusste, was dem Bild fehlte. Er wusste es ganz genau.

Die Farbe Rot.

Veit erhob sich aus dem Wasser. Schwebte, spürte eine seltsame Kraft, die seine Glieder flutete. Sein Körper streckte sich nach seinem Willen, wuchs mit seinem Hass, wandelte seine Knochen. Dichtes Fell legte sich wie ein Teppich über jeden Zentimeter Haut, alle Finger zitterten, knackten, krümmten sich zu Klauen. Veit zerfetzte den Pater an der Kehle, tauchte beide Pranken wie Pinsel in die dickflüssige satte Farbe, schmierte, spritzte, ein Kunstwerk aus roher Gewalt. Verzweiflung. Schmerz. Rot.

Es war Heddas Lieblingsfarbe. Rot wie die Mohnblume in ihrem Haar.

Rot – die einzige Farbe, die er ertragen konnte.

Ewigkeit. Ein kurzes Wort.

Wenn man bedachte, was es bedeutete.

Es konnten Sekunden sein, die zu Stunden wurden, Stunden, die zu Jahren wuchsen. Bis man nicht mehr wusste, ob es Augenblicke waren, in denen man lebte, oder Jahre, in denen man starb. Und eigentlich war es dasselbe.

Veit wandte sich vom Fenster ab und sah auf den kleinen Tisch, auf dem sein Handy lag. Es vibrierte ununterbrochen. Am liebsten hätte er das Teil in die Ruhr geworfen, zusammen mit den Entscheidungen seiner Vergangenheit. Er hatte es sogar getan, einmal. Nur um das Ding am nächsten Tag voll funktionsfähig auf seinem Tisch zu finden. Aber was hatte er auch erwartet? Es gab kein Entkommen. Nie wieder. Ewigkeit - ein Fluch.

Veit fischte das Telefon vom Tisch, zusammen mit dem Feuerzeug. Auf der Küchenablage zog er eine Zigarette aus der Schachtel und schob sie sich zwischen die Lippen. Zeit nachzulesen, was diese dämonischen Idioten schon wieder wollten.

Grida schreibt ...

Er scrollte hoch. Ein Bild von Grida und einem Mann. Sie hielt ihn freundschaftlich im Arm, während er lächelte, als hätte er den besten Tag seines Lebens. Dabei hatte der Dummkopf seine Seele verkauft und offenbar noch keine

Ahnung, was es bedeutete. Eine ganze Weile lang betrachtete Veit das Bild, fuhr kopfschüttelnd mit einem Finger über das Display. Er erkannte sich selbst. Jung und dumm und von Enttäuschungen zerfressen. Es war so leicht gewesen, zuzustimmen. Er hätte allem zugestimmt, damit sie nicht leiden musste. Damit ihre Ewigkeit nicht zu seiner wurde.

Ach, Hedda. Wunderschöne, reine Hedda. Niemals wäre er zu ihr gegangen oder hätte sie mit seiner Dunkelheit berührt, auch wenn das Licht ihrer Seele ihn angelockt hatte wie einen verwirrten Falter. Sie bloß aus der Ferne zu betrachten, hätte ihm gereicht, für hundert Leben. Wie sie draußen die Tiere fütterte, streichelte, verarztete und mit ihnen redete, voller Hingabe und Liebe. Er wäre zufrieden gewesen. Wirklich. Doch das Leben konnte ein verdammtes Arschloch sein.

Es klopfte.

Veit hob den Kopf. »Kein Interesse.« Er wandte der Tür den Rücken zu und scrollte auf dem Display weiter nach unten. Gridas Nachricht leuchtete ihm grün entgegen.

Grida: Ist er nicht süß? Und wisst ihr, wofür er seine Seele verkauft hat? Für ein Auto! Haha!

Veit sah auf den Tränen lachenden Smiley und seufzte. Es klopfte wieder. Fordernd. Er rieb sich die Schläfe, warf einen letzten Blick auf sein Handy.

Phil schreibt …

Die Tür glitt quietschend ganz von selbst auf. Und im Türrahmen stand der Teufel.

Veit spähte zu der Uhr über dem Sofa. Kurz vor fünf. Kurz vor Morgengrauen. War denn heute wieder der Tag? War das Jahr so schnell vorbeigezogen? Ein Wimpernschlag im Nichts. Ewigkeit in Sekunden. Langsam zog Veit an seiner Zigarette. »Ich habe nichts vorbereitet.«

»Wie immer.« Shaitan winkte gelangweilt ab und trat über die Schwelle. Er tigerte durch die kleine Hütte und betrachtete alles genau, dabei veränderte Veit nie etwas. Bis auf das Sofa und ein paar Geräte, die das Leben erleichterten, sah es aus wie damals, als er die Hütte im Wald bezogen hatte. Weil Bastarde in der Gemeinde nichts verloren hatten.

Nach seinem Rundgang fläzte Shaitan sich auf das Sofa und breitete sich aus, als wäre es sein Zuhause. »Erzähl. Wie geht es meinem Lieblingshexer?«

»Nenn mich nicht so.« Veit zog an der Zigarette, ohne ihn aus den Augen zu lassen, und lehnte sich gegen die nächste Kommode. Das war ein guter Abstand, wenn man mit dem Teufel sprach.

»Aber das bist du: Mein allerliebster Seelenfänger. Mein kleiner Dämon. Mein Ein und Alles.« Shaitan warf ihm ein Küsschen zu und zog einen Knutschmund.

Veit hätte ihm am liebsten ins Gesicht gekotzt. »Lass die Spielchen.«

»Ist dir *Hexenmeister* lieber? Oder doch *Werwolf von Ergste*?« Mit einem amüsierten Lächeln stand Shaitan auf. Er wusste, wie sehr Veit all diese Beinamen hasste und trotzdem spielten sie dieses Spiel jedes Mal, wenn sie sich sahen. Ein Tag im Jahr, nur dazu da, ihn zu quälen, ihn niemals vergessen zu lassen. Ewigkeit in Stunden.

Dabei hatte er so oft versucht, seine Erinnerungen zu verdrängen. Nur war es egal, ob er eine Überdosis Pillen einwarf, Gras rauchte oder Morphium spritzte, verbotene Manipulationszauber oder Rituale nutzte. Shaitan ließ niemals zu, dass er vergaß. Er hatte den Teufel sogar aus purer Verzweiflung nach der Apokalypse gefragt, doch diese stand noch eine ganze Weile aus. Leider.

Vielleicht spielte er dieses Spiel deswegen mit. Vielleicht verdarb er die Leben all dieser Menschen, weil er sie so sehr herbeisehnte, die Apokalypse. Ein endgültiges, absehbares Ende von allem. Nur noch Tod und im Tod endlich Vergessen.

»Ach, Hedda!« Shaitan grinste so breit, dass seine restlichen Züge davon verschlungen wurden. »Meine Fresse, deine Gedanken sind so laut und vorhersehbar. Was ist nur los mit dir? Schlecht geschlafen?«

»Ich hasse dieses Ding«, erwiderte Veit ungerührt und warf Shaitan sein Handy zu. Er wusste, wie sehr der Teufel animierte Bilder liebte, es würde ihn ablenken für eine Weile.

Shaitan stoppte das Telefon mit einem Fingerzeig in der Luft und ließ es langsam in seine Hände gleiten. »Wieso? Wir sind nicht so pathetisch wie die Kirche. Ich stehe auf Fortschritt. Fortschritt ist toll.«

»Ja, vielleicht. Aber das Ding nervt.« Veit schob sich die Zigarette in den anderen Mundwinkel und lief zu der kleinen Küchenzeile, begleitet vom stumpfen Lachen Shaitans. Wahrscheinlich hatte dieser das Bild von John gesehen, der mit einem Rasenmäher ein wahres Kunstwerk aus einem Vertragsbrüchigen gezaubert hatte. Wie die Polizei es nannte: Ein tragischer Unfall. Schwer seufzend nahm Veit eine Tasse aus dem Oberschrank und stellte sie unter die Kaffeemaschine.

Shaitan legte den Kopf rücklings über die niedrige Sofalehne und sah ihn an. »Magst du deine Gruppe nicht? Ich kann dich versetzen. Für meinen Liebling tue ich alles.«

Veit schüttelte den Kopf. Er wollte hierbleiben. Hier in Ergste. Wenn er schon nicht vergessen konnte, dann würde er sich bewusst erinnern. An jede dumme Entscheidung und jeden Mord, an jede Stunde, die er um Hedda getrauert hatte und noch immer trauerte. Ihr Licht war erloschen und damit alles, was ihn ein Stückchen näher an den Himmel gerückt hatte. Er konnte nur noch Blumen an ihr Grab bringen. Und mit ihnen einen Hauch von Erinnerung.

»Sag bloß, du hängst an diesem Kaff.« Shaitan schlug beide Beine gelangweilt übereinander und sah aus dem Fenster. »Nach allem, was sie dir angetan haben.«

»Was ich ihnen angetan habe«, korrigierte Veit, während er eine Kaffeekapsel in die Maschine schob.

»Sie, du - wer hat angefangen, hm?« Langsam stand Shaitan auf, kam auf ihn zu, lauernd, ein wölfisches Grinsen im Gesicht. Er blieb hinter ihm stehen, hielt seine Lippen genau an sein Ohr. Gänsehaut. Veit ließ sich nichts anmerken und doch standen ihm alle Härchen zu Berge, während Shaitan liebevoll seinen Nacken streichelte. »Weißt du, wieso ich deine Dunkelheit so besonders liebe?« Schnurrend strich der Teufel ihm ein paar störrische Strähnen aus dem Gesicht und legte ihm seine eiskalten Finger an den Hals; die Berührung eines Geliebten und gleichzeitig so streng, dass Veit sich versteifte. Ewigkeit in Sekunden.

Shaitan lächelte finster. »Menschen werden geboren, bekommen Probleme, geraten auf die schiefe Bahn und entschließen sich zum *Team Teufel* zu wechseln, um es all den bösen Leuten heimzuzahlen. Sie plustern sich auf, töten hier, töten da und fühlen sich wie die Erzdämonen persönlich. So böse. Und das nur, weil sie irgendein armes Schwein mit dem Rasenmäher zerhackt haben. Doch du, Veit, bist etwas Besonderes.«

Der Teufel schob sich zwischen ihn und die Kaffeemaschine. Er nahm Veits Gesicht in beide Hände und sah ihm in die Augen. »Du hast immer nur das Gute gesehen. Wenn dein Vater dich schlug, hast du ihm verziehen. Wenn deine Mutter dich in die Scheune sperrte, weil sie deinen Anblick nicht ertragen konnte, hast du nicht schlecht über sie gedacht. Du hast immer dir die Schuld gegeben. Dir allein. Du bist wie ein kleines Glühwürmchen, Veit. Das Licht in der grauen Suppe, Gottes größte Hoffnung. Du hättest die Last der Welt auf deinen Schultern getragen, nur um den Menschen zu helfen, die du liebst.«

Veit rührte sich nicht. Der Teufel streichelte über seine Wange, eine zärtliche Berührung, in die er sich einen Moment lang fallen ließ.

»Aber niemand liebt dich. Außer mir.« Shaitan packte eine von Veits Haarsträhnen, zog ihn noch näher zu sich und schnupperte, seufzte, zerrieb das helle Blond zwischen seinen Fingern. »Langsam gereifte Dunkelheit. Wie ein guter Wein. So viele Brüche und überall Finsternis, gezüchtet aus dem wunderbaren Samen der Ablehnung. Ich muss der Kirche wirklich dankbar sein für dieses Geschenk.«

Stumm schloss Veit die Augen.

Heute war der Tag, an dem sie Hedda in die Ruhr geworfen hatten. Weil sie sich gegen ein reiches Bauernarschloch gestellt und die kleine Marta beschützt hatte. Doch in der Gemeinde war Hedda keine Heldin. Sie war eine Frau, und eine Frau, die einen Mann mit einer Mistgabel verprügelte, musste vom Teufel besessen sein. Also hatten sie Hedda an einen Stein gebunden und in die Fluten geworfen. Tauchte sie auf, so würde Gott sie frei von Sünde sprechen; ging sie unter, so war es Gottes Strafe.

Mit einem verächtlichen Schnauben schüttelte Veit den Kopf. Diese lächerlichen Vorstellungen von Gerechtigkeit. Nicht der Teufel hatte Hedda getötet. Die Kirche hatte es getan. Und er würde es niemals verzeihen.

Veit entkrampfte seine Finger, bevor er die Küchenplatte zerdrücken konnte.

Shaitan musterte ihn mit einem verträumten Lächeln. »Oh, ich erinnere mich. Wie lange ich darauf gewartet habe, diese klitzekleinen Worte aus deinem Mund zu hören. Ich dachte, du würdest sie niemals sagen.«

»Wäre es um mich gegangen, würdest du noch immer warten.« Trotzig schob Veit Shaitans Finger zur Seite.

»Ich weiß, mein tapferer Held.« Mit einem väterlichen Lächeln streichelte der Teufel ihm durch die Haare. »Du bist zu ihr getaucht, hast sie von dem Stein befreit und dachtest wirklich, du hättest sie gerettet. Aber du hast versagt, Veit. Die Welt hat versagt und das ist die einzige Tatsache, die du bis heute nicht ertragen kannst.« Shaitan schlängelte sich aus ihrer gemeinsamen Nähe – mit dem Kaffee in der Hand, den Veit sich gemacht hatte.

Verdammter Mistkerl.

Mit einem lautlosen Seufzen warf Veit eine neue Kapsel in die Maschine. »Du hast mir Hedda trotzdem weggenommen.« Leere Worte. Er wusste es. Shaitan wusste es. Und doch gehörte es zum Ritual.

Shaitan nippte ungerührt am Kaffee, während er durch die Hütte schlenderte.

»Jedes Jahr diese halbherzigen Versuche – wirklich? Ich

hoffe, du bist nicht allzu enttäuscht, dass ich antworte wie immer: Ich habe sie dir nicht weggenommen. Ich nehme niemandem etwas weg. Entgegen der allgemeinen Annahme gebe ich. Du weißt genau, was geschehen ist.«

Veit starrte auf den dünnen, braunen Strahl. Versuchte nicht daran zu denken.

»Anstatt Hedda zu retten, hast du sie verdammt.« Shaitan hob die Tasse wie zum Toast und schüttete sie sich in einem Zug in den Rachen, dass es nur so dampfte.

Müde rieb Veit sich über die Augen. Ewigkeit in Stunden.

Shaitan warf die Tasse achtlos über die Schulter auf den Boden.

»Mach dir nichts draus, Liebling, so sind die Menschen nun mal. Gottes Freispruch hin oder her, all die Blicke, das Tuscheln, die Kreuzzeichen auf offener Straße … Ich meine, hey, selbst der Pater dachte nach einigen Wochen, dass sie eine Hexe sein musste. Scheißegal, ob sie dank dir wiederaufgetaucht war. Es ging bei Heddas Verfahren nicht um Schuld oder Unschuld. Darum geht es doch nie.« Er zuckte mit den Schultern, ein gespielt mitleidiges Seufzen auf den Lippen. »Ich verstehe, dass sie sich nach der ganzen Sache umgebracht hat.«

Starr blickte Veit aus dem kleinen Fenster der Hütte. Sterben. Etwas, das er zu gerne auch tun würde.

»Weißt du, ich vermisse die Zeit, als du in deiner furchteinflößenden Wolfsgestalt all die bösen Menschen gerissen hast, die dir die Jahre zuvor so wehgetan haben. Oder wie du diesem neuen Pater mit einem Fingerschnippen den Kopf abgerissen hast - das war lustig.«

Shaitan legte den Kopf schief und imitierte auf lächerlichste Weise einen knurrenden Wolf.

Veit schwieg. Er wusste, dass er damals jeden Weg zum Licht begraben hatte. Doch auch Hass wurde mit der Zeit zu Gleichmut, stumpfte ab wie eine rostige Klinge. Eine Klinge, die ihm aus den Fingern glitt. Er war zu müde, sie zu führen, egal ob gegen Shaitan oder die Menschen. Es war nicht ihre Schuld, nicht Shaitans. Er war seine eigene. Im Gegensatz zu Hedda besaß er kein eigenes Licht. Er war ein Meister der dunklen Künste, er raubte den Menschen ihre Seelen, ihr Leben, ihre Hoffnung. Er tötete ohne Zögern. Er verdiente seinen Platz in der Hölle.

Die Kaffeemaschine verstummte. Die Stille wurde unerträglich laut.

Veit hätte gerne ausgesprochen, dass er bereute. Er wollte sich vor Gott in den Staub werfen und um Verzeihung betteln, für eine Chance, für Freiheit und Vergebung. Doch das Problem war, er bereute nicht. Vielleicht war auch alles so, weil es ihm nicht leidtat, jeden Kirchgänger gerissen zu haben, der ihm untergekommen war. Immer bei Vollmond, wenn seine Kräfte am stärksten waren, hatte er alle braven Christen mit Steinen im Fluss versenkt, einen nach dem anderen. Hatte zugesehen, wie sie zappelten, wie sie kämpften, hatte die Verzweiflung in ihren Augen aufgesogen. Hatte gewartet, bis der Fluss sie verschlang, und dann hatte er gelächelt. Noch heute fand man mit etwas Glück den einen oder anderen Knochen eines Ergsters in der Ruhr.

Veit hob seine Tasse von der Ablage. Scheiß drauf. Er war, was er war, und wenn er ein Leben lang dafür leiden musste, dass Hedda von der Hölle verschont blieb, dann sollte es so sein.

»Hast du nicht noch andere Termine, denen du auf die Nerven gehen kannst?«, murrte er missmutig in Richtung des ungebetenen Gastes.

Shaitan kicherte abwesend über dem Handy. »Hast du diesen einen Post gesehen? Wie Phil diesen Menschen auf einen Pfahl gesteckt hat? Er ist wirklich ein Spaßvogel!«

Das hieß wohl nein. Schwer seufzend ließ Veit sich in den Sessel gegenüber sinken. Seine Kippe war nur noch eine Stange Asche und er drückte sie in den Aschenbecher. Zog mechanisch eine neue aus der Schachtel auf dem Wohnzimmertisch und steckte sie sich in den Mundwinkel.

»Du versuchst es wirklich auf alle Arten, oder?« Shaitan schmunzelte finster und fläzte sich tiefer in das Sofa, während sein Blick zwischen all den Zigarettenschachteln, die mal leer, mal voll in der Hütte verteilt lagen, hin und her sprang. »Glaubst du wirklich, du könntest doch noch Lungenkrebs kriegen?« Der Teufel lachte. Bebte, er bekam sich kaum mehr ein.

Veit beugte sich vor, griff über den kleinen Couchtisch hinweg, nahm ihm das Handy vom Schoß und sah auf das Display.

Phil schreibt …

Schon wieder irgendetwas Geschmackloses. Ganz sicher. Veit drückte die kleine Taste an der Seite und der Bildschirm wurde schwarz.

Regen. Er liebte Regen.

Auch wenn das Wasser die Erinnerung nicht abwusch, es linderte den Schmerz. Unter leisem Prasseln ein Stück

Ewigkeit, Tropfen für Tropfen, Schuldbekenntnis um Schuldbekenntnis. Die Ergster hielten ihn längst für verrückt, wie er jeden Tag im Gras saß, an der Ruhr, nur um auf ein anderes Stück Gras zu starren. Hier, wo Hedda begraben lag. Schmucklos, schnörkellos. Sie brauchte keine Grabsteine oder Schilder. Sie leuchtete in seiner Erinnerung und keine Zierde war angemessen genug, kein Grablicht wurde ihrem Strahlen gerecht.

»Darf ich mich setzen?«

Veit zuckte zusammen und sah auf. Da stand eine junge Frau, *Hedda*, wie er im ersten Moment dachte. Doch es war nicht Hedda, natürlich nicht. Müde rieb er sich über die Augen. Der Regen wurde stärker, keine Ahnung, was dieses Mädchen umtrieb. Aber er konnte sie nicht wegschicken. Nicht an diesem Ort, nicht vor Hedda. Eine Weile sah Veit sie stumm an, dann nickte er langsam.

Die junge Frau ließ sich neben ihn ins Gras fallen, die Hosenbeine voller Schlamm. Sie saß da, still, reglos, und sah mit ihm zusammen auf die Ruhr hinaus. Dann, nach einiger Zeit, sprach sie so leise, dass der Regen sie beinahe übertönte: »Ich habe dich oft hier gesehen.«

Veith zuckte mit den Schultern.

Das Mädchen lächelte. Für einen winzigen Moment verschwand die Kälte aus seinen Knochen. Und doch stand eine tiefe Traurigkeit in ihren schönen braunen Augen. Es war Heddas Traurigkeit. Seine eigene. Die Traurigkeit der Menschen. Schweigend wandte Veit sich ab und sah zurück auf das Gras.

»Ich kann eigentlich gar nicht schwimmen.« Der Blick des Mädchens ruhte auf der Ruhr, die neben ihnen floss, wild von dem sich anbahnenden Unwetter, als erste Vorbotin des Sturms.

»Dann solltest du nicht so dicht am Wasser sitzen«, antwortete Veit nach einer Weile und nickte zu den Fluten.

Das Mädchen lächelte erneut. Betrachtete das Wasser mit einer ihm wohlbekannten Sehnsucht. Er fühlte, wie ihr Herz mit den Wellen davontrieb, als sie die Beine an ihre Brust zog und beide Arme darumlegte. »Ist es schlimm?«

Veit nickte langsam. »Ja.«

Ertrinken war grausam. Die schleichende Gewissheit, dass es kein Zurück gab, der Gedanke einmal tief einzuatmen. Die Furcht davor, es zu tun. Es zu beenden. Die Panik, wenn man sich anders entschied, aber das Wasser bereits entschieden hatte.

Du bist etwas Besonderes.

Anfangs hatte er geglaubt, schon tot zu sein und dass es Hedda war, die ihn rief. Er hatte Gott um Hilfe angefleht, doch nur der Teufel hatte seine Gebete erhört. *Deine Ewigkeit für ihre.* Das war der Deal.

Schnaubend zog Veit eine Zigarette aus der Schachtel, nur um zu merken, dass sie völlig nass wurde. Murrend drückte er sie zurück und schob die Packung unter seinen Mantel. Verdammte Gewohnheit.

»Du bist ein guter Mensch.« Das Mädchen sah ihn nicht an. Ihr Blick lag auf dem Wasser, kalt und bewegt wie der Sturm. Er wollte ihr seine Jacke geben, doch seine Arme fühlten sich seltsam lahm an.

»Das weißt du nicht.«

»Ich sehe es in deinen Augen.« Diesmal wandte sie ihren Blick direkt in seinen; Braun in Grau. Sie sah in seine

Abgründe und noch tiefer hinab, ohne auch nur ein weiteres Wort zu sagen.

Veit stand mit einem Mal auf, getrieben. Er musste hier weg. Weg von Hedda, weg von der Erinnerung, weg von diesen braunen Augen, die behaupteten, noch Licht zu sehen, wo bloß Finsternis und Sünde prangte. »Entschuldige mich.«

»Leb wohl.«

Veit wandte sich nicht um, als er ging. Er steckte die Hände in die Manteltaschen und stapfte durch den Regen.

Er wollte nicht nach Hause. Er wollte Heddas Todestag an ihrem Grab verbringen, wie jedes Jahr. Doch er würde erst zurückkommen, wenn das Mädchen weg war. Das Mädchen mit den traurigen braunen Augen, das so anders war als Hedda und ihr doch erschreckend ähnelte. Sie hatte sich zu ihm gesetzt. Zu einem Dämon. Sie war freundlich, obwohl er der verrückte Penner war, mit dem niemand etwas zu tun haben wollte. Er hatte diese Gerüchte sorgsam aufgebaut, wie eine Mauer, und sie hatte sie einfach eingerissen.

Plump. Es war ein tiefes Geräusch. Wie ein Sack Mehl, der ins Wasser fiel.

Veit blieb stehen. Sah über die Schulter. Das Mädchen saß nicht mehr am Ufer. Auf dem Wasser nur Regen. Hedda.

Noch bevor er darüber nachdenken konnte, lief er los. Am Ufer kniete er sich ins Gras, wollte ihren Namen rufen, doch er kannte ihn nicht. Er rief irgendetwas. Fischte im Wasser nach einer Hand oder Haaren, obwohl es lächerlich war. Der Fluss war tief und schnell.

Veit zog seinen Mantel aus und sprang.

Kälte umfing ihn, wie ein Tuch. Eisige, trübe Kälte. Er

sah nichts, doch er fühlte das Mädchen, ihre Verzweiflung, ihre Angst. Veit wusste genau, wohin sie trieb, er folgte dem hektischen Takt ihres Herzens, und dann tauchte sie vor ihm auf, zwischen Schlamm und Steinen. Ihr Bein hatte sich in Schlingpflanzen verheddert, sie strampelte in blanker Todesangst. Der Moment, in dem man es sich anders überlegte.

Mit kräftigen Zügen tauchte Veit zu ihr, zerriss die Pflanzen, die die junge Frau am Grund hielten. Sie sah ihn an, wurde ganz ruhig. Braun in Grau. *Du bist ein guter Mensch.* Er stieß sie nach oben, sah, wie sie die Oberfläche aufwühlte, durchbrach und sich ans Leben klammerte.

Stattdessen hast du sie verdammt.

Plötzlich ein Ruck. Jemand zog sie aus dem Wasser, heftig.

Veit stieß sich hoch, schnappte nach Atem, blinzelte das verschwommene Bild weg.

Das Mädchen schrie. Ein Kerl hielt sie an den Haaren, zerrte sie durch den Regen wie eine Puppe, ohne Ziel, einfach hin und her.

»Helena! Du beschissene Schlampe! Glaubst du, du kannst einfach weglaufen?«

Ihr Wimmern fuhr durch Veits Knochen, so heftig, dass er erzitterte. Sie spuckte Wasser, war kaum da. Es roch nach Alkohol mit einem Hauch von Arschloch. Nicht einmal der Regen überdeckte den feigen Gestank.

»Wer ist dieser Typ da? Ist das dein neuer Freier?«

Helena wimmerte, doch der Mann schleuderte sie einfach zu Boden und kam schnellen, torkelnden Schrittes ans Ufer. Veit sah zu ihm auf, klammerte sich an eine

Wurzel. Der Kerl hob ein Bein. Schuhsohle. Schwarz. Schmerz.

Veit wehrte sich nicht dagegen. Er ließ sich nach unten sinken, bis sein Rücken den Grund berührte, die Strömung ihn sachte mit sich nahm, immer ein Stückchen weiter. Es war ruhig unter Wasser. Keine Worte, keine Vorwürfe, nur die Stille der Erinnerung. *Deine Ewigkeit für ihre.* Er schloss die Augen und ließ sich treiben.

Doch irgendetwas war falsch. Unruhe fuhr durch seine Glieder, ließ seine Finger sehnsüchtig zucken. Der Szene am Ufer fehlte etwas. Er fühlte es, tief in seinem Inneren, es ließ ihn einfach nicht los. Sein Herz pochte, heftig, pumpte Erinnerung durch seine Adern. Er konnte nicht loslassen. Nicht mehr. Nie wieder.

Du bist etwas Besonderes.

Veit öffnete die Augen. Er stieß sich heftig vom Grund ab und schoss aus dem Wasser. Schwebte. Der Kerl starrte ihn an, ein Stillleben aus Entsetzen.

Veit wusste genau, was dem Bild fehlte.

Die Farbe Rot.

Die Autorin

Träumerin, Meisterdiebin, Teilzeit-Psychopathin – Loki Feilon wusste nie so richtig, was sie mit ihrem Leben eigentlich anfangen soll. Nur eine Sache wusste sie genau: Sie wollte Geschichten in ihrem eigenen Universum schreiben. Dunkel und postapokalyptisch, mit zweifelhaften (Anti-)Helden. 2019 wird dieser Traum wahr. Mit ihrem Debütroman erscheint beim Hybrid Verlag der erste Teil einer düsteren Reihe um Kain, einen skrupellosen Auftragsmörder.

instagram.com/loki.feilon

WER WIND SÄT

NINA C. HASSE

Die Maschine ragte wie ein längst vergessenes Mahnmal aus dem Feld. Eines ihrer vier metallenen Beine war abgeknickt, die Tür zum Brenner stand offen, Spinnennetze zogen sich über die Arme, an denen die Sensen befestigt waren. Die Klingen ruhten stumpf und rostig auf dem Acker. In der Nähe fristete eine Vogelscheuche ihr einsames Dasein.

Ich war die Nacht über gewandert und wollte eigentlich noch ein paar Kilometer hinter mich bringen, doch der Anblick der geschundenen Apparatur ließ mich innehalten. Die Mahd stand kurz bevor und wenn ich die Maschine wieder in Gang setzte, würde die Ernte deutlich schneller von der Hand gehen, was mir der Bauer hoffentlich gut entlohnen würde.

Die Erschöpfung steckte mir in den Gliedern, doch ich schüttelte sie ab und machte mich auf den Weg zum Hof. Je näher ich dem Eindachhaus kam, desto merkwürdiger erschien mir die Stille. Sollte hier nicht geschäftige Betriebsamkeit herrschen? Die Sonne hatte sich längst über den Horizont erhoben, dennoch war niemand zu sehen. *Seltsam ...* Ich rieb mir den Nacken, hielt auf der Türschwelle an und hob die Hand, um zu klopfen.

Ein Windstoß riss mir den Hut vom Kopf und trieb ihn einige Meter über den staubigen Boden. Fluchend eilte ich hinterher, bekam ihn zu fassen und wollte ihn gerade wieder aufsetzen, als eine raue Stimme mich innehalten ließ.

»Was willst du hier?« Ein Mann stand in der Tür zum Bauernhaus, ein Hüne mit Knollennase, dunklen Ringen unter den Augen und roten Flecken auf Hals und Wangen.

Er hatte die Ärmel seines Leinenhemdes hochgekrempelt, was seine kräftigen Unterarme entblößte. Unter der Schiebermütze ragten Strähnen seines wirren, von Grau durchzogenen Haars hervor.

»Entschuldigung, hätten Sie vielleicht –?«

»Bist du 'n Landstreicher oder was?«

»Nicht direkt. Ich habe mich gefragt, ob –«

»Ob ich Almosen für dich hab? Ne, hab' ich nich'. Mach dich vom Acker, Mann.« Er wandte sich ab.

»Eigentlich wollte ich fragen, ob Sie Arbeit für mich haben«, beeilte ich mich zu sagen. »Der Hafer sieht aus, als müsse er geerntet werden, und da dachte ich mir, Sie können vielleicht eine helfende Hand gebrauchen.«

»Arbeit?« Der Mann lachte. »Mit deiner dürren Gestalt wirste mir wohl kaum nützlich sein. Außerdem brauch' ich niemanden. Hab' genug Leute, die mir die Haare vom Kopf fressen.«

Demonstrativ blickte ich mich um. »Wo sind die denn alle?«

»Geht dich 'nen feuchten Kehricht an!«

»Die Erntemaschine –«

»Halt dich ja von der Maschine fern!« Die Röte auf seinen Wangen verstärkte sich, ein drohendes Grollen durchdrang seine Stimme.

»Aber sie benötigt dringend eine Wartung. Sie verliert Schmieröl, das wollen Sie sicher nicht im Boden haben. Außerdem muss eines der Beingelenke neu vernietet werden, sonst kippt Ihnen das ganze Ding bald auf die Seite und dann ist es nur noch ein Haufen Schrott.«

Er blinzelte. Wahrscheinlich fragte er sich, ob ich ihm

irgendwelchen Unfug auftischte, um ein paar Münzen abzugreifen. »Biste Mechaniker?«

»Ich war Mechaniker bei der Armee, ja.«

»'n Muschkote, soso. Was willste denn dafür haben? Orden gibt's hier keine.« Er lachte schnaufend über seinen eigenen Witz, doch sein Blick blieb misstrauisch.

»Sechs Groschen, ein Bett und zwei bis drei Mahlzeiten am Tag würden mir genügen.«

»Ich will keine Fremden auf meinem Hof. Bringen nur Ärger. Zwei Mahlzeiten, fünf Groschen pro Tag und in der Nacht behältst du das Feld im Auge. Dafür gibt's zwei Groschen extra. Und wenn du wen erwischst, kriegste 'nen Taler.«

Das Angebot war nicht unbedingt großzügig, aber in Ordnung. Und das Geld konnte ich gut gebrauchen. Zwar lag mir die Frage auf der Zunge, wann ich schlafen solle, doch ich schluckte sie hinunter. Dafür drängte sich eine andere in den Vordergrund, die das seltsame Gefühl zurückbrachte, das mir im Nacken saß, seit ich einen Fuß auf den Hof gesetzt hatte.

»Das Feld im Auge behalten? Wozu das?«

»Bist 'n ganz Neugieriger, was?« Er verschränkte die Arme vor der Brust. »Gab in letzter Zeit 'n paar Leute, die meinten, sie könnten mich zum Narren halten. Ham an der Maschine rumgefummelt und mich beklaut.«

»Was wurde denn entwendet?«

»*Entwendet*? Hat man dir in der Armee beigebracht, so großschnäuzig daherzulabern?« Er schnaubte. »Jedenfalls schleicht sich nachts wer ins Feld, macht die Maschine kaputt und klaut das Korn. Also, wat sachse? Einverstanden?

Ansonsten kannste dich jetzt trollen.« Er streckte seine schwielige Hand aus.

Ich zögerte. Mein Bauchgefühl riet mir, mich schleunigst zu verziehen. Ich weiß bis heute nicht, was mich dazu trieb, einzuschlagen. Vielleicht war es die Aussicht auf einen Taler, die mich reizte. Das war der Wochenlohn eines Landsknechts und meine Reisekasse konnte durchaus eine Aufbesserung vertragen. Vielleicht hatten mich auch die seltsame Ruhe auf dem Hof und die feindselige Haltung des Bauern neugierig gemacht. Was es auch gewesen war: Wenn ich die Zeit zurückdrehen könnte, ich würde die Beine in die Hand nehmen und so viel Abstand zwischen mich und diesen Ort bringen wie nur möglich.

Während ich metallene Gelenke schmierte, das Leck im Öltank stopfte, Rost entfernte und unzählige Schrauben nachzog oder ersetzte, bereiteten zwei Arbeiter die Ernte vor. Der Bauer ließ sich nicht blicken. Wenn ich mir in meinen kurzen Pausen eine Pfeife gönnte – ein Laster, das ich mir während meiner Zeit bei der Armee angewöhnt hatte und seither nicht wieder losgeworden war –, beobachtete ich sie. Nicht, weil sie mich besonders interessierten, sondern weil sie sich so seltsam verhielten. Beide wirkten nervös, ja, beinahe verängstigt, blickten ständig über die Schultern, zuckten beim Aufflattern einiger Vögel zusammen wie verschreckte Kaninchen. Ihre Augen lagen tief in den Höhlen, die Haut war blass und eingefallen, Haare und Bärte wirr, als hätten sie seit Tagen keinen Kamm zu spüren bekommen. Die Männer würdigten mich keines Blickes und mit der Zeit beschlich mich das Gefühl, dass sie absichtlich möglichst weit entfernt von mir arbeiteten.

Irgendwann hörte ich auf, mir den Kopf darüber zu zerbrechen – auf dem Land waren die Leute eben manchmal ein wenig eigen – und versank ganz in meiner Aufgabe. Nur die Maschine und ich. Altbekannte Handgriffe, in aller Ruhe ausgeführt. Kein Donnern von Schüssen, keine Schreie verwundeter Kameraden. Nur das metallene Klirren der Werkzeuge, das Zwitschern der Vögel und das Rauschen der Ähren im Wind.

Am frühen Abend feuerte ich den Brenner an und ließ die Maschine eine Weile laufen. Sie funktionierte noch nicht einwandfrei, ruckelte und japste und arbeitete wesentlich langsamer, als normal gewesen wäre. Wahrscheinlich war der Abzug verstopft, morgen würde ich den Ofen einer gründlichen Reinigung unterziehen. Dennoch schnitt die Maschine stampfend und schnaufend Ähre um Ähre, presste die abgetrennten Halme zu Garben zusammen und reihte sie als Getreidepuppen zum Trocknen auf, die einer Frau mit schmaler Taille und ausladendem Rock ähnelten.

Zufrieden mit meinem Tagwerk setzte ich mich an den Rand des Feldes und nahm mein Mahl aus Brot, Käse und Äpfeln ein, das der Bauer mir nach Feierabend mürrisch in die Hand gedrückt hatte. Die Frau bemerkte ich erst, als sie schon neben mir stand. Sie trug ein abgewetztes Kleid, ihr graues Haar hing in wirren Strähnen über ihre Schultern. Sie sagte kein Wort, starrte unbewegt auf die Vogelscheuche.

»Es tut mir leid«, wisperte die Frau schließlich. Tränen rannen über ihre Wangen.

»Ist alles in Ordnung?«, fragte ich, weil mir nichts Besseres einfiel.

Langsam drehte sie den Kopf, ihr Blick – leer und seltsam entrückt – schien durch mich hindurchzugehen.

»Nimm dich in Acht«, sagte sie und deutete auf das Korn. »Du hast den Wind wütend gemacht.«

Ich folgte ihrem Fingerzeig, doch das Feld lag unverändert dort. Die Apparatur war neben der Vogelscheuche zum Stehen gekommen und wartete dort geduldig auf ihren nächsten Einsatz, Ähren wiegten sich träge im Abendwind. Dennoch lief ein Schauer über meinen Rücken.

Ich drehte mich wieder zu der Frau, wollte fragen, was sie meinte. Doch sie hastete bereits den Weg entlang, als wäre der Leibhaftige hinter ihr her.

Die Begegnung hing mir noch nach, als die Sonne hinter dem Horizont verschwand. *Nimm dich in Acht. Du hast den Wind wütend gemacht.* Was wollte sie mir damit sagen? Hatten die Worte überhaupt mir gegolten?

Ich schüttelte den Kopf. Wahrscheinlich war sie bloß eine verwirrte Alte, gezeichnet von den Schrecken des Krieges, wie so viele. Ganze Landstriche hatte er entvölkert zurückgelassen, Söhne, Brüder und Väter ihren Familien entrissen. Ich selbst war im Gegensatz zu vielen anderen einigermaßen glimpflich davongekommen, ein Querschläger aus dem Gewehr eines Kameraden hatte mich niedergestreckt. Als ich aus dem Lazarett entlassen wurde, war der Krieg vorbei, das Töten beendet. Das Leid der Überlebenden dauerte jedoch an, überall fehlte es an Arbeitskräften; Hunger und Krankheiten waren allgegenwärtig.

Hatte der Bauer nicht behauptet, er verfüge über genügend Arbeiter? Warum bestellte dann niemand das Feld? Was wäre mit dem Korn geschehen, wenn ich nicht zufällig vorbeigekommen wäre? Hätten sie einen Großteil einfach verdorren lassen?

Ich ließ meinen Blick über die Getreidepuppen schweifen. Sie erinnerten an von Kindern vergessene Spielfiguren. Früher hätte es Tage und die Hände vieler Männer und Frauen gebraucht, um ein Feld dieser Größe abzuernten. Arbeit, die binnen weniger Stunden erledigt sein würde, wenn die Maschine wieder ihren Dienst tat.

Mein Blick blieb an der Vogelscheuche hängen, die an einem Holzkreuz über dem Feld thronte. Tagsüber hatte ich ihr kaum Beachtung geschenkt, doch nun drängte sie sich mir geradezu auf. Eine mutige Krähe hatte sich unter der breiten Hutkrempe auf ihrer Schulter niedergelassen und pickte eifrig an etwas herum, Wind zerrte an den zerschlissenen Kleidern. Beinahe schien es, als winkte sie mir zu.

Nimm dich in Acht. Du hast den Wind wütend gemacht.

Es war nicht die ausgesprochene Warnung, sondern die Erinnerung an den Ausdruck des Entsetzens im Gesicht der Frau, die mir eine Gänsehaut bescherte.

Sei kein Dummkopf!

Ich packte die Reste des Nachtmahls in mein Bündel, lehnte mich mit dem Rücken gegen einen Baumstamm und stopfte meine Pfeife, einen Schraubenschlüssel griffbereit neben mir. Sollte sich jemand ins Feld wagen – ich war vorbereitet.

Irgendwann schreckte ich hoch. War ich eingenickt? Verschlafen blickte ich zum abnehmenden Mond, der sein bleiches Licht auf die Landschaft hinabschickte. Etwas war anders als zuvor, doch ich konnte nicht sagen, was es war. Das Feld lag ruhig am Wegesrand, Wind strich durch die Halme, niemand war zu sehen.

Da hörte ich es. In die Rufe eines Käuzchens mischte sich ein Klang, der mir vertraut war. Ein Schneiden und Rascheln, Reißen und Hacken. Irgendjemand war im Feld.

Die Benommenheit fiel von mir ab und ich tastete nach meinem Schraubenschlüssel. Für einen Moment des Schreckens glaubte ich, der Korndieb hätte ihn mir entwendet, doch ich fand ihn an den Stamm des Baumes gelehnt, unter dem ich gelegen hatte. Die Faust um den Griff geballt, lief ich über die trockene Erde. Je näher ich dem Getreide kam, desto lauter wurde das Rascheln.

Ganz eindeutig schnitt dort jemand den Hafer. Der Kloß in meinem Hals wuchs, als ich zwischen die Ähren tauchte. Eine Wolke schob sich vor den Mond, tunkte die Landschaft in Dunkelheit. Vorsichtig tastete ich mich voran.

Knack!

Erschrocken hielt ich inne. Ein dürrer Zweig lag zerbrochen unter meinem Schuh. Dann fiel mir die Stille auf. Das Rascheln und Schneiden hatten aufgehört, auch das Käuzchen war verstummt.

Ich lauschte in die Finsternis. Bewegte sich dort etwas? Vor mir? Hinter mir? Nichts.

Ein plötzlicher Windstoß fegte mich von den Füßen. Ich

landete auf dem Rücken, stöhnte vor Schmerz und wollte mich aufrappeln, als die nächste Böe folgte und mir den Hut vom Kopf riss. Schlingernd verschwand er zwischen den Halmen. Wind zerrte an meinen Haaren und Kleidern, als wollte er mich zerreißen.

Verschwinde!, erklang eine Stimme. *Verschwinde!*

Ich hob die Arme über den Kopf. Panik schnürte mir die Kehle zu, presste die Luft aus meiner Lunge. Ich war wieder auf dem Schlachtfeld. Schüsse peitschten, die Schreie der Verwundeten drangen an mein Ohr. Neben mir stürzte ein Körper dumpf zu Boden. Ich wagte nicht, hinzusehen. Kauerte auf der Erde – wie damals im Schützengraben stumm um Erbarmen flehend –, bis der Wind plötzlich von mir abließ. In einiger Entfernung hörte ich Korn rascheln, dann herrschte Stille.

Um mein rasendes Herz zu beruhigen, zählte ich langsam bis zehn. Einmal, zweimal und noch ein weiteres Mal. Schließlich blickte ich auf. Keine Schüsse, kein Blut, keine gefallenen Soldaten weit und breit. Bloß eine dieser Erinnerungen, die mich dann und wann ohne Vorwarnung überfielen ...

Ächzend erhob ich mich und lauschte, hörte jedoch bloß meinen Atem und das Rauschen des Blutes in meinen Ohren. Die Wolke, die sich vor den Mond geschoben hatte, zog weiter, silbriges Licht ergoss sich über das Korn. Ich blickte in die Richtung, aus der ich gekommen war. Nur wenige Dutzend Meter bis zu meiner Lagerstatt.

Eine Bewegung im Augenwinkel. Ich wandte mich um. Mitten im Feld stand eine Gestalt. Ich stolperte rückwärts, wäre beinahe erneut gestürzt. Das Gesicht konnte ich unter dem Hut nicht ausmachen, doch ich wusste, dass sie mich anstarrte. Laub umspielte sie wie ein Wirbelwind, die Brise bauschte ihr Leinenkleid und ließ ihr langes Haar flattern, doch sie selbst war völlig still.

Verschwinde!

Plötzlich fiel die Starre von mir ab und ich rannte, strauchelte, rappelte mich wieder auf. Erst an meinem Lager blieb ich stehen und drehte mich um. Der Schemen war verschwunden, nur die Maschine hockte wie ein eiserner Fels im Feld. Und dann erkannte ich, was mich bereits zuvor gestört hatte: Die Vogelscheuche war nicht mehr an ihrem Platz.

Mit der Faust hämmerte ich gegen die Tür des Bauernhauses. Es war mir egal, wen ich weckte, ob der Bauer wütend war und mich entließ. Ich hatte das Feld im Auge behalten sollen und genau das hatte ich getan. Nach einer Ewigkeit flammte Licht hinter einem der Fenster auf, eilige Schritte, dann öffnete sich die Tür.

»Was?«, schnauzte der Bauer, und als er mich erkannte: »Weißte, wie spät es ist?«

»Da ist jemand im Feld«, erwiderte ich.

»Haste ihn verjagt?«

»Ich bin nicht sicher. Er war plötzlich verschwunden.«

»Mann, Mann, Mann! Alles muss man selber machen.« Schnaubend schlüpfte er in die schweren Stiefel, die neben der Tür standen, und stopfte sich das Hemd in die Hose, die Hosenträger ließ er achtlos herabbaumeln.

Eine Bewegung auf der Treppe zog meine Aufmerksamkeit auf sich. Ich spähte an ihm vorbei. Auf einer der Stufen stand eine Frau in einem bodenlangen weißen Nachthemd und starrte mich aus schreckensweit aufgerissenen Augen an. Erst auf den zweiten Blick erkannte ich sie: Es war die seltsame Frau, die mich vor dem Wind gewarnt hatte.

Der Bauer hatte ihre Anwesenheit ebenfalls bemerkt und wandte sich zu ihr um. »Geh zurück ins Bett, Weib!« In seinem Ton lag weder Liebe noch Fürsorge.

Doch die Frau machte keine Anstalten, dem Befehl Folge zu leisten. Mit zitternden Fingern tastete sie nach dem Handlauf. »Sie ist es«, wisperte sie. »Sie ist es.«

Dann gaben ihre Beine nach. Ich befürchtete, sie würde stürzen und sich ernsthaft verletzen, doch sie sackte auf der Treppe zusammen, wimmerte und wiegte sich vor und zurück.

Der Bauer gab ein undefinierbares Geräusch von sich und drängte sich an mir vorbei. »Los jetzt!«

»Aber Ihre Frau –«

»Lass sie. Die ist nicht ganz richtig im Kopf, seit –«

Er winkte ab und stapfte mit schweren Schritten davon. Unschlüssig blieb ich an der Türschwelle stehen, den Blick unverwandt auf die zusammengekauerte Frau auf der Treppe gerichtet. Sie war mir unheimlich. Dieser ganze Ort war mir unheimlich. Ich musste fort von hier. So schnell und so weit wie nur irgend möglich.

Ich hatte ihr kaum den Rücken gekehrt, da erklang Gepolter hinter mir. Im nächsten Moment stürzte sie sich auf mich. Ich hob die Arme, um sie abzuwehren, doch mit einer Kraft, die ich ihr nicht zugetraut hätte, packte sie mich mit beiden Händen am Kragen.

»Sie ist es!«, schrie sie. »Sie ist es!«

Reflexartig umfasste ich ihre Handgelenke, mein Herz raste. Ich wollte ebenfalls schreien, sie anbrüllen, sie möge mich in Ruhe lassen. »Schon gut«, sagte ich stattdessen so sanft, als müsste ich ein verängstigtes Tier beruhigen.

Ruckartig hob sie den Kopf, ihr Blick huschte unstet umher, fixierte mich schließlich und klärte sich. Es schien, als sähe sie mich zum ersten Mal.

»Es ist alles in Ordnung. Bitte lassen Sie mich los.«

»Sie ist hier! Mein armes Kind! Was haben wir getan!«

»Wen meinen Sie? Wer ist hier?«

»Meine ... meine Tochter.«

»Ihre Tochter? Aber –«

»Die Maschine ... Du darfst sie nicht reparieren! Sie ist ... Du hast sie wütend gemacht.« Ihr Griff an meinem Kragen lockerte sich, schlaff sackten ihre Hände hinab.

»Wovon sprechen Sie? Wo ist Ihre Tochter?«

Doch sie reagierte nicht mehr. Ihr Blick flackerte und sie sackte zu Boden, die Arme fest um ihren Körper geschlungen, sich hin und her wiegend ganz in ihrer eigenen Welt versunken.

Ich hatte genug. Mit großen Schritten eilte ich zurück zu meiner Lagerstatt, das Grauen noch immer im Nacken. Geld hin oder her, das hier war nicht meine Angelegenheit und ich würde sie auch nicht zu meiner machen lassen. Ich raffte meine Habseligkeiten zusammen und legte den Werkzeuggürtel um. Wo war mein Hut? Vor meinem inneren Auge sah ich ihn im dunklen Feld verschwinden.

»He, du!«, erklang plötzlich die Stimme des Bauern

einige Meter weit im Feld. Im Mondlicht konnte ich erkennen, dass er etwas in der Luft schwenkte. »Ist das deiner?«

Mit zusammengebissenen Zähnen ging ich auf ihn zu. Tatsächlich, er hielt meinen Hut in der Hand. Ehe ich danach greifen konnte, zog er ihn an seine Brust.

»Nicht so schnell. Was ist das hier?« Er deutete zu Boden. Geköpfte Ähren lagen dort, geschnittenes und niedergedrücktes Korn. »Warst du das?«

Ich schüttelte den Kopf.

»Ach, und wer dann? Der Heilige Geist, oder was?«

»Ich sagte doch: Jemand war im Feld.«

Sein Blick fiel auf das Bündel in meiner Hand. Die Adern an seinem Hals schienen anzuschwellen und er öffnete den Mund, wahrscheinlich, um mich anzuschreien, was mir einfiele, mich einfach aus dem Staub machen zu wollen. Doch ich kam ihm zuvor.

»Wo ist Ihre Tochter?«

Meine direkte Frage schien ihn aus der Fassung zu bringen, doch schon im nächsten Moment hatte er sich wieder gefangen. »Ich habe keine Tochter.«

Er hatte die Worte kaum ausgesprochen, da wurde er nach hinten gerissen. Ein erstickter Schrei – dann war er fort. Entsetzt ließ ich mein Bündel fallen, starrte auf die Stelle, an der er eben noch gestanden hatte. Was in Gottes Namen …?

Verschwinde!

Ich fuhr herum. Nur wenige Meter von mir entfernt stand eine Gestalt, in weißes Leinen gekleidet. Unter dem breitkrempigen Hut zauste der Wind flachsblondes Haar. Langsam kam sie auf mich zu. Bei jedem Schritt schnitten die Sensen, die sie an eisernen Fesseln um ihre Fußknöchel trug, durch das Getreide. Die geköpften Ähren hoben sich in die Luft, umspielten sie in sanften Wirbeln.

Ich wollte ihrem Befehl nur allzu gern Folge leisten, doch ich war wie erstarrt.

»Wer bist du?«, flüsterte ich.

Ihre Haut schimmerte so weiß wie der Mond, nur auf ihrer linken Gesichtshälfte zog sich ein flammend rotes Mal von der Stirn bis auf die Wange. Darunter schien die Haut zu brodeln, warf Blasen, färbte sich von Rot zu Schwarz, bis ihr Gesicht völlig entstellt und nicht mehr zu erkennen war.

»Ich bin der Sturm.«

Ich trat einen Schritt zurück, darauf bedacht, sie nicht aus den Augen zu lassen. *Kehre niemals einem Feind den Rücken*, hallte die Stimme meines Offiziers in meinem Kopf wider. *Kehrst du ihr den Rücken, bist du tot!*

»Du bist –«

Das Messer sauste nur knapp an mir vorbei. Die im Mondlicht aufblitzende Klinge streifte den Arm der Kreatur.

»Da hast du es, Bilbze!«, hörte ich jemanden rufen.

Sie fauchte wütend; ein heftiger Windstoß trieb mir Erde und Stroh ins Gesicht. Ich kniff die Augen zusammen. Als ich sie wieder öffnete, war die Frau verschwunden. Einer der Feldarbeiter, der mich den gesamten Tag über gemieden hatte, klaubte sein Messer aus den zu Boden gefallenen Ähren.

»Was zur Hölle war das?«, fragte ich atemlos.

Er schnaubte verächtlich. »Ein Dämon.«

Ein Dämon? Noch heute Nachmittag hätte ich ihn für diese Äußerung ausgelacht. Doch nach dem, was ich gerade gesehen hatte, war ich nur allzu bereit, seine Erklärung hinzunehmen.

»Aber sie ... Er sah so menschlich aus.«

Am Stoff seiner Hose wischte er Erde von der Klinge, drei Kreuze kamen darunter zum Vorschein. »Liegt wohl daran, dass sie ein Mensch war. Oder so was Ähnliches.«

Die Tochter ...

»Etwas Ähnliches?«, echote ich.

Unablässig schweifte sein Blick über das Feld, wie der eines Jägers auf der Lauer. »Sie war 'ne Hexe, das konnte jeder sehen. Der Teufel hat sie mit seinem Mal gezeichnet.« Vage deutete er auf sein Gesicht. »Sie gehörte ihm schon als Neugeborenes. Je älter sie wurde, desto dunkler wurde sein Zeichen. Die Menschen hier wurden krank, das Vieh ebenfalls. Die Felder konnten nicht mehr bestellt werden, das Korn verdorrte. Das sei ihr Werk, hieß es.«

»Wurde sie vor Gericht gestellt?«

»Nein. Vor ein paar Tagen haben einige Leute sie gepackt, Nachbarn, die sich in ihrer Not nicht mehr zu helfen wussten.« Er deutete in Richtung Erntemaschine. »Haben ihren Kopf in den Brenner gesteckt und versucht, ihr das Mal aus dem Gesicht zu brennen. Noch nie habe ich solche Schreie gehört. Sie klangen nicht menschlich ...« Er schien sich in der Erinnerung zu verlieren. Ich glaubte schon, er würde nicht weitersprechen, da fuhr er fort: »Als sie sie wieder rauszogen, hatte das Feuer ihr Haare und Haut fast vollständig vom Knochen gefressen. Gott, dieser Gestank ... Anschließend haben sie sie aufgehängt. Da drüben, am Kreuz.«

Mein Mund war wie ausgetrocknet, als ich seinem ausgestreckten Zeigefinger mit dem Blick folgte.

»An dem die Vogelscheuche hängt?«

»Das ist keine Vogelscheuche.«

Übelkeit stieg in mir auf. Ich schmeckte Galle, japste nach Luft. Die Jahre des Krieges, in den ich hineingeboren worden war und in dem ich gekämpft hatte, hatten mich mit eigenen Augen sehen lassen, was Menschen einander antaten. Doch die nüchterne Schilderung des Mannes überstieg meine finstersten Albträume, ja, selbst die Erinnerung an die Gräuel des Schlachtfeldes.

Plötzlich durchschnitt ein gellender Schrei die Stille um uns herum. In einiger Entfernung sah ich die Bauersfrau über den Acker stolpern, das ehemals weiße Nachthemd schmutzig von Dreck und Erde.

»Vergib mir! «, schrie sie. »Vergib mir!«

»Schnell!« Der Mann ging in die Knie, sammelte ein paar Ähren vom trockenen Boden auf und drückte sie mir in die Hand. »Ich wehre sie mit dem Messer ab, du sorgst dafür, dass diese Ähren vertrocknen. Vertrocknen die Ähren, vertrocknet auch sie!«

»Wieso ich? Ich habe doch gar nichts getan!«

Er bedachte mich mit einem beinahe spöttischen Blick. »Du hast die Maschine wieder in Gang gesetzt, den Brenner befeuert. Was, denkt sie wohl, wirst du ihr damit antun?«

Ohne meine Antwort abzuwarten, eilte er in die Richtung, aus der der Schrei gekommen war.

Unverwandt starrte ich auf die Ähren in meiner Hand, doch ich sah nur das Gesicht des Mädchens vor mir. Haut, die schmolz wie Kerzenwachs, schwarze Fetzen über weißen Knochen.

Du hast den Wind wütend gemacht!

Was hatte ich getan? Ich hatte doch bloß die Maschine rechtzeitig zur Mahd reparieren und ein paar Groschen verdienen wollen. Wie konnte ich da –? *Die Maschine!*

Mit zitternden Fingern durchwühlte ich mein Bündel nach den Schwefelhölzern, fand sie schließlich, stopfte sie mir in die Hosentasche und ballte die Faust um die Ähren. In aller Eile sammelte ich einige trockene Zweige vom Boden, dann zwang ich mich tiefer ins Feld, auf die Maschine zu. Vergeblich kämpfte ich gegen die grausigen Bilder an, die sich in meine Gedanken drängten, als ich die Klappe des Brenners öffnete, Zweige und einige Strohhalme als Zunder hineinlegte und die Ähren in das Abzugsrohr stopfte. Hastig nestelte ich ein Schwefelholz aus dem Kästchen, versuchte, es zu entzünden.

Ratsch.

Das Schwefelholz brach mit einem Knacken, so laut, dass ich vor Schreck zusammenzuckte. Noch eines.

Ratsch.

Dieses Mal folgte das erlösende Zischen, ein winziges Flämmchen flackerte auf. Doch ehe ich es an die Halme halten konnte, schlug mir eine Böe entgegen. Die Flamme erlosch.

Ratsch.

Zischen. Und das Fauchen des Windes. Das Korn bog sich unter seiner Kraft, formte sich, seiner Wurzeln beraubt, zu einem Wirbel, rollte unaufhaltsam auf mich zu. Alle meine Sinne brüllten, ich solle verschwinden, doch ich blieb stoisch stehen.

Das letzte Schwefelholz. Der letzte Versuch.

Ratsch.

In einer fließenden Bewegung warf ich das Zündholz in den Brenner und schlug die Metalltür zu. Dann riss der Sturm mich mit sich.

Ich blinzelte in den Nachthimmel. Das Tosen hatte aufgehört, das Feld lag völlig still. Stöhnend richtete ich mich auf, eine Hand am schmerzenden Kopf. Die Erntemaschine lag umgestürzt neben mir, im Brenner glommen die Reste der Zweige, Rauch waberte in die Dunkelheit.

Dann hörte ich das Knacken und Ächzen.

Ich folgte dem Spalier der Getreidepuppen, bis ich das hölzerne Kreuz entdeckte. Die nackten Äste ragten hinauf in den Nachthimmel, von der Kreatur keine Spur. Doch die Laute kamen eindeutig aus dieser Richtung. Gegen jede Vernunft trugen meine Füße mich weiter, tiefer ins Feld, näher an das Kreuz heran.

An seinem Fuß hockte ein zusammengesacktes Bündel. Zuerst hielt ich es für ein Bund Getreide, dann erkannte ich die Gestalt, die dort kauerte. Trockenes Geäst ragte wie Knochen aus ihren Schultern, die Kleider hingen in Fetzen an ihrem Leib und um ihre Fußknöchel trug sie eiserne Fesseln, an denen Sensen befestigt waren. Mit einem Knacken, das wie das Brechen morscher Äste klang, hob sie den Kopf und sah mich aus leeren Augenhöhlen an. Sie streckte die Hand aus, ein skelettiertes Etwas, dessen Finger sich krümmten, um nach mir zu greifen. Ich wollte schreien, fliehen. Aber ich blieb, wo ich war, unfähig, mich zu bewegen.

Ich hörte Schritte und die Schreie mehrerer Personen, drehte mich jedoch nicht um, fixierte noch immer die Kreatur, die ihren Schädel in Richtung der sich nähernden Menschen drehte. Langsam erhob sie sich. Sie wuchs und wuchs, überragte mich schließlich um zwei Kopflängen.

Hinter sich zog sie etwas hervor, das ich als hölzernen Bogen erkannte. Die Kreatur spannte die Sehne und legte an. Einen entsetzlichen Augenblick lang glaubte ich, sie zielte auf mich, dann schoss der Pfeil an mir vorbei und traf den Bauern in die Schulter. Ich erwartete einen Schrei, doch er kippte stumm hintenüber und blieb reglos liegen.

Ich würde sterben, in dieser Nacht, auf diesem Feld, durch die Hand dieser Kreatur. Wir alle würden das.

Plötzlich erhob sich der Wind und die Gestalt löste sich auf. Stück für Stück ihres vertrockneten Körpers wurde davongetragen. Für einen Moment legte sich das Trugbild einer menschlichen Erscheinung über sie. Eine junge Frau, das Haar silbrig im Mondlicht, ein dunkelrotes Mal auf der linken Wange. Sie hob die Hand noch einmal wie zum Gruß, beim nächsten Wimpernschlag war sie verschwunden, als hätte sie nie existiert.

Wimmernd kniete die Bauersfrau neben ihrem Mann, apathisch vor und zurück wippend. »Bitte vergib uns«, wiederholte sie immer wieder, die Hände in den Stoff ihres Nachthemdes gekrallt. »Bitte vergib uns.«

Der Arbeiter, der den Pfeil aus der Schulter des stöhnenden Bauern gezogen hatte, nickte mir zu und tippte anerkennend an seine Hutkrempe. Doch ich fühlte mich, als hätte mir jemand ein tonnenschweres Gewicht auf die Schultern geladen. Der verzweifelte Ausdruck in ihrem Gesicht, bevor der Wind sie davontrug ...

Letzten Endes hatte ich genau das getan, was sie befürchtet hatte: Ihr Tod war *mein* Werk. Ich hatte die Maschine repariert und diese genutzt, um sie zu vernichten. Ich war zu einem Handlanger geworden, hatte ein Urteil vollstreckt, das nie gefällt worden war.

Schaudernd wandte ich mich ab, sammelte mechanisch Hut und Bündel vom Acker und machte mich auf den Weg, ohne ein einziges Mal zurückzublicken. Doch auch nach vielen Stunden der Wanderung spürte ich noch immer die Präsenz des Kreuzes in meinem Rücken. Und den Wind, der mir fortan folgte wie eine stete Mahnung.

Die Autorin

Nina C. Hasse, geboren 1986, ist Autorin und freie Lektorin. Sie lebt mit ihren felinen Assistenten Holmes und Watson in der idyllischen Krimistadt Münster und liebt den Herbst, Nudeln mit Tomatensoße und Reisen in einem maigrünen VW-Bus, der älter ist als sie selbst. 2016 erschien ihr Debütroman »Erstictes Matt«, ein Steampunk-Krimi in einem alternativen New York des Jahres 1893. Online findet man sie auf ninahasse.com und unter @nina_hasse bei Twitter, Instagram und Pinterest.

RÜBEZAHL VS. ENRICO, MANDY UND KLAUS

BEN LESSER

Im Riesengebirge wohnt der Rübezahl
und straft böse Männer, Kinder und Frauen.
Die gibt es dort zurzeit in großer Zahl,
ein Wunder, dass er noch nicht alle hat gehauen.
Da gibt es Enrico, der ist Gerüstbauer,
und Mandy, die poliert ihm den Hauer.
Der dritte im Bunde ist Klaus,
der wohnt in einem Haus.

Es war eines Nachts, da begab es sich,
dass der Berggeist war auf Wanderschaft,
als durch lautes Gebrüll ihn das Gefühl beschlich,
in Aufruhr wäre die Bürgerschaft.
Denn Enrico, Klaus und Mandy,
angestachelt von Bier und Brandy,
wollen die Häuser der Fremden anzünden,
gute Gründe sind hier nicht zu finden.

Voll Verwirrung blickt die Seele des Gebirges
auf das Treiben der besorgten Bürger,
ihr unreflektiertes Prollo-Showbiz,
sie hielt die Menschen einst für klüger.
Für Enrico hat sich nichts geändert,
nur ein paar von denen *sind vorbeigeschlendert,*
ohne am Gartenzaun zu grüßen,
das sollen alle von denen *jetzt büßen.*

Rübezahl sieht den ersten Stein geworfen,
ein zweiter folgt sogleich,
so lösen nur primitive Menschen ihre Sorgen,

das ist kein Kleiner-Jungen-Streich.
Enrico war's,
zerschmettert das Glas,
motiviert nun auch Klaus,
der wirft mit auf das Haus.

Die Polizei kommt, tatü-tata,
Rübezahl denkt: »Jetzt wird's ihnen gegeben!«
Doch es kommt nur: »Weg da!«
Ihren Stammtischkumpels wollen sie keine kleben.
Enrico, Mandy und Klaus hatten ihren Spaß,
ohne Konsequenzen, jetzt noch eine Tüte Gras.
Mandy lässt gleich beide ran,
das mag sie dann und wann.

Der Berggeist kocht aber nun vor Wut,
ohne Not Fremden zu schaden,
entladen muss sich seines Zornes Glut,
wie können sie es nur wagen?
Die stolzen Deutschen aufeinandergeschichtet,
so etwas hat Rübezahl noch nie gesichtet,
Klaus hinten, Mandy in der Mitte, Enrico vorn,
und hält die Mandy an den Ohr'n.

Wie es die drei Wutbürger haben vorgemacht,
einen Stein braucht der Geist aber nicht,
die wilde Erscheinung in Klaus' Schlafzimmer kracht,
Enrico schreit am lautesten, der Wicht!
Mandy kreischt wie Jamie Lee Curtis
und entmannt Enrico mit ihrem Gebiss.

Nun empört sich Klaus:
»Was machen Sie in meinem Haus?!«

Rübezahl, mit Hörnern, roten Augen und drei
Meter groß,
wendet sich nun dem Klause zu,
und schleudert ihn fort von Mandys Schoß,
Mandy rennt weg, stolpert über ihren Schuh'.
Enrico schreit und blutet ob des fehlenden
Gemächts,
keiner glaubt, dass es wieder nachwächst,
ausgespuckt liegt der Lümmel da,
der auch vorher nicht der größte war.

Klaus wird vom Rübezahl gepackt
und aufgespießt auf einem Hirschgeweih,
jammern tut er und ist ganz nackt,
nun ist es aus mit ihm, eieiei.
Die Trophäe war ein Geschenk des Großvaters,
sie hängt neben der eines Maders,
mit Klaus auf ihr drauf,
so steht sie nun zum Verkauf.

Der Enrico ist vor einen Türrahmen gelaufen,
und elendiglich verblutet,
jetzt muss der Rachegeist nur noch mit Mandy
raufen,
wenn sich die junge Dame nicht sputet.
Rübezahls Ärger ist schon fast verraucht,
da ruft Mandy, die auf dem Boden kraucht:
»Du bist doch einer von Merkels Schergen!

Vor dem Volkszorn kannst du dich nicht
verbergen!«

Da glühen die Augen des Riesen auf
und er lässt seinem Zorn freien Lauf.
An den Haaren packt er sie,
sie schreit wie ein Stück Vieh.
Ein Strick um den Hals,
schon knallt's
und Mandy hängt vom Giebel,
an ihrem Fuß noch der Springerstiefel.

Erweiterter Selbstmord wird im Polizeibericht
stehen,
denn Einbruchsspuren waren keine zu sehen.
Rübezahl ist vielleicht keiner von den Guten,
doch nur die Ungerechten müssen durch ihn
bluten.

Der Autor

Ben Lesser wurde 1990 in der thüringischen Provinz geboren, wurde aber schnell nach Kassel verschlagen, wo er seinen Master in der Germanistik 2018 abschloss. Seitdem ist er als selbstständiger Autor, Journalist und Korrektor/Lektor unterwegs. Außerdem lernt er zurzeit das professionelle Milchschäumen. Seine Leidenschaften gelten der Literatur (der einzig wahren Liebe in seinem Leben, hach), den Medien, PC-Spielen, Frauen und dem Kochen. Prinzipiell schreibt er alles außer Kinderbücher.

NACHTALB

ANDREAS HAGEMANN

November 1753

Seit Tagen schickte der Herbst seine stürmischen Kinder übers Land. Ließ sie Laub und trockenes Gras zusammentreiben, um es hinauf in die dunklen, tief hängenden Wolken zu tragen. Die kahlen Bäume winkten ihnen mit knochigen Armen. Zum Dank streifte der Wind hindurch und pfiff gespenstische Lieder. In die graue Tristesse drang kein Sonnenstrahl. Der Winter hielt sich schon bereit, um sich wie ein kalter Schauer über Brandenburg zu ergießen.

Millas Farmhaus lag am Ende einer kahlen Schneise, am Fuße eines Hügels. Wie eine knubblige Nase ragte es aus der Landschaft, der angrenzende Wald dahinter wirkte wie krauses Haar. Als wäre sie ein Kropf am Kinn, stand die alte Scheune schief vor dem Haus. Bot weder vor Wetter noch dem Wind irgendeinen Schutz. Ein klappriges Gestell, zu brüchig, um noch etwas damit anfangen zu können, und zu jung, um einfach in sich zusammenzufallen.

Licht fiel aus einem kleinen Fenster auf den matschigen Hof. Die Kälte kroch am Holz der Außenwand entlang, suchte Wege, um ins Innere zu gelangen. Ein schwaches Feuer im Zimmer kämpfte emsig gegen die klammen Finger des Herbstes, vertrieb sie aus den Ritzen und platzierte seine Wärme in den Fugen. Ein steter Kampf, der von Milla am Laufen gehalten werden wollte.

Sie saß an einem Tisch, eine Scheibe Brot auf dem Teller sowie etwas Butter und Käse. Zum Hinunterspülen des trockenen Breis stand ein Glas Milch parat. Der Lohn für einen harten Tag. Nach Wasser stand ihr nicht der Sinn, davon gab es draußen bereits genug. Auch wenn die Energie, die die karge Mahlzeit lieferte, guttat, schien es, als würde jeder Bissen immer schwerer fallen. Sie legte das Brot nieder und schob den Teller in die Mitte des Tisches. Die Flamme der Kerze blickte tanzend darauf hinab.

Sie rieb sich durchs Gesicht, versuchte die Müdigkeit fortzuwischen. Es half nichts. Gegen den Schlaf anzukämpfen, war so sinnvoll, wie die Scheune gegen einlaufendes Wasser zu schützen. Milla fehlte die Muße, die restlichen Küchenutensilien an ihren angestammten Platz zu bringen. Sie schob alles auf dem Tisch zusammen und nahm den Kerzenhalter.

Der orangefarbene Lichtkegel ging durch die Türöffnung voraus, wanderte durch einen engen Flur, um an dessen Ende beschwingt die alte Holztreppe hinaufzutanzen.

Seit knapp einem Jahr war sie die Einzige, die diese Stufen noch erklomm. Der letzte Winter war unerbittlich gewesen. Über Wochen brachte er erdrückende Schneelasten und machte sich als eiskalter Gast im Haus breit. Früher als erwartet, ging ihnen das Holz aus. Beim Versuch es aufzufüllen, hieb sich ihr Mann die Axt ins Bein. Eine fürchterliche Entzündung folgte, die ihn immer wieder ans Bett fesselte. Der Frühling nahm dann nicht nur den Schnee mit sich, sondern auch ihn.

Seitdem schritt sie mit der Einsamkeit durchs Haus, legte sich zu ihr ins Bett und aß mit ihr. Der einzige Gast, der nicht vertrieben werden konnte. Und so wartete er, wie jeden Abend, bereits im Zimmer. Die alten Scharniere begrüßten sie quietschend, übergaben den Reigen an die knarzenden Dielen.

Auf dem Fenstersims kam die Kerze zur Ruhe, verteilte

ihr Licht gleichmäßig im Raum, während auf der anderen Seite der Scheibe bereits die Nacht wartete.

Milla schlüpfte aus dem schweren, groben Arbeitskleid und hängte es über die Lehne eines Stuhls. Vom Strohbett nahm sie das weiße Nachtkleid. Ein unförmiges Ding mit Löchern und aufgeriebenen Stellen. Aber es hielt warm. Sie schüttelte die schwere Wolldecke auf und rollte eine zweite zusammen, die ihr als Kissen diente.

Zurück am Fenster griff sie erneut nach der Kerze. Ihr Blick blieb an den wehenden Ästen hängen, die sich im Wind immer wieder nach dem Haus streckten.

Hoffentlich zieht kein Sturm auf.

Im Begriff sich abzuwenden, bemerkte sie ein Glimmen am Rande des Waldes. Zwei helle Punkte, die durch das dichte Gestrüpp strichen. Milla kniff die Augen zusammen.

Vielleicht eine verirrte Katze?

Doch was nun aus dem Gebüsch trat, war alles andere als ein Haustier. Ein auf Hufen aufrecht stehender Schatten, der muskulöse Oberkörper vornübergebeugt. Er besaß lange Klauen, wie Mistgabeln abgespreizt, und das schwarze Haupt eines gehörnten Ziegenbocks.

Eiseskälte strich über Millas Haut. Japsend trat sie vom Fenster zurück, drückte sich die Hand vor den Mund, um nicht zu schreien. *Das muss eine Einbildung sein. Ist die Milch verdorben gewesen?*

Vorsichtig lehnte sie sich nach vorn. Einen Schritt zu machen, traute sie sich nicht. Am Waldrand war nichts mehr zu sehen. Nun trat sie doch vor, zog die Stirn kraus. War es nur Narretei? Winzige dunkle Punkte im Matsch führten von der ausgemachten Stelle fort.

Milla schrie auf. Vom Rahmen des Fensters verdeckt,

blickte sie das Wesen direkt an. Gelbe Augen starrten zu ihr hinauf, trieben Angstkälte in sie hinein, wie sie es noch nie zuvor gespürt hatte. Selbst der Schrei in ihrer Kehle gefror.

Sie stakste rückwärts, ließ beinahe die Kerze fallen. Hektisch zuckte ihr Blick in die wenigen Ecken des Raumes. Es gab keinen Ort zum Verstecken. Vor solchen Wesen konnte man nicht fliehen.

Dann hörte sie das Schaben der Hufe über die Dielen.

Milla hastete zum Bett. Der Kerzenhalter ging polternd auf dem Schemel nieder, verspritzte sein weißes Blut. Augenblicklich erlosch das Licht, der Schimmer der Nacht nahm alles in Beschlag. Bebend sprang sie ins Bett, grub sich tief ins stechende Stroh und zog die Decke über sich. Der dicke Stoff ließ nur ein Geräusch hindurch. Das dumpfe *Tock* von Hufen auf altem Holz.

Tock.

Tock.

Stufe um Stufe kam etwas die Treppe hinauf. Verdrängte die Einsamkeit.

Tock.

Tock.

Stille.

Milla zitterte so sehr, dass das Stroh unter ihr raschelte. Es durfte sie nicht hören. Nicht finden. Der Blick aus ihren aufgerissenen Augen fand ein winziges Loch in der Decke. Die Angst hielt sie davon ab hindurchzuspähen, und doch musste sie wissen, ob sie sich das alles nur einbildete. Ob nicht alte Milch, trockenes Brot und fetter Käse ihren Sinnen einen Streich spielten. Sie wagte es.

Tock.

Tock.

Nur wenige Schritte entfernt sah sie die Tür. Sie erwartete, dass die Klinke sich quietschend senken würde. Stattdessen schob sich der Schlüssel langsam heraus. Drehte sich ein wenig, als er hängen blieb, und fiel dann polternd zu Boden.

Ihr Wimmern drang unter der Decke hervor. Rasselnd sog Milla die Luft ein. Ihr Atem ging schnell, ihre Kraft schwand.

Eine dunkle Masse schälte sich durch das Schlüsselloch. Bildete eine Blase, aus der sich weiße, spitze Zähne herausdrückten. Sie klackten aufeinander, erzeugten ein Geräusch, das ihr direkt ins Mark schoss. Der Ziegenkopf wuchs. Lange Klauen zogen den Körper durch die winzige Öffnung. Wie bei der Geburt eines Kalbes schlüpfte es hindurch und fiel ebenso unbeholfen zu Boden. Dann erhob es sich. Gelbe Augen starrten durch die kleine Öffnung in der Decke auf sie herab. Direkt in ihr Herz.

Tock.

Tock.

Keine der Dielen wagte zu knarzen, nur das dumpfe Auftreffen der Hufe hallte durch das Zimmer. Bis das Wesen direkt vor ihr stand.

Milla konnte die Wärme spüren. Wie es über ihr hing. An ihr roch. Sich an ihrer Angst labte. Wie der faulige Atem durch die Poren der Decke kroch. Atmete sie überhaupt noch?

Es verschwand vor der kleinen Öffnung.

Tock.

Etwas Schweres drückte auf ihre Brust. Die Kraft war so groß, dass es ihr die Arme zur Seite schob, sie dem Etwas hilflos ausgesetzt war. Immer stärker wurde der Druck, zerquetschte ihr beinahe den Brustkorb. Es schnalzte mit der Zunge direkt neben ihrem rechten Ohr. Ein widerlicher Klang voller Gier.

Sie japste, versuchte sich gegen die Macht aufzubäumen. Es gelang ihr nicht. In immer kleineren Stößen entfloh ihr die Luft, ohne neue in ihre Lunge strömen zu lassen.

Milla schloss die Augen und gab sich dem Druck hin. Wenigstens zerriss man ihr nicht die Kehle. Und falls doch, würde sie es gleich nicht mehr spüren. Das Zimmer entrückte, nahm alle Geräusche mit sich und ließ sie in stiller Schwärze zurück.

Hitze stieg unter ihr auf. Knisternd, pulsierend, stechend. Sie biss ihr in die Waden, strich durchs Stroh, um sich über den Rücken bis in den Nacken auszubreiten.

Milla riss die Augen auf, wollte lauthals schreien. Ihre Zimmerdecke zuckte in orangenem Licht. Gelbe Flammen tanzten neben ihr. Die Hitze wurde unerträglich. Etwas hielt sie im Bett, drückte sie nieder. Doch da war nichts. Stumm starrten die aufgerissenen Augen ins brennende Zimmer.

Die Flammen zogen sich an ihrem Nachtkleid empor, wandelten den Stoff in schwarze Fetzen und verschmolzen sie mit ihrer Haut. Lösten das Fleisch, versetzten es in Schmatzen, bis es in Klumpen von ihr abfiel. Ihr Haar knisterte, ihre Kopfhaut schälte sich ab.

Asche regnete auf sie nieder. Über ihr brannte der Dachstuhl. Knackend entzog die Hitze dem Holz die Kraft, ließ glühende Stücke auf sie niederregnen. Sie segelten herab, um in Augen und Rachen zu landen. Stechende Schmerzen, wo auch immer sie berührt wurde. Große, rot leuchtende Brocken lösten sich. Bedeckten sie, wo die Flammen noch nicht hinreichten und begruben sie in Höllenqualen. Berstend brach der Deckenbalken, sauste nieder und zerschlug ihr den Schädel.

Millas Schrei gellte durchs Haus, drang durch die hölzernen Wände über den Hof und verstummte erst im angrenzenden Wald. Sie schrie, bis ihr die Luft ausging und sie sich weinend zusammenkauerte. Mit beiden Händen vergrub sie das Gesicht. Erst der säuselnde Wind ließ sie aufhorchen.

Sie war wach.

Und sie war am Leben.

Langsam hob Milla den Kopf und blickte sich um. Die Kerze stand auf dem Schemel, fades Licht kroch durchs Fenster. Schluchzend drückte sie sich hoch. Ihr Arm schmerzte. Sie sah hinab auf winzige rote Punkte, die sich wie eine Bissspur darauf verteilten. Hastig drückte sie die kalte Hand darauf. Sie zitterte. Das Nachtkleid klebte ihr am Körper und die morgendliche Kühle strich ihr gierig über die nackte Haut.

Sie wusste, was sich letzte Nacht zugetragen hat. Nur aussprechen wollte sie es nicht. Ein Nachtalb hatte sie geritten. Niemand durfte davon erfahren. Man würde sie für eine Hexe halten. Und sie wusste nur zu gut, was man mit denen machte. Weiß Gott wollte sie den Traum nicht Realität werden lassen.

Die Arme fest um den Oberkörper geschlungen, trat sie ins Zimmer. Mittig zwischen Fenster und Tür, wusste sie nicht wohin. Milla wollte nicht hinausschauen, aus Angst, ihre Beobachtung würde sich wiederholen. Vor die Tür traute sie sich ebenso wenig. Für immer im Zimmer zu verweilen, war jedoch keine Lösung.

Das Quietschen der Klinke klang vertraut und nahm ihr die Unsicherheit. Im Haus war es still. Also ging sie hinunter, machte Feuer, um Wasser zum Waschen aufzuwärmen und einen neuen Tag zu beginnen.

Das gelbe Paar Augen, das sie vom Wald aus beobachtete, bemerkte sie nicht.

Der Autor

Andreas Hagemann wurde 1982 in Berlin geboren und ist mittlerweile in der Nähe von Düsseldorf sesshaft geworden. Neben der Phantastik begeistert er sich für das Humorige in Geschichten und verleiht ihnen so einen eigenen Charakter. Von ihm sind bisher vier Romane und drei Kurzgeschichten erschienen.

Mehr zum Autor:
andreashagemann.com

DIE DREI

BENJAMIN SPANG

Fast hätte er sie entdeckt. Seine dunkelgrüne Jacke und die Hose im Tarnmuster machten ihn hier nahezu unsichtbar.

Mit dem Zeigefinger an den Lippen bedeutete Sophie ihren beiden Freundinnen, keinen Mucks zu machen. Hinter einem dicht bewachsenen Erdhügel versteckt, beobachteten sie, wie er in festen Stiefeln über den Waldweg schritt. Er räusperte sich, blieb stehen, hustete erst leicht, dann immer heftiger, bis er sich vornüberbeugte und auf den Boden spuckte. Schwer atmend richtete er sich auf, schloss die Augen und ließ sein Gesicht von einem Sonnenstrahl wärmen, der durch das dichte Blätterdach fiel. Mehrmals atmete er tief ein und wieder aus. Dann korrigierte er die Position des Jagdgewehrs, das über seiner Schulter hing, und setzte seinen Weg fort. Erst als er hinter einer Baumgruppe verschwand, stand Sophie auf und kicherte leise.

»Weiter!«, flüsterte sie und stakste eilig durch Farne und Gestrüpp in Richtung Waldweg. Dort angekommen zeigte Jessi mit entsetztem Blick auf die blutige Stelle, wo der Mann auf den Boden gespuckt hatte, und hielt sich die Hand vor den Mund.

»Oh Mann, wie ekelhaft«, flüsterte Lisa und wandte den Blick ab.

Gemeinsam setzten sie ihren Marsch in entgegengesetzter Richtung fort.

»Wie lange noch?«, fragte Jessi nach wenigen Metern und sah sich suchend um in der Hoffnung, ihr Ziel wäre bereits in Sichtweite.

Sophie blickte auf ihre Armbanduhr. »Noch ungefähr eine Stunde.«

»Gut, ich filme ab und zu, ich hoffe, das ist okay?«

Demonstrativ hielt Jessi ihre Digitalkamera in die Höhe, die sie an einer Schlaufe um den Hals trug.

»Du weißt, was wir abgemacht haben?«

»Ja, ich weiß Bescheid!«, sagte Jessi gespielt empört. »Du zeigst dich ja nicht mal auf deinem Instagram-Account! Und Lisa postet immer nur irgendwelche Zitate von Autoren, von denen ich noch nie gehört habe.«

»Niemand zwingt dich, meine Bilder anzugucken«, erwiderte Lisa und grinste Jessi an. »Deinen täglichen Selfies bin ich eh schon längst entfolgt.«

»Das ist nicht wahr, oder?«

Jessis Stirn legte sich in Falten. Es folgte eine minutenlange Grundsatzdiskussion über Freundschaft, bis es Lisa zu bunt wurde und sie ihr Smartphone aus der Tasche zog. Skeptisch musterte sie das Display.

»Kein Netz. Und kein Internet. Ich folge dir wieder auf Instagram, sobald wir hier raus sind. Falls ich dran denke.«

»Sehr witzig!«, grummelte Jessi. Sie ignorierte Lisa in der folgenden halben Stunde ihres Marsches, nach der sie vor der entscheidenden Weggabelung standen.

Ehrfürchtig begutachteten sie die Kreuzung. Der Weg nach rechts führte über einen breiten, befestigten Untergrund. Die Nachmittagssonne schien dort so kräftig auf das Blätterdach, dass es ein rauschendes Meer aus Grün bildete.

Ein Absperrband sollte Wanderer davon abhalten, die linke Abzweigung zu nehmen. *Betreten strengstens verboten!*, stand auf dem Schild, das an dem Band baumelte. Weitere Schilder mit der gleichen Botschaft hingen links und rechts an den Baumstämmen. Dahinter konnte Sophie unebenen Waldboden ausmachen, der von Wurzeln und Steinen durchsetzt war. Dornenbüsche wucherten in alle Richtungen.

»Warum läuft der Jäger seine Streife nicht hier?«, fragte Lisa. »Wäre doch logischer. Oder hat er die Hosen voll?«

»Kannst ihn gerne suchen gehen und fragen«, sagte Jessi und drehte ihr demonstrativ den Rücken zu, während Sophie zum Absperrband ging. Mit einladender Geste blickte sie zu ihren Freundinnen. »Na? Seid ihr bereit?«

»War ich schon, als ich meine Wanderschuhe angezogen habe«, sagte Jessi und klatschte freudig in die Hände.

»Allons-y!«, erwiderte Lisa.

Ohne zu fragen, was das bedeutete, hob Sophie das Absperrband an, um den beiden den Vortritt zu lassen.

»Geh du zuerst«, sagte Jessi. »Ich will hier kurz filmen.«

Sophie warf ihr einen vielsagenden Blick zu.

»Na gut! Lass das Band los und bleib einfach hier stehen, dann wirst du nicht zu sehen sein. Meine Güte!«

Jessi betrachtete die Anzeige ihrer Kamera, die sie frontal auf das Schild am Absperrband richtete, das jetzt wieder auf Hüfthöhe hing. Dann startete sie die Aufnahme.

»Wir sind an der Weggabelung angelangt, die uns direkt zu dem sagenumwobenen Ort führen wird«, berichtete sie den zukünftigen Zuschauern. »Aber was erwartet uns dort? Werden wir die Nacht überleben?«

Sie machte einen Schwenk nach oben, wo das Waldstück zu sehen war, durch das sie sich gleich kämpfen mussten. Dann nickte sie Sophie zu, die daraufhin das Absperrband für sie anhob. Jessi konnte mit ihrem Gepäck auf dem Rücken knapp darunter hindurchschlüpfen. Wie versprochen hatte sie das Zelt ihres Bruders mitgebracht, dass dieser nach seiner Zeit bei der Bundeswehr nicht mehr brauchte.

Lisa folgte ihr und bückte sich mit Stift und Notizbuch in der Hand unter dem Band hindurch. Hinter ihr ließ Sophie es wieder los. Jessi war schon einige Meter vorgelaufen, filmte die Umgebung und sprach mit der Kamera – oder mit sich selbst.

»Wie viele Abonnenten hat sie denn auf YouTube?«, flüsterte Sophie.

»So um die zweihundert«, entgegnete Lisa. »Aber vielleicht gelingt ihr ja mit ihrem persönlichen Blair Witch Project der Durchbruch!«

Sophie kicherte und zog die Nase kraus. Jessi beendete die Aufnahme, als sie zu ihr aufschlossen. Skeptisch blickte sie zu Lisa.

»Ich weiß, dass ihr über mich lacht. Na und? Was machst du da eigentlich für Notizen?«

»Ich sammle Eindrücke. Für meinen nächsten Fantasyroman. Der spielt hauptsächlich im Wald und es kommen ein paar Sagengestalten darin vor.« Sie drehte sich zu Sophie und hielt den Stift über ihr Notizbuch, bereit etwas aufzuschreiben. »Woher wusste man eigentlich, dass die Kinder damals diesen Weg genommen haben?«

»Offiziell wurde das nie bekannt gegeben. Aber einer der Ermittler hat kurz nach dem Vorfall in der Dorfkneipe zu tief ins Glas geschaut und es ausgeplappert.« Sophie schob die Daumen unter die Schlaufen ihres Rucksacks und wich einem Dornenbusch aus. »Er verriet, dass sie anhand des GPS-Signals des Handys ihren Weg verfolgen konnten.«

»Gruselig«, sagte Jessi grinsend. »Mein Video wird der absolute Knaller, das steht fest!«

»Und mehr Infos hast du nicht?«, hakte Lisa nach.

»Nee. Alles, was ich weiß, habe ich in der E-Mail erwähnt. Deshalb mache ich die Tour ja mit euch. Wenn in diesem Kaff in der Vergangenheit was Spannendes passiert ist, will ich das auch auskosten!«

Kichernd bückte sie sich unter einem tief hängenden Zweig hindurch.

»Das mit dem Polizisten in der Kneipe ist mir neu«, sagte Lisa, die neben einem zersplitterten Baumstumpf stehen blieb und fleißig in ihr Notizbuch kritzelte. »Aber das ist kein Problem. Ich erfinde einfach Dinge hinzu, die mir in meiner Story fehlen.«

»Gute Idee! Das mache ich auch!«, antwortete Jessi. »Hat eine von euch vielleicht Lust, später das Monster zu spielen? Im Dunkeln hinter einem Busch sitzen, mit Zweigen wackeln und vielleicht ein paar Grunzlaute machen? Sophie, das wäre doch was für dich, man darf dich nämlich auf keinen Fall sehen!«

»Muss das sein?«

»Ach komm schon, ich muss was Spannendes zeigen, damit die Leute das Video teilen und kommentieren. Bitte!«

»Mal sehen«, erwiderte Sophie und konzentrierte sich darauf, dem nächsten Dornenbusch auszuweichen.

Der Marsch durch das unebene Gelände führte sie immer wieder an querliegenden Baumstämmen und kleineren Anhöhen vorbei. Außerdem hatte der Regen vom Vortag zahlreiche Pfützen hinterlassen, denen sie mal mehr, mal weniger kreativ ausweichen mussten.

Vermoderte Wegweiser, Schotter und einst ausgelegter Rindenmulch zeugten von der ehemaligen Existenz eines Waldweges. Nicht nur die Natur hatte Interesse daran, diesen unpassierbar zu machen. Viele der umgekippten Bäume waren eindeutig einer Kettensäge zum Opfer gefallen.

Nach einer weiteren halben Stunde waren sie endlich am Ziel.

»Das hier ist sie?«, fragte Jessi.

Sie ließ ihren Rucksack samt Zelt auf den Boden fallen, hielt die Kamera vor sich und drückte den Aufnahmeknopf. Mit dunkler Stimme erzählte sie von ihrer Ankunft. Dabei ging sie aus dem Schatten des Waldes hinein in das von der Sonne grell beschienene Gras. Lisa folgte ihr, Sophie blieb am Waldrand stehen.

Die Lichtung wirkte, als wäre sie nur entstanden, weil der Wald vor den drei Eichen in der Mitte zurückgewichen war. Jessi blieb im Schatten der Bäume stehen und forderte Lisa gestikulierend auf, ihr aus dem Bild zu gehen. Kopfschüttelnd wich diese zurück und legte ihren Rucksack ins Gras. Sie schrieb etwas auf, schlich um die Stämme herum und ließ ihre Hand über deren Rinde gleiten.

Nachdem Sophie ihre Freundinnen eine Weile beobachtet hatte, nahm sie Jessis Rucksack sowie den klobigen Sack mit dem Zelt und ging am Waldrand entlang. Hinter zwei großen Büschen ließ sie das Gepäck fallen.

»Helft ihr mir?«, rief sie ihren Freundinnen zu und winkte. Noch einmal sah sie sich um. Ja, hier würde das Zelt vor fremden Blicken sicher sein. Die Büsche waren dicht, der Boden ebenmäßig, aber weich genug für die Heringe.

. . .

Gemeinsam traten sie den Kampf gegen sperrige Stangen, verhedderte Schnüre und die riesige Zeltplane an. Als der letzte Hering in den Boden gedrückt war, betrachteten die drei Mädchen stolz ihr Werk.

Das Zelt sah aus wie eine kleine Hütte. Eine kleine, unsichtbare Hütte, denn die Musterung der Plane bestand aus wilden Flecken verschiedener Grün- und Brauntöne. Niemand würde sie hier entdecken, vor allem nicht in der Nacht.

Jessi ging um das Zelt herum, trat nacheinander auf alle vier Heringe und prüfte mit der Hand die Spannung der dunkelgrünen Schnüre. Sophie fragte sich, wer von ihnen als Erste über eine stolpern würde, und bückte sich zum Zelteingang, dessen Reißverschluss sie nach oben hin öffnete. Sie zog die Schuhe aus, nahm ihren Rucksack und krabbelte hinein. Eine intensive Mischung aus altem Plastik und noch älterem Bier schlug ihr entgegen. Und dann dieser säuerliche Geruch ... War das Erbrochenes?

Durch den Mund atmend, zog sie eine orangefarbene Wolldecke aus dem Rucksack und breitete sie über die gesamte Innenfläche des Zeltes aus.

»Alles gut da drin?«, fragte Jessi.

»Ja, bis auf den Geruch!«

»Moment!« Jessi fummelte an den beiden Seitenteilen des Eingangs herum und befestigte sie mit den herabhängenden Schnüren. »Jetzt kann es etwas auslüften. Ich filme noch ein bisschen, bis gleich!«

Jessi verschwand und Lisa steckte ihren Kopf herein.

»Ist das Clubhaus eröffnet?«

»Klar!«

»Sind Jungs erlaubt?«

»Nein!«

»Die braucht sowieso keiner.«

Grinsend zog Lisa ihre Schuhe aus, kam herein und nahm im Schneidersitz Platz. Natürlich nicht ohne Stift und Notizbuch in der Hand. »Und du meinst, hier werden diese Fangen heute Nacht erscheinen?«, fragte sie.

»Du meinst die Fänggen? Ja.«

Lisa grinste und machte eine Notiz. »Und woran erkenne ich sie?«

»Wie meinst du das?«

»Nun ja, sind es Kobolde oder eher Riesen? Männlich oder weiblich? Gut oder böse?«

»Das ist unterschiedlich. Sie werden mal als riesenhafte Walddämonen beschrieben, dann wieder als Hexen oder Feen, die sich zu Bäumen hingezogen fühlen.«

»Verstehe«, sagte Lisa, schrieb ihren Satz zu Ende, legte sich rücklings auf die Decke und starrte auf das Innere des Zeltdachs. »Wie geht's eigentlich deinem Vater?«

Sophie wusste im ersten Moment nicht, was sie sagen sollte. Hatte sie ihr etwa davon erzählt? Wenn ja, wohl eher beiläufig. Mist.

»Immer noch sehr angeschlagen«, antwortete Sophie. »Aber es gibt vielleicht ein Mittel, das helfen könnte. Etwas unkonventionell, aber wir werden es ausprobieren.«

Sophies Kehle schnürte sich zu und ihr wurde deutlich wärmer, obwohl das Zelt im Schatten stand. Sie erinnerte sich an das, was die Bibliothekarin ihr mitgegeben hatte, und öffnete den Reißverschluss einer Seitentasche ihres Rucksacks. Aus dieser nahm sie eine leere Glasphiole heraus und ließ sie sofort in ihrer Hosentasche verschwinden.

Dabei vergewisserte sie sich, dass Lisa ihren Blick weiterhin nach oben gerichtet hatte.

»Mein Großvater hatte auch Krebs«, sagte Lisa. »Er hat alles Mögliche versucht, um eine Heilung oder zumindest einen Aufschub zu erreichen. Am Ende hat er den Kampf verloren.«

Das Kribbeln in Sophies Kopf wurde intensiver. Es fühlte sich an, als würde jeden Moment der pure Wahnsinn von ihr Besitz ergreifen.

Sie würde es nicht zurückhalten können.

Raus hier!

Raus aus dem Zelt, raus aus ihrem Körper.

Nur noch raus!

Hastig krabbelte sie nach draußen, wo sie mit Socken auf die feuchte Erde trat.

»Alles okay?«, fragte Lisa.

Sophie nahm einen tiefen Atemzug und versuchte sich zu beruhigen. Hastig zog sie ihre Schuhe an und marschierte auf die Lichtung. Hier, unter freiem Himmel und mit der Spätnachmittagssonne auf dem Gesicht würde es ihr bestimmt gleich besser gehen.

Sie schloss kurz die Augen, dann sah sie Jessi, die ihr von Weitem zuwinkte.

»Schaut euch das mal an!«, rief Jessi, neben einer der drei Eichen stehend. Sie nahm ihre Kamera und richtete sie auf den Boden vor ihren Füßen.

Sophie machte sich auf den Weg zu ihr, gefolgt von Lisa, die hinter den Büschen hervortrat. Zu dritt blickten sie auf das, was vor ihnen lag.

»Scheint 'ne Katze gewesen zu sein, oder?«

Jessi nahm einen dünnen Zweig und stach in den verwesten Kadaver eines Tieres. Teile des Skeletts waren zu sehen, gebrochene Knochen und ein weißer Schädel. Aus den Augenhöhlen schlängelten sich kleine und große Wurzeln.

»Sieht aus, als wäre sie festgewachsen«, sagte Lisa.

»Oder der Baum hat sie aufgefressen!«, entgegnete Jessi. Sophie sah in ihren Augen, dass sie eine Idee hatte. Sie drückte den Aufnahmeknopf und führte die Kamera dicht an den Kadaver. Dann machte sie einen Schwenk auf den Baum daneben. »Das wird 'ne super Einstellung!«, sagte sie lächelnd.

Nachdem die drei Mädchen die Umgebung erkundet hatten, nahmen sie eine schnelle Mahlzeit zu sich, die aus Müsliriegeln, Chips und Paprikastreifen bestand. Bei Anbruch der Dämmerung zogen sie sich ins Zelt zurück und spielten ein Kartenspiel, bei dem Jessi alle Runden gewann. Bei den anderen beiden verabschiedete sich die Lust zu spielen ebenso schnell wie die Sonne vom Himmel.

Dunkelheit legte sich über den Wald und die Mädchen machten es sich auf der Wolldecke im Zelt bequem. Abgelenkt von Gesprächen über Fernsehserien und Superhelden, vergaßen Lisa und Jessi schnell die Zeit.

Nur Sophie betätigte alle paar Minuten den Knopf an ihrer Armbanduhr, um das Display zu beleuchten.

»Wann ist denn Showtime?«, fragte Jessi irgendwann.

»Wenn alle drei Bäume im Mondschein stehen«, antwortete Sophie. Die Uhr sagte ihr, dass dies in sechs Minuten der Fall sein müsste.

»Hast du das auch aus dem Buch aus der Bibliothek?«

»Ja.«

Sophie krabbelte nach draußen und zog ihre Schuhe an. Es war deutlich kälter geworden, doch durch ihren erhöhten Puls wollte sich keine Gänsehaut bei ihr einstellen.

»Kommt mit!«, sagte Sophie und ging an den Büschen vorbei auf die Lichtung.

»Super! Der Akku meiner Kamera ist auch wieder aufgeladen«, sagte Jessi und folgte ihr. »Perfektes Timing!«

Die dichten Baumkronen der drei Eichen wogen sich sanft im Wind. Zwei von ihnen waren vollständig vom Mondlicht erhellt, die dritte nur zur Hälfte.

»Habt ihr euch schon überlegt, wer das Monster spielt?«, fragte Jessi, als sie aus dem Wald trat.

Lisa kam dazu und band sich ihre Haare zu einem Pferdeschwanz zusammen. »Jetzt warte doch erst mal«, erwiderte sie und blickte fragend zu Sophie.

»Mir nach!«, sagte diese und ging einige Meter weiter.

Dort, wo der Boden unbewachsen war und nur aus platter Erde bestand, blieb sie stehen. Die Stelle hatte einen Umfang von ungefähr drei Metern. Hier musste es sein.

»Stellt euch neben mich«, flüsterte Sophie.

Kurz darauf standen die beiden Freundinnen neben ihr, um gemeinsam zu schweigen. Jessi fummelte an ihrer Kamera herum.

Die Stille wirkte gleichermaßen beruhigend wie bedrohlich. Sie gab ihnen das Gefühl, allein zu sein an diesem Ort. Doch das konnte sich jederzeit ändern. Auf der Lichtung hatten sie keine Möglichkeit, fremden Blicken zu entgehen. Der Vollmond stand fast genau über ihnen und rückte sie wie ein Scheinwerfer auf der Theaterbühne ins Zentrum.

Jessi drückte den Aufnahmeknopf ihrer Kamera. Das kleine Display ließ ihr Gesicht bläulich schimmern. »Fühlt ihr euch auch beobachtet?«, fragte sie mit begeistertem Unterton in der Stimme.

»Halt die Klappe!«, raunte Lisa, die ihre Oberarme durch den Pullover warmrubbelte und sich nervös umsah. Rechts von ihnen drang ein Rascheln aus der Dunkelheit des Waldes. Dann der leise Schrei eines Tieres aus entgegengesetzter Richtung.

Sophie warf noch einmal einen Blick auf die Armbanduhr. »Schaut auf die Bäume!«, sagte sie.

Jetzt war es so weit. Auch der dritte Baum stand vollständig im Mondlicht.

»Wendet euch auf keinen Fall ab!«

»Und wie lange müssen wir das machen?«, quengelte Lisa.

»So lange wie nötig«, antwortete Sophie.

»Und was soll passieren?«

»Das weiß ich nicht.«

Eine ganze Weile blickten die drei Mädchen auf die Bäume. Nichts geschah. Sophie war fast so weit zu glauben, dass man einen üblen Scherz mit ihr getrieben hatte, als ein leises Knistern erklang. Sie wandte sich nach links. Mit Schrecken erkannte sie riesige Wurzeln, die sich hinter ihren Freundinnen aufgetürmt hatten. Im nächsten Augenblick packten sie zu, schlangen sich um ihre Kehlen und schnürten ihnen die Luft ab. Ächzen drang aus den weit aufgerissenen Mündern. Lisa versuchte mit den Händen die

Umklammerung zu lösen. Dabei zappelte sie wild mit den Beinen, die von weiteren Wurzeln ruckartig zusammengeschnürt wurden. Sophie keuchte, als etwas ihren Hals packte und diesen unaufhaltsam zusammenpresste. Instinktiv versuchte sie, die Wurzel mit den Händen abzureißen.

Vergeblich.

Etwas legte sich um ihren Brustkorb. Panisch griff sie in ihre Hosentasche und zog die Phiole heraus, die sie zitternd nach oben hielt. Mondlicht fiel auf das Glas, das geheimnisvoll zu glühen begann. Die Wurzel um ihren Hals löste sich ebenso wie die um ihren Brustkorb. Sie rang nach Atem und hustete, ohne den Arm zu senken.

Knarzend zogen sich immer mehr Wurzeln um die Körper ihrer Freundinnen.

Lisa starrte sie an, die Augen blutunterlaufen, das Gesicht zu einer schmerzerfüllten Fratze verzerrt. Sie verstand nicht, wieso Sophie ihr nicht half. Eine weitere Wurzel zog sich über ihren Körper, bevor sie durch den schreckgeweiteten Mund in sie hineinkroch. Gleichzeitig zerbrach ihr Becken unter der immer festeren Umklammerung wie ein Ast in der Faust eines Mannes.

Mit einem Ruck trennten die Wurzeln Jessis Kopf von ihrem Körper, überzogen ihr gebrochenes Rückgrat, bohrten sich in ihren Schädel und traten aus den Augenhöhlen wieder heraus.

Stück für Stück fraßen sie die beiden Mädchen auf.

Nach wenigen Minuten hing nur noch schlaffe, durchlöcherte Haut über den unzähligen gebrochenen Knochen. All dies beobachtete Sophie, während sie weiter entschlossen die Phiole in den Nachthimmel streckte. Aus ihrem linken Auge floss eine Träne kitzelnd über ihre Wange.

So schnell, wie die Wurzeln aufgetaucht waren, zogen sie sich wieder zurück und nahmen die sterblichen Überreste mit ins Erdreich. Nur blutgetränkte Erde blieb als Hinweis auf das zurück, was gerade geschehen war.

Noch bevor Sophie einen klaren Gedanken fassen konnte, erklang ein Knistern aus Richtung der drei Eichen. Es wiederholte sich und ging in ein lautes Knacken über. Unter flehendem Ächzen und klagendem Bersten lebendigen Holzes brachen die Stämme in der Mitte auseinander, öffneten sich wie helle, faserige Türen, deren Splitter in alle Richtungen ragten.

Das Innere der Eichen gebar eine Schwärze, die auf der Lichtung langsam schärfere Konturen annahm. Drei Wesenheiten bildeten sich, deren Größe der Bäume hinter ihnen entsprach. Bucklig, die Köpfe gesenkt, standen sie auf dürren, löchrigen Beinen im Mondlicht. Falls sie Gesichter besaßen, so waren diese nicht zu erkennen. Ihre Haare reichten bis zum Boden, Moos hing darin sowie klumpige Erdreste. Begleitet von Knacklauten neigten sie die hängenden Köpfe, als müssten sie ihre Nacken entspannen.

Nach einem Augenblick der Stille setzten sich die Kreaturen in Bewegung. Das Ächzen sich biegender Wurzeln und tiefes Brummen begleitete jeden ihrer Schritte.

Kurz vor Sophie blieben sie stehen und verströmten den Geruch von frischer Erde und nassem Holz.

Ihre dichten Haare bestanden aus einer Unmenge von Wurzeln, in denen kleine und große Käfer hausten und Spinnen ihre Netze flochten. Die Körper dahinter wirkten skelettartig und waren von mehrschichtiger Rinde bedeckt, auf der Schnecken, Tausendfüßler und Ohrenkneifer ihr Dasein fristeten. Dicke Wurzeln umschlangen Hüften und Gelenke, die überlangen Arme endeten in klauenhaften Händen, die knapp über dem Boden hingen. Auf den dürren Fingern wuchsen Flechten und Pilze.

Das waren sie. Die drei Fänggen, von denen die Bibliothekarin erzählt hatte, bevor sie ihr die Phiole überreichte. Sophie streckte sie noch immer zitternd in den Himmel.

Angespannt den Kopf in den Nacken gelegt, starrte sie auf die drei Wesen. Panik durchströmte sie bis in die Fingerspitzen und gab ihr das Gefühl, jeden Moment von innen heraus zu verbrennen. So sehr sie es auch wollte, sie durfte jetzt nicht ausflippen. Sie musste erst das bekommen, was sie brauchte. Das, was ihr zustand für das, was sie gegeben hatte.

Mit knackender und ächzender Rinde hob die Kreatur, die Sophie genau gegenüberstand, langsam ihren Arm, griff mit dürren Fingerspitzen nach der Phiole und führte diese knapp vor ihren Kopf. Mit der anderen Klaue öffnete sie den kugelartigen Verschluss des Gefäßes und riss sich anschließend einen kleinen Splitter aus dem Handgelenk. Eine grün leuchtende Substanz trat aus dem Holz hervor. Die Fängge hielt die offene Phiole darunter und fing einen Tropfen davon auf. Dann reichte sie das Gefäß an die nächste weiter, die diese Prozedur wiederholte. Am Ende hatten alle drei Fänggen einen Tropfen der grünlichen Flüssigkeit abgegeben. Die vorderste beugte sich hinab und streckte Sophie die Phiole entgegen. Diese blickte durch die von Insekten befallenen Wurzelhaare für einen kurzen Moment in ein gelb leuchtendes Auge, das sie mit einer fürchterlichen Gemeinheit anstarrte.

Erschrocken nahm Sophie das letzte bisschen Mut zusammen und ergriff das Gefäß aus der hölzernen Klaue des Monsters. Sofort kniff sie die Augen zu, fest entschlossen sie nie wieder zu öffnen.

»Danke«, schluchzte sie, ging in die Hocke und vergoss weitere Tränen, die Phiole fest umklammert. Sie unterdrückte einen Schrei, bekam für einen Moment keine Luft mehr. Dann flaute die Hitze in ihr ab und das Kribbeln unter ihrer Schädeldecke ließ nach. Minutenlang konzentrierte sie sich auf ihren Atem. Kein anderes Geräusch drang an ihre Ohren.

Von Weitem erklang ein Husten.

Sophie öffnete die Augen. Die drei Baumwesen waren verschwunden. Auch die Stämme der drei Eichen hatten sich wieder geschlossen und sahen aus, wie Bäume nun mal aussehen.

Erst jetzt bemerkte Sophie ihren rasenden Puls. Schweiß rann von ihrer Stirn. Sie erhob sich, blickte zum Vollmond und nahm mehrere tiefe Atemzüge. Den Blick wieder gesenkt, entdeckte sie Jessis Kamera. Der kleine, blutverschmierte Monitor erleuchtete das Gras noch für einige Sekunden, dann schaltete er sich aus.

Hinter Sophie erklangen Schritte im Unterholz. Sie drehte sich um und sah, wie er auf die Lichtung trat. Die dunkelgrüne Kleidung hätte ihn unsichtbar gemacht, wäre da nicht das metallene Schimmern des Jagdgewehrs im Mondlicht gewesen.

»Hast du es?«, fragte er und räusperte sich.

Sophie betrachtete die gefüllte Phiole in ihrer Hand und nickte. »Ja, Papa.«

Der Autor

Benjamin Spang ist ein Autor, der verlagsunabhängig seine Romane schreibt, veröffentlicht und bewirbt. Sein Debütroman »Blut gegen Blut« sowie dessen Nachfolger wurden durch erfolgreiche Crowdfunding-Kampagnen finanziert. Seine Hauptcharaktere sind fast immer weiblich, selbstbewusst und zielstrebig. Er lebt im Saarland und arbeitet dort als freier Grafiker und Social-Media-Berater. Wenn er nicht gerade kreativ tätig ist, guckt er Filme, isst Döner oder trifft sich mit Freunden.

Mehr zum Autor:
benjaminspang.de
facebook.com/benjaminspang.autor
instagram.com/benjaminspang
twitter.com/Doppelmond

EINE HANDVOLL ÄHREN

KARIN JACOB

»'S is nit recht! 's war anderscht ausgmacht«, zeterte Frieder und ballte die Hände zu Fäusten.

Michl zupfte zaghaft an seinem Ärmel.

»Esz hättets halt müssen schneller arbeiten«, erwiderte der Großbauer, auf dessen Feld die beiden Knechte in den letzten Tagen bei der Ernte geholfen hatten.

»Des was'd uns du gibscht, des glangt nit zum Lebä«, keifte Frieder, »und des weischt du au.«

»Lass gut sei«, murmelte Michl und zog fester an Frieders Ärmel. »'s bringt ja nix.«

Frieder wollte sich eben abwenden, da sagte Bauer Hartl: »Des is nit mei Problem, dass esz so faul seits.«

Wie ein durchgehender Gaul riss Frieder sich aus Michls Griff los und wandte sich um. »Faul? Hat er uns faul gnennt? I zeig dir, wie faul i bin!«

Mit rotem Kopf und erhobenen Fäusten stürmte Frieder auf den Bauern los. Er holte aus zu einem Haken, der Hartl die Zähne neu sortieren würde. Da erwischte Michl seinen Freund am Kragen. Mit ungeahnter Kraft zerrte er ihn zurück und schlug Frieder mit der flachen Hand hart ins Gesicht.

»Mach di nit unglücklich«, zischte er. »Kumm etzt.«

Michl zog Frieder am Kragen weg von Bauer Hartl. Von der herrischen Reaktion seines sonst so zurückhaltenden Freundes überrumpelt, folgte Frieder ihm.

»Mir sehet uns wieder«, knurrte er zwischen zusammengebissenen Zähnen, aber so leise, dass Bauer Hartl es nicht mehr hörte.

Erst als die beiden Erntehelfer sich so weit vom Gehöft entfernt hatten, dass Frieder nicht zurücklaufen würde, ließ Michl ihn los.

»Der Ruach, der geizige!«, schimpfte Frieder weiter. »Mir schufted uns de Finger krumm, und er lasst uns hungern. Net amol a gscheits Essen hat er uns gem.«

»'s stimmt ja, was'd sagscht«, gab Michl zu. »Aber er kann's halt mache, und mir nit. Du weischt, was sonscht bassiert.«

»Ja, ja«, brummelte Frieder. »Und danke.«

Die beiden trotteten auf der Landstraße dahin, auf dem Weg zum nächsten Hof, bei dem sie für Essen und ein paar Geldstücke bei der Ernte helfen konnten. Oder beim Viehtrieb, dem Holzmachen, wobei auch immer. Das Geld brauchten sie, um über den Winter zu kommen. Entweder das oder einen Bauern, der sie über den Winter behalten würde.

Aber die Chancen waren gering. Die Bauern waren geizig geworden, hartherzig, und es gab zu viele Helfer. Zu viele Arme, die sich wandernd verdingten und nie wussten, ob sie am Abend etwas im Bauch haben würden. Wer sollte da schon so ein Gespann wie Frieder und Michl aufnehmen? Der eine alt und jähzornig, der andere schwächlich, geistig recht langsam und so schüchtern, dass er den Mund fast nicht aufbekam. Es gab so viel Bessere als sie.

Sie näherten sich dem Grenzstein von Bauer Hartls Grund und wanderten am Feld entlang, auf dem sie vor einigen Tagen gemeinsam mit anderen Männern und Frauen Roggen geschnitten und zu Ähren gebunden hatten. Am Rand standen noch immer einige Ähren als Gabe für die Kornmutter, damit sie für den Winter ein Heim hatte und auch im nächsten Jahr für eine reiche Ernte sorgte.

Als Kind hatte Frieder viele Geschichten über die Kornmutter gehört, ebenso wie über den Hafermann, die

Roggensau und viele andere machtvolle Gestalten. Er hatte die Legenden auch an Michl weitergegeben, der die Geschichten begierig aufsog und fest daran glaubte. Manchmal ertappte Frieder ihn dabei, wie er bei der Ernte zu dem einen oder anderen Erntedämon sprach und ihn um Milde bat, weil er dessen Heim zertrampelte oder um die Mittagszeit arbeitete. Inzwischen allerdings hörte man diese Erzählungen nur noch selten. Es wunderte Frieder fast ein wenig, dass gerade der geizige Bauer Hartl der Kornmutter Getreide opferte.

Da sprang diese Idee in seinen Kopf, so aufdringlich und fordernd, dass Frieder es kaum erwarten konnte, den Rand des Feldes und die übrig gebliebenen Ähren zu erreichen. Er ging schneller, Michl lief keuchend hinter ihm her.

»Was hast denn uff eemal?«, fragte Michl, doch da hatte Frieder das Korn bereits erreicht. Er streckte die Hände danach aus und begann, eine Ähre nach der anderen abzubrechen. »Was tuscht denn da?«, schrie Michl mit schriller Stimme. »Bischt narrisch?«

Er sprang auf Frieder zu und versuchte, dessen Arm festzuhalten, doch der schüttelte ihn ab wie eine lästige Fliege. Michl jaulte auf, taumelte und plumpste ungeschickt auf den Hintern. Mit Tränen in den Augen hockte er auf dem staubigen Boden und blickte fassungslos zu Frieder auf.

»Aber die Kornmutter«, flüsterte er. »Oh Herr im Himmel, hilf! Sie wohnt doch da, des weischt doch …«

Frieder schüttelte zornig den Kopf, während er mit beiden Händen weiter die Halme abriss.

»Wann er uns des bissle Essen ned gunnt, na soll er au kei gute Ernte ham nächsts Jahr«, schimpfte er.

»Aber Frieder, du weischt doch, dass des nit alles is. Du

hascht mir doch erzählt, was die Kornmutter mit dene macht, die ihre Wohnstatt zerstörn. Sie werd di holn ... Was soll i na machn?«

Michl weinte jetzt. Dicke Tränen kullerten über sein rundes Gesicht.

»Itzt sei kei Kind«, schimpfte Frieder. »Des isch doch bloss G'red. Was soll scho bassiern?«

Frieder riss die letzten Halme aus und stopfte sich den Roggen in die Taschen. Dann streckte er Michl eine Hand hin.

»Etz kumm, mir gehn weiter. Hör auf zum Greinen, 's isch mir ja nix gschehen.«

Michl wischte sich über das nasse Gesicht, griff nach Frieders Hand und ließ sich von ihm hochziehen. Zwar fürchtete er sich noch immer vor dem Zorn der Kornmutter, aber wenn Frieder sagte, alles sei gut, dann glaubte er ihm das.

Frieder hatte ihn noch nie angelogen und war immer gut zu ihm gewesen. Manchmal war er zwar etwas grob, aber dafür konnte Frieder nichts, das lag ihm halt so in der Natur. Aber er hatte immer auf Michl aufgepasst. Das hatte vorher noch keiner. Nein, der Frieder, der war in Ordnung.

Sie gingen weiter, bis sie schließlich kurz vor Einbruch der Dunkelheit einen Hof erreichten. Frieder klopfte an die Stubentür und bat den Bauern, der gerade beim Essen saß, um ein Nachtlager. Der Bauer befahl sie mit einem Nicken seines feisten Kinns in die Stube, dann musterte er sie von oben bis unten.

»Staubig seids, und Muskeln habts auch. Könnts arbeiten?«

Michl nickte eifrig.

»Ja«, sagte Frieder, ungewohnt wortkarg. »Hast was zum Tun für uns, Bauer?«

Mit vollem Mund antwortete dieser: »A paar Felder sind no zum Ernten, und auf der Tenne hats auch Arbeit. Esz kennts euch aus?«

Michl nickte wieder, und Frieder fragte: »Wasch zahlst?«

»A trockns Bett im Stroh, zweemol am Dag Essn und an halbn Taler am Dag«, sagte der Bauer.

»An halbn Taler für jeden«, feilschte Frieder, »und du zahlscht jedn Dag.«

Der Bauer nickte, dann stopfte er sich ein Stück Brot in den Mund. Michls Magen grollte leise. »Isch gut. Solang i z'friedn bin mit euch, zahl i au. Sonst schmeiß i euch naus.«

»Des isch nur recht und billig«, bestätigte Frieder. »Hascht no bissle was zum Essn für uns, damit mir morgen au bei Kräftn sin?«

»Emmi«, brüllte der Bauer so laut, dass Michl zusammenzuckte. »Zeig dene zwei ihrn Schlafplatz und gib earne a Stückl Brot und Wurst.«

Eine verhärmte Frau, der Kleidung nach die Bäuerin, trat hinter einem Vorhang hervor in die Stube. Sie blickte die beiden Helfer kurz an, dann wandte sie sich ab und kramte in den Küchenschränken herum. Mit einem halben Laib Brot und zwei Hartwürsten in den Händen drehte sie sich wieder um. Michls Bauch gab inzwischen Geräusche von sich, als hätte er einen Wolf verschluckt.

Emmi versuchte, ein Lächeln zu unterdrücken. Dann drehte sie sich noch einmal um und holte eine dritte Wurst aus dem Schrank. Sie wickelte die Lebensmittel in ihre Schürze und nahm eine Laterne vom Haken, die sie am Herdfeuer entzündete.

»Kemmts mit«, sagte sie und führte die beiden zur Scheune.

Unter lautem Quietschen öffnete sie die Tür und führte Michl und Frieder hinein. Mit der Laterne leuchtete sie in eine Ecke, in der Heu lose aufgeschüttet lag.

»Da kennts eich einrichtn«, sagte sie. »Morgn früh geht's zeitig los. Esz werds an Hahn scho hörn. Da habts a Essn und a Liacht.« Mit diesen Worten reichte sie Michl das Brot und die Würste und streckte Frieder die Laterne hin.

Die Dämmerung zog eben erst herauf, als der Hahn sie am nächsten Morgen weckte. Frieder und Michl reckten sich, dann traten sie aus der Scheune und blinzelten die Müdigkeit weg.

Gegenüber kam der Bauer aus der Stube und winkte ihnen zu. »Kemmts rüber«, rief er. »Jetzt gibt's a Frühstück, dann geht's aufs Feld.«

Michl und Frieder ließen sich nicht zweimal bitten. Frühstück hatten sie bei Bauer Hartl nie bekommen, höchstens dünnen, zum zweiten Mal aufgebrühten Kräutertee oder Wasser. In der Stube war bereits das Gesinde des Bauern versammelt. Die beiden stürzten einen großen Becher frischer Milch hinunter, und Emmi steckte jedem noch ein Stück Brot zu. Anschließend drängte der Bauer zum Aufbruch. Er führte die Gruppe zum Geräteschuppen, wo er jedem ein Werkzeug in die Hand drückte: Sensen und

Sicheln für die Männer, Garn zum Binden der Garben für die Frauen.

Als sie das Roggenfeld erreichten, schob die Sonne sich über den Horizont. Die letzten Nebelgeister tanzten über den Ähren, verbrannten im Licht. Sie begannen mit der Arbeit; Frieder und Michl schnitten mit den Knechten im Takt, während die Mägde das Korn bündelten und zu Garben zusammenbanden. Der Bauer schritt zwischen ihnen einher, trieb sie an und ließ sogar hie und da ein lobendes Wort fallen.

Gegen Mittag blies der Bauer auf einer Pfeife zur Pause. Die Bäuerin, Emmi, war mit einem großen Korb gekommen, in dem sich kalter Braten, Bohnen, Käse, hartgekochte Eier und Dünnbier befanden. Hungrig griffen die Knechte zu, und auch Frieder und Michl erhielten ihren Teil.

Nachdem sie gegessen hatten, ließ der Bauer noch eine Weile ruhen, damit seine Leute nicht in der größten Mittagshitze arbeiten mussten. Frieder und Michl zogen sich an den Rand des Kornfelds zurück und legten sich im Schatten der noch ungeschnittenen Ähren nieder. Frieder war fast eingedöst, als Michl erschrocken auffuhr.

»Was is denn?« Frieder blinzelte verschlafen zu Michl empor.

»Hörst du's nit? Die Kornmutter is im Feld«, flüsterte Michl. Er deutete zwischen die Halme.

Frieder richtete sich auf und spähte angestrengt. »Ich seh nix«, brummte er.

»Na da!« Michl zeigte eifrig auf einen Punkt inmitten der noch stehenden Halme. Und tatsächlich, als Frieder ganz genau hinsah, konnte er sehen, wie sich einige Ähren nach unten bogen.

»Des isch nur der Wind«, murmelte er und wollte sich wieder zurücklegen, doch Michl packte ihn an der Schulter.

»Was Wind? Merkscht du irgendwas von Wind? Des isch kei Wind! Des isch die Kornmutter.« Michls Augen wurden groß, und er blickte bang auf Frieders Taschen hinunter. »Du hascht die Ähren noch da drin?«, keuchte er. »Du ...« Hilflos zuckte sein Blick zwischen dem Korn in Frieders Taschen und den niedergedrückten Ähren im Feld hin und her. »Du ... Jetzt kommt sie. Deinetwegen. Des weischt du, oder?«, flüsterte er heiser.

Frieder schüttelte den Kopf. »So a Boggmischd«, setzte er an, doch dann sah er aus dem Augenwinkel einen sich bewegenden Schatten.

Da war eine Gestalt im Getreide. Dunkel, mit einem großen Hut. Schritt für Schritt drückte sie das Korn nieder, dann konnte er sie sehen. Eine Frau, ganz schwarz. Ihre Arme waren lang, die riesigen Brüste schleiften fast auf dem Boden. Das Gesicht furchig, alt, übersäht mit Grannen.

Die Kornmutter! So wurde sie in den grässlichen Sagen beschrieben; Frieder erkannte sie sofort. Er stierte die Gestalt an, die es nicht geben konnte, nicht geben durfte und die dennoch durch die Reihen schritt. Er griff nach Michl, doch dieser zog seine Hand zurück. Die Gestalt im Getreide öffnete den Mund, und Frieder wollte seine Ohren bedecken, aber seine Hände gehorchten ihm nicht. Die Kornmutter rief ihn, sie rief ihn zu sich. Er spürte, wie seine Beine zuckten.

Noch einmal streckte Frieder seine Arme nach Michl aus, hilfesuchend, flehend. Doch Michl reagierte nicht; starr vor Schreck kniete er am Rand des Feldes.

»Kornmutter, verzeih mir!«, wollte Frieder bitten, aber sein Hals war trocken, kein Wort drang aus seiner Kehle.

Und die Muhme kam immer näher! Hilfesuchend blickte Frieder sich um, doch da war niemand mehr, kein Michl, kein Knecht, kein Bauer. Da waren nur er und die Kornmutter.

Plötzlich fielen Frieder die Ähren in seinen Taschen wieder ein. Hastig kramte er sie hervor und hielt sie der Kornmutter hin, hoffte auf ihre Vergebung, auf ihre Gnade.

Doch es war zu spät, und das wusste Frieder. Kraftlos sanken seine Hände herab, die Ähren fielen zu Boden, als die Kornmutter ihn erreichte. Sie streckte ihre langen Arme nach ihm aus, und Frieder schloss die Augen.

Die Kornmutter packte ihn, zog ihn in eine Umarmung und drückte ihn fest an ihre gewaltigen Brüste. Frieder konnte nicht mehr atmen, konnte sich nicht bewegen. Die Kornmutter drückte fester, Frieder wurde schwindelig. Sein Brustkorb knackte, als seine Rippen brachen, sich in seine Lunge bohrten. Blut drang aus Frieders Mund, rote Tränen rannen ihm aus den Augen. Er spürte seine Beine nicht mehr, seine Arme nicht mehr, gar nichts mehr. Noch einen Moment lang klammerte Frieder sich an sein Bewusstsein, dankbar, dass der Schmerz vorüber war.

Michl beobachtete das Geschehen aus sicherer Entfernung. Er war starr vor Angst. Seine Blase entleerte sich, doch er merkte gar nicht, dass seine Hose nass wurde. Er wünschte sich, Frieder retten zu können, aber er konnte der Kornmutter nicht nehmen, was ihr zustand. Er hatte versucht,

Frieder zu warnen, doch der hatte nicht hören wollen. Dabei wusste jeder, dass …

Verzweifelt kniff Michl die Augen zusammen und presste die Hände auf die Ohren. Das Rauschen seines Blutes übertönte Frieders Todeskampf. Als Michl die Augen endlich öffnete, waren Frieder und die Kornmutter verschwunden. Nur das niedergedrückte Korn zeugte noch von ihrer Anwesenheit. Die Halme richteten sich bereits wieder auf.

Als die Pfeife des Bauern ertönte, machte Michl sich mit den anderen wieder an die Arbeit. Am Abend, als der Bauer den Lohn auszahlte, fragte dieser nach Frieder, doch Michl schüttelte nur den Kopf.

»Na, macht nix«, beschied der Bauer. »Dann kriegsch eben du euer beider Lohn. De Kornmutter hats ja gut gmeint mit mir des Joahr.«

Die Autorin

Karin Jacob hat bereits etliche Kurzgeschichten veröffentlicht, vorwiegend im phantastischen Bereich. Ihre Geschichte »Anderland« erzielte den 2. Platz bei der Storyolympiade 2012. Zudem stammt der Lyrikband »Gerupfte Engel« (Wortkuss Verlag) aus ihrer Feder. Für die Anthologie »Die Welt im Wasserglas« (Verlag p.machinery) zeichnet sie als Herausgeberin verantwortlich. Zum Ausgleich lässt sie gern in den bayrischen Alpen die Seele baumeln oder verirrt sich auf ausgedehnten Spaziergängen.

Mehr zur Autorin:
lyramada.de
twitter.com/Karin1Albrecht

ABGEBROCHENE RIESEN

STEFAN BARTH

Die Kacke fing an zu dampfen, als ich dem Zwerg im Gemüsebeet unseres Kleingartens auf den Kopf pinkelte.

Ja, ein Zwerg, ein richtiger Zwerg.

Keiner aus Porzellan, kein Kleinwüchsiger, so wie Roland, der Drogen dealende Liliputaner aus *Belinda's Pub*, sondern ein waschechter Herr-der-fucking-Ringe-Style-Zwerg.

Kein Scheiß.

Er reichte mir nicht mal bis zur Hüfte, steckte in einem gammeligen Lederwams, ein kurzes Schwert am Gürtel, dazu ein geflochtener Bart, der ihm bis auf die Wampe hing. Und eine grimmige, wettergegerbte Visage, über die jetzt meine Pisse lief.

»Was pinkelt er mir aufs Haupt?«

»Was frisst du die Gurken von meinen Eltern?«

»Gute Gurken, diese Gurken. Seine Eltern verstehen etwas von Gemüse.«

Ich wollte fragen, wessen Eltern er meinte, dann schnallte ich, dass er von meinen sprach und dass das nur seine beknackte Art zu reden war. Stattdessen fragte ich, was die alberne Verkleidung solle, schließlich war Karneval seit drei Monaten vorbei. Er erwiderte, er habe keine Ahnung, was Karneval sei.

Ich hatte bereits ein paar Bier intus, deswegen war mir die Absurdität zunächst nicht ganz klar. Ich stand im Garten meiner Eltern und hielt ein Schwätzchen mit einem Zwerg.

Hinter uns, aus dem gemauerten Häuschen, einem ehemaligen Plumpsklo, hörten wir Jenny Breitenbach leidenschaftlich stöhnen. Sie bettelte Peitsche an, sie so richtig hart zu rammeln, was sie Peitsche nicht extra sagen musste.

Dass Jenny Breitenbach, die Tochter von Hagens prominentester Unterweltfigur, Lutz Breitenbach, auf meiner Geburtstagsparty aufkreuzen würde, war übrigens genauso unerwartet wie der Zwerg im Gemüsebeet. Jeder kannte Jenny, die mit der Optik eines Playmates durch die Kneipen und Discotheken unserer Volmestadt flanierte, immer mit einer Entourage aus Tussis und Schönlingen im Schlepptau. Und jeder kannte ihren Vater beziehungsweise wusste, wer er war: der Hagener Don Corleone.

Okay, Breitenbach steckte wohl niemandem abgehackte Pferdeköpfe ins Bett, aber in der Szene waren er und seine Kohorten gefürchtet. Sie sponserten diverse Krankenhausbesuche. Es gab auch das Gerücht über einen Motorradclub, der versucht hatte, sich in Breitenbachs Revier (Rotlicht und Drogen) zu drängen, und seitdem zwei spurlos verschwundene Mitglieder zu beklagen hatte.

Kurzum, Breitenbach war niemand, mit dem man als Ottonormalverbraucher etwas zu tun haben wollte, und schon gar keiner, dessen Tochter man auf einem Gartenscheißhaus vögeln sollte. Aber Peitsche besaß den Ruf, sein Ding in alles zu stecken, was nicht bei drei auf den Bäumen war, und da war die granatenscharfe Tochter eines Gangsterbosses eigentlich nur logische Konsequenz.

Wir hatten alle ganz schön blöde Gesichter gezogen, als er vor zwei Stunden mit Jenny im Garten aufgekreuzt war. Anscheinend hatte er sie kurz vorher im Tuba-Keller einfach angequatscht. Und wie so viele Mädels war auch Jenny nicht immun gegenüber Peitsches, wie er es selber nannte, »Asi-Charme«.

Der Zwerg hatte Jennys Stöhnen auch gehört. Er grinste dreckig. »Sie feiern wohl ein rauschendes Fest, was?«

»Geburtstagsparty«, sagte ich. »Bin achtzehn geworden.«

Der Zwerg machte doch ernsthaft eine kleine Verbeugung. »Meine Ehrerbietung, junger Freund. Hoch soll er leben.«

Offenbar war er nicht mehr sauer, also fragte ich ihn, ob er nicht Lust habe ein Bierchen auf mein Wohl zu zischen. Was Bier ist, musste ich ihm nicht erklären, und ja, er hatte Lust.

Wir stiegen die bröckelige Treppe zur Terrasse hoch. Im Klohäuschen verlangte Jenny von Peitsche ihr sein Ding in eine andere Körperöffnung zu stecken. Du meine Güte.

Aus der Gartenlaube schlugen uns Kippenqualm und Musik entgegen. Am Tisch hörten Auge und seine neue Flamme Meike auf zu knutschen. Franca, die gerade dabei war, dass Paper eines Joints anzulecken, hielt mit rausgestreckter Zunge inne.

Die drei starrten uns an. Ich wollte den Zwerg vorstellen, aber mir fiel mir ein, dass ich seinen Namen nicht kannte, also fragte ich ihn.

Der Zwerg deutete eine kleine Verbeugung an. »Gestatten. Randulf der Große, mein Name.«

Ich nannte Randulf dem Großen die Namen der anderen. Dann drückte ich ihm eine Kanne *Andreas Pils* in die Hand. Bevor ich ihm den Öffner in Form einer nackten Frau reichen konnte, den mein Vater zum Fünfzigsten geschenkt bekommen hatte, biss der Zwerg den Kronenkorken mit seinen Zähnen ab. Sekunden später war das Bier komplett in seiner Kehle verschwunden. Der Rülpser, der folgte, hätte vom Hulk sein können und nicht von einem Typen von der Größe eines Küchenmülleimers.

In der offenen Tür erklang Jennys Kichern. Ich drehte mich um.

Peitsche hatte seinen muskulösen Arm um Jennys Schultern gelegt. Er bemerkte die seltsamen Blicke von Auge, Meike und Franca. »Was glotzt ihr wie'n frisch geficktes Eichhörnchen?« Dann entdeckte er den Zwerg, der sich ein weiteres Bierchen aus dem Kasten fischte.

»Das ist Randulf«, erklärte ich.

Peitsche sah mich an. »Alter, wo hast du *den* denn aufgegabelt?«

»Beim Pinkeln im Blumenbeet.«

Peitsche lag eine weitere Frage auf den Lippen, aber dann schüttelte er nur den Kopf. »Hi, Randulf. Ich bin Peitsche. Gib mir fünf.«

Der Zwerg blickte ratlos auf Peitsches erhobene Hand.

»Der ist ja süß«, sagte Jenny mit besoffenem Grinsen.

Peitsche nickte. »Ja. Der kann dir im Stehen die Muschi auslecken.«

Jenny lachte, als wäre das der beste Witz, den sie je gehört hatte. Wie gesagt: Peitsches Asi-Charme.

Der Zwerg hatte sein Bier wieder geleert und biss die dritte Kanne auf.

Franca steckte den fertigen Joint zwischen ihre Lippen, die ich an diesem Abend auf jeden Fall noch küssen wollte. Sie nahm einen Zug und drückte ihn mir in die Hand. Ich inhalierte, hatte das Gefühl, als würde meine Schädeldecke gen Weltall reisen, und reichte den Joint an Auge weiter.

Wir diskutierten über den Zwerg, der mit Peitsche auf

mein Wohl anstieß. Die anderen kamen zu dem Schluss, dass Randulf ein durchgeknallter Kleinwüchsiger sein musste, der uns alle gehörig verarschte.

Ich hätte dem fast zugestimmt, aber dann fiel mein Blick auf das Regal neben dem Fenster. Darin standen ein paar Schmonzetten und Krimis, die meine Eltern nach getaner Gartenarbeit im Liegestuhl genossen. Daneben eine zerfledderte Ausgabe von *Ruhrgebietsagen*, ein vergilbter Schinken, den meine Eltern mitsamt Gartenhaus vom Vorbesitzer übernommen hatten. Eine dieser Sagen schoss mir jetzt in den Kopf: *Die Zwerge vom Goldberg*. Der Goldberg war der bewaldete Hügel, auf dem sich die gleichnamige Gartenanlage befand, zu auch der Garten meiner Eltern gehörte. In der Sage ging es um Zwerge, die unter dem Goldberg lebten und den Menschen beim Schmieden ihrer Waffen und Werkzeuge halfen.

Was, wenn der Randulf einer dieser Zwerge ist?

Statt diese Frage laut auszusprechen und mich von den anderen dafür hochnehmen zu lassen, sagte ich mir, dass mir das Kiffen noch nie gut bekommen war und ich es besser sein lassen sollte.

Der Joint war bei Peitsche gelandet und nachdem er und Jenny dran gezogen hatten, drückte Peitsche ihn Randulf in die Stummelfinger. Der zog mit derselben Intensität daran, wie er Bier trank. Die Glut fraß sich innerhalb von Sekunden durch ein Drittel des Tabaks. Es hätte mich nicht gewundert, wenn Rauch aus Randulfs Ohren geschossen wäre. Aber der Typ steckte das Kraut genauso gut weg wie den Alkohol.

»Und? Wirkt's?«

Francas dunkle Augen, die große römische Nase mit dem Piercing und ihre vollen Lippen waren dicht vor mir. Ihre Hand lag auf meinem Oberschenkel und brannte sich förmlich durch meine Jeans. Mein Herzschlag machte einen Purzelbaum.

»Glaub schon«, krächzte ich, woraufhin sie heiser lachte.

Dann gab sie mir einen Kuss. Mit Zunge. Beinahe hätte ich laut gestöhnt.

Ich war seit Jahren in Franca verknallt, bis ich in der Oberstufe im Englisch-Leistungskurs plötzlich neben ihr saß. Inzwischen hatten wir ein paar Mal gemeinsam für Klausuren gebüffelt. Letzte Woche hatte ich den Mumm, sie zu meinem Geburtstag einzuladen. Ich konnte nicht glauben, dass sie kommen würde, bis sie durchs Gartentor spaziert kam. Sie hatte mich auf die Wange geknutscht und mir ein in ein Playmate-Foldout verpacktes Buch von Stephen King in die Hand gedrückt. Geschmack und Humor in einem, mein Verliebtheitspegel schlug aus bis zur Flutgrenze.

Jetzt wanderte ihre Hand höher. Nein, nicht was ihr denkt, sie wanderte auf meine Hand und unsere Finger wickelten sich ineinander wie Würgeschlangen.

Dann küssten wir uns.

Bam!

Urknall.

Der Zwerg war vergessen. Meine Freunde ebenso. Es gab nur noch Franca und mich. Keine Ahnung, wie lange wir knutschten, aber als wir aufhörten, um Luft zu holen, fühlten sich meine Lippen geschwollen an.

Ich nahm meine Umgebung wieder wahr.

Und sah Randulf, der an der antiken Lampe meiner Großtante Alma hing. Er schwang mit nacktem Arsch und lautem Geschrei hin und her wie ein Schimpanse auf Crack.

Bis die Lampe aus der Decke riss.

Und er mit lautem Krachen und in einem Regen aus Putz und Staub zu Boden krachte.

Peitsche lachte brüllend. Jenny kicherte hysterisch. Auge, Meike, Franca und ich fielen in das Gelächter ein, allerdings fragte ich mich gleichzeitig, wie ich den Verlust der Lampe meiner Mutter beibringen würde.

Dann bemerkte Jenny, dass dem Zwerg etwas aus dem Lederwams gefallen war. Sie hob auf, was aussah wie ein Stein. Ihre hellgrünen Augen funkelten. Sie drehte den Stein zwischen ihren mit abartig langen French Nails bestückten Fingern. »Das ist Gold!«

Peitsche schnaufte ungläubig. »Ja, sicher. Meine Eier sind auch aus Gold.«

»Ist das Gold?«, fragte Jenny Randulf.

Natürlich sei das Gold, erwiderte Randulf, als wäre es das Selbstverständlichste der Welt, während er sich aufrichtete und seine Hose wieder hochzog.

Jenny wollte wissen, ob er noch mehr davon habe.

Randulf rülpste und erklärte, die ganze Höhle sei voll davon.

»Welche Höhle?«

»Die, in der wir wohnen«, lallte Randulf, bevor sein gedrungener Körper nach hinten kippte. Im nächsten Moment fing er an zu schnarchen.

Jenny schien schlagartig nüchtern. Sie verschwand mit ihrem Handy aus dem Gartenhaus.

Peitsche sah ihr nach. »Gold«, schnaufte er spöttisch. »Geil ist sie ja, aber nicht das hellste Licht im Lampenladen.«

Als Jenny zurückkehrte, fragte Peitsche, mit wem sie telefoniert hatte. Statt einer Antwort schob sie ihm die Zunge in den Hals. Er hatte keine weiteren Fragen.

Auge meinte, er habe Hunger, und ich wärmte das Chili auf, das meine Mutter gekocht hatte. Ein paar Minuten später stopften wir uns das scharfe Zeug mit Weißbrot rein. Peitsche und Jenny knutschten und fummelten weiter. Ich hoffte inständig, dass ich in dieser Nacht auch noch zum Fummeln mit Franca gelangen würde.

Tat ich aber nicht.

Denn plötzlich wurde die Tür geöffnet und ein Mittfünziger in Cordhosen, Pullunder, Hemd und Krawatte trat ins Gartenhaus. Ich hatte Lutz Breitenbach noch nie zuvor gesehen, aber er war es. Das wusste ich, weil hinter ihm Roland, der Liliputaner, in Jeans, Bomberjacke und Cowboystiefeln hereinspaziert kam. Dass der zwergwüchsige Dealer zu Breitenbachs Leuten gehörte, war Teil des Hagener Allgemeinwissens.

Während wir die beiden noch überrascht anstarrten, kam Breitenbach bereits zur Sache: »Jenny, hör auf, dich wie 'ne Schlampe zu benehmen, und zeig mir das Gold.«

»Hi, Paps.« Jenny löste sich von Peitsche, der Breitenbach mit offenem Mund anglotzte.

Breitenbach ignorierte ihn. Sein Interesse galt dem vermeintlichen Gold, das seine Tochter ihm jetzt in die Hand drückte. »Leck mich am Arsch«, sagte er und tätschelte Jennys Wange. »Gute Arbeit, Schätzchen.«

Roland beugte sich über den schnarchenden Zwerg. Er

zog das kleine Schwert aus der Scheide und testete mit einem Daumen die Klinge. Hob die buschigen Brauen, als er bemerkte, wie scharf sie war. Dann ohrfeigte er Randulf. Hart.

Die Augenlider des Zwergs öffneten sich flatternd. Er starrte mit wässrigen Augen in Rolands solariumgebräunte Fresse. Und spürte die Spitze seines eigenen Schwerts im Schritt.

Breitenbach sah auf Randulf hinab. »Darf ich mich vorstellen? Breitenbach mein Name. Du bringst uns jetzt dahin, wo der Rest von dem Zeug ist.« Während er sprach, hielt er den Goldklumpen hoch.

Randulf starrte Roland und Breitenbach an. Er schien ebenso schlagartig nüchtern wie Jenny. »Mir dünkt, er führt nichts Gutes im Schilde.«

Roland runzelte die Stirn. »Von wem redet der?«

»Er spricht in der dritten Person von sich selbst, du Sonderschüler«, sagte Breitenbach. Dann zu Randulf: »Schlaues Kerlchen bist du. Und lass mich hinzufügen: Ich musste heute mit meiner Frau in den Ikea. Neue Küche kaufen. Das hebt nicht die Laune. Also keine blöden Ausreden.«

Randulf lächelte, als wüsste er, was Ikea ist. Dann zog er lautstark Rotze hoch und pflanzte Breitenbach aus dem Liegen einen Gelben ins Gesicht. Breitenbach stand da wie gelähmt, während die goldgelbe Zwergengülle seine Wange hinablief.

Roland rammte Randulf das eigene Schwert in den Bauch. Der Zwerg bäumte sich mit einem gurgelnden Schrei auf. Meike japste entsetzt und Franca vergrub ihr Gesicht an meiner Brust.

»Ach du Scheiße!«, stammelte Auge.

Peitsche sah entsetzt zu mir rüber. Ich starrte auf das Schwert in Randulfs Bauch und das Blut, das über sein Lederwams floss.

Breitenbach wischte sich mit einem Taschentuch die Rotze aus dem Gesicht. Gleichzeitig schlug er Roland mit der flachen Hand auf den lockigen Hinterkopf. »Wer hat dir denn ins Gehirn geschissen?!«

»Ich dachte –«

»Überlass das Denken den Hochgewachsenen! Und zieh das beschissene Schwert wieder raus.«

Roland tat, was sein Herr und Meister ihm befahl. Randulf krümmte sich stöhnend zusammen. Der metallene Geruch seines Bluts stieg mir in die Nase. Mir wurde übel.

Breitenbach zog den Zwerg auf die Beine. »Bring uns zum Gold, dann bring ich dich ins Krankenhaus.«

Randulf sah Breitenbach in die Augen. »Das wird er bereuen.«

»Und du sterben, wenn du dich nicht beeilst.«

»Kann nicht … laufen«, stöhnte Randulf.

Zum ersten Mal widmete Breitenbach seine Aufmerksamkeit mir und den anderen. »Habt ihr eine Schubkarre?«

Kurz darauf schob ich die Schubkarre meines Vaters mit dem blutenden Randulf den gepflasterten Weg zum Parkplatz hoch. Franca ging dicht hinter mir, gefolgt von Peitsche, Meike und Auge. Breitenbach, Roland und Jenny bildeten den Schluss. Unter uns funkelten die Lichter von Hagen.

»Hei-ho, hei-ho, wir sind vergnügt und froh«, fing Peitsche leise an zu singen, bis Roland ihm sagte, er solle die Fresse halten.

Zehn Minuten später standen wir vorm Bismarckturm. Er reckte sich wie ein übergroßer Fuckfinger in den sternenklaren Nachthimmel.

Breitenbach beugte sich über die Schubkarre. »Also wo?«, fragte er.

Randulf schnippte mit seinen Stummelfingern.

Im nächsten Moment schien die Luft vor uns zu verschwimmen.

Dann sahen wir ihn.

Den Eingang, der sich von einem Moment zum anderen im Boden vor uns geöffnet hatte. Ein Stollen, der ins Erdreich unter dem Turm führte.

Breitenbach pfiff durch die Zähne.

»Ich will nach Hause«, wimmerte Meike leise. Wollte ich auch, aber mir war klar, dass daraus nichts werden würde.

Ich spürte Francas Hand, die nach meiner griff. Wir hielten uns aneinander fest.

»Das ist aber jetzt irgendwie nicht normal, oder?«, fragte Roland.

»Scheiß auf normal«, sagte Breitenbach, der anscheinend Pragmatiker war.

Ich dachte wieder an die Sage der Zwerge vom Goldberg. Darin halfen Zwerge den Hagenern heimlich bei der Arbeit in einer Schmiede am Fuße des Goldbergs. Menschen und Zwerge freundeten sich an. Dann erfuhr der Schmied, dass die Zwerge in einer Höhle aus purem Gold lebten. Er wollte, dass sie ihn hinführten. Doch die Zwerge weigerten sich. War ihre Hilfe bei der Arbeit dem Schmied nicht genug?

War sie nicht. Der Schmied und seine Freunde nahmen einen Zwerg gefangen und bedrohten ihn mit dem Tod. Notgedrungen führte er sie zur Höhle. Es kam zu einem blutigen Kampf mit den Zwergen. Die Gier nach dem Gold entfesselte blanke Mordlust. Im Kampfgetümmel brachte einer der Zwerge die Höhle zum Einsturz. Der Schmied und die anderen blieben für immer verschwunden. Und die Zwerge wurden nie wiedergesehen.

Bis zu dieser Nacht, als ich Randulf auf den Kopf pinkelte.

»Na los. Vorwärts«, sagte Breitenbach.

Auge, Meike, Franca, Peitsche und ich mussten mit dem verletzten Randulf wieder vorangehen. Der Stollen war so niedrig, dass wir nur gebückt vorwärtskamen. Außer Roland natürlich. Auge und Meike leuchteten uns den Weg mit ihren Handys. Nackte Erdwände, die in die Tiefe führten. Es roch mit jedem Schritt muffiger.

Nach zehn Minuten erfüllte ein Schimmer den Stollen. Ich dachte an Licht, Fackeln vielleicht. Stattdessen standen wir kurz darauf in einer Höhle, die leuchtete, weil die Wände aus purem Gold bestanden.

Drei Zwerge, die die gleichen Lumpen, verfilzten Bärte und kurzen Schwerter wie Randulf trugen, waren dabei, Brocken des schimmernden Gesteins mit Spitzhacken abzutragen. Sie hielten inne, als wir in die Höhle traten. Beim Anblick des blutüberströmten Randulfs in der Schubkarre rissen sie ihre Schwerter aus den Gürteln.

Allerdings hatten Breitenbach und Roland bereits Pistolen in den Händen. Die Schüsse hallten ohrenbetäubend laut von den Wänden wider. Sekunden später lagen die Zwerge blutend am Boden.

Francas Finger krallten sich in meinen Arm. Ich hörte Meike leise wimmern und Auges schweren Atem.

»Wichser«, flüsterte Peitsche.

Breitenbach ignorierte ihn.

Die goldenen Wände spiegelten sich in seinen Pupillen und verliehen ihnen einen gierigen Glanz.

»Jetzt kaufst du mir aber den neuen SUV«, sagte Jenny.

»Von mir aus auch zwei«, erwiderte ihr Vater lachend.

Einer der Zwerge stöhnte. Roland trat über ihn und schoss ihm ins Gesicht.

Breitenbach hob die Schubkarre an. Randulfs Körper rollte zu Boden. Er atmete noch. Breitenbach befahl Peitsche, Franca, Meike, Auge und mir die Schubkarre mit den Goldbrocken zu füllen, während er sich selbst bereits die Hosentaschen vollstopfte. Wir taten, was er wollte. Mein Blick traf sich mit dem von Peitsche. Breitenbach und Roland würden uns genauso gnadenlos abknallen wie die Zwerge. Wir mussten etwas tun. Aber was? Der Gedanke, zwei Typen mit Pistolen anzugreifen, lähmte mich.

»Hey Roland, wie ist das eigentlich so, wenn man im Stehen aus der Kloschüssel saufen kann?«

Rolands Lockenkopf ruckte herum. »*Was* hast du gesagt?«

Statt einer Antwort ließ Peitsche das kurze Schwert durch die Luft sausen, das er statt eines Goldklumpens vom Boden aufgehoben hatte.

Roland starrte fassungslos auf seinem Armstumpf, aus dem das Blut sprudelte. Seine Hand mit der Pistole lag am Boden. Ich löste mich endlich aus meiner Starre und versuchte, die Waffe aus Rolands Fingern zu pellen. Aber die hielten das Ding auch ohne Gehirnsignale noch fest umklammert.

Peitsche ging schreiend auf Breitenbach los. Er kam nicht weit, weil Jenny ein Pfefferspray aus ihrer Handtasche zog und ihm eine Ladung ins Gesicht verpasste. Fluchend riss Peitsche eine Hand vor die Augen. Das gab Breitenbach genug Zeit, sich umzudrehen und ihm durch diese Hand in den Kopf zu schießen.

Jenny sah lachend auf Peitsche hinab. »Du warst der schlechteste Fick meines Lebens.«

»Sei nicht immer so obszön«, tadelte Breitenbach seine Tochter. Er richtete die Pistole auf mich und die anderen.

Sein Finger krümmte sich um den Abzug.

Dann erklang ein animalischer Schrei. Ein bärtiges Etwas sprang auf kurzen Beinen durch die Höhle, zu Zöpfen geflochtene Haare flatterten in der Luft.

Breitenbach röchelte. Blut lief aus seinem Mund, als er nach unten blickte, wo eine Axt in seinem Schritt steckte und seine Cordhose sich mit Blut vollsog.

Im nächsten Moment brach Auge vor mir in die Knie. In seinem – ja, Auge – steckte ein Pfeil. Meike kreischte wie am Spieß. Bis ein weiterer Pfeil durch ihre Kehle den Schrei in ein Würgen verwandelte.

Ich zerrte Franca mit mir zum Stollen.

Ein Dutzend Zwerge mit Schwertern und Bögen versperrte uns den Weg. Ich schloss die Augen in Erwartung der Pfeilspitzen, die uns durchbohren würden.

Stattdessen erklang Randulfs Stimme: »Sie nicht, Brolfwick!«

Ich öffnete die Augen. Randulf hatte sich aufgerichtet, eine Hand auf seine Wunde gepresst. Neben ihm zog Brolfwick, das bärtige Etwas mit den geflochtenen Zöpfen, die Axt aus Breitenbachs Schritt. Er drehte sich zu Roland um, der inzwischen in einer Blutlache auf dem Boden saß und stupide seinen Armstumpf anstarrte. Die Axt beschrieb einen Bogen durch die Luft und spaltete Rolands Schädel.

Brolfwick war größer, kräftiger und hässlicher als Randulf und die anderen. Er starrte Franca und mich an. Randulf erklärte ihm, dass Breitenbach uns gezwungen hatte, ihn zu begleiten.

»Und sie?«

Brolfwick meinte Jenny, die sich mit dem Rücken an die goldene Wand gepresst hatte. Ich sah Flüssigkeit die Innenseite ihrer Oberschenkel hinabrinnen und wusste, dass sie sich soeben in ihr nicht vorhandenes Höschen gepinkelt hatte.

»Nein«, sagte Randulf. »Sie nicht. Aber sie ist ein rechtes Früchtchen und sollte uns ein paar wollüstige Stündchen bescheren.«

Brolfwick nickte. Jenny schrie, als ein halbes Dutzend Zwerge sie in einen Stollen zerrten.

Brolfwicks von buschigen Brauen überschattete Augen musterten Franca und mich. Dann glitt sein Blick über die Toten. Er seufzte enttäuscht. »Menschen. Es ist immer dasselbe mit ihnen.«

Ich blickte ihn flehend an. »Können ... wir jetzt gehen?«

»Leben können sie«, sagte Brolfwick. »Aber gehen?« Er schüttelte die Zöpfe. »Niemals.«

Neben mir hörte ich Franca schluchzen.

Das war auf den Tag genau vor zehn Jahren.

In jener Nacht schrie Jenny noch sehr lange. Und irgendwann dann nie wieder. Randulf kämpfte tagelang um sein Leben. Er gewann. Zähe Brocken, diese Zwerge.

Franca und ich?

Wir bezahlten für Breitenbachs Gier.

Wir lebten bei den Zwergen unter dem Goldberg.

Wir waren ihre Diener.

Ihre Sklaven.

Wir bauten Gold ab, wir schaufelten Zwergenscheiße in Gruben. Tag für Tag, Woche für Woche, Monat für Monat, Jahr für Jahr. Unsere Augen passten sich der Dunkelheit an. Irgendwann konnten wir in der Finsternis so gut sehen wie die Zwerge. Dreimal versuchten wir zu fliehen. Dreimal verliefen wir uns in einem endlosen Geflecht von Stollen.

Als Franca schwanger wurde, hoffte ich, dass sie uns gehen lassen würden. Vergebens. Und weil Zwerge nun mal keine Hebammen sind und ein Bergwerk kein Kreissaal ist, starben Franca und unser Kind bei der Geburt.

Von da an lebte ich nicht nur in einem dunklen Loch, ich fiel auch in eines.

Ich konnte nicht mehr.

Wollte nicht mehr.

Ich verweigerte die Arbeit. Ich hoffte, die Zwerge würden mich töten. Taten sie aber nicht. Im Gegenteil. Sie zeigten Mitgefühl. Randulf heulte bei der Beerdigung Francas und des Babys wie ein Schlosshund. In den Wochen und Monaten danach stand er mir zur Seite. Er bat Brolfwick mich bei der Arbeit zu schonen. Sorgte dafür, dass ich aß und trank. Erzählte mir Jahrhunderte alte Zwergenwitze. Irgendwann lachte ich tatsächlich wieder.

Franca ist jetzt seit vier Jahren tot.

Ich wünschte, ich könnte wieder einmal das Tageslicht sehen. Randulf hat mir versprochen, dass das eines Tages der Fall sein wird. Wann, das kann oder darf er mir nicht sagen. Vielleicht macht er mir auch nur was vor.

Ich lebe von einem Tag zum anderen.
So gut ich kann.

Jetzt müsst ihr mich entschuldigen.
Brolfwick hat gerufen.
Ich habe Zwergenscheiße wegzuschaufeln.

Der Autor

Stefan Barth, geboren in Hagen, wohnhaft in Berlin, schreibt hauptberuflich Drehbücher für Film und Fernsehen. 2015 veröffentlichte er seinen ersten Roman »Drecksnest«, gefolgt von »Es war einmal in Deutschland«, der Kurzgeschichten-Sammlung »Einen Kopf kürzer« und dem Zombie-Roman »Dead Mountain«. Die nächsten drei Romane sind in Arbeit.

Mehr zum Autor:
stefan-barth.works
twitter.com/braetzman

NUR DER WIND WEISS ES

ELEA BRANDT

15. November 2018, Sprachnachricht von Nicole Berger, 19.43 Uhr

»Mama? Mama, bitte, du musst ans Telefon gehen! Ich bin im Feiler Moos. Ich hab' den Bus verpasst und bin auf dem Waldweg, da, wo immer die Jogger sind. Kannst du mich abholen? Ich bin hier ganz allein, und es ist total unheimlich. Ruf mich an, okay?«

19.45 Uhr

»Mama, irgendwas ist da! Ich hab' so eine Scheißangst. Bitte, kannst du mich nicht abholen? Jetzt gleich? Bitte, Mama, ruf zurück! Ich – Ist da jemand? Hallo? Ich hab' Sie gehört, wissen Sie! Ich telefoniere gerade mit meiner Mama, die wird die Polizei rufen! Hallo?«

19.47 Uhr

»Mama, bitte, ich hab' solche Angst! Da ist irgendwas! Es macht so komische Geräusche, wie ein Krächzen, es ist total unheimlich! Es ist plötzlich so dunkel, und Akku ist gleich leer. Rufst du mich bitte an, Mama? Ich lauf' zurück, zur Straße, und dann – Nein! Gehen Sie weg. Nein! Hilfe! Mama, hilf mir! Ich will nicht! Hilf …«

Ein Knistern, ein Schrei. Dann Stille.

. . .

16. November 2018, persönliche Sprachaufzeichnung von Anita Pütz, Spurensicherung, 6.21 h

Wir haben das Handy des Mädchens gefunden. Es lag etwa anderthalb Kilometer vom Waldrand entfernt im Gebüsch, direkt neben dem Trimm-dich-Pfad. Auf dem Display ist ein Sprung, aber die Technik ist intakt. Das Mädchen hat zuletzt viermal versucht, ihre Mutter anzurufen, und hat ihr drei Sprachnachrichten geschickt, doch deren Handy war ausgeschaltet. Außerdem hat das Mädchen die Kamera benutzt, zwei Minuten vor ihrer letzten Sprachnachricht. Das Foto ist verwackelt und unscharf. Man erkennt vage die Umrisse des Waldes, sonst nur einen schwarzen Fleck. Vielleicht hat sie versucht, den Angreifer zu fotografieren. Wir geben das Foto in die KTU.

Es gibt keine Kampfspuren am Tatort. Ein blauer Stofffetzen hängt in den Dornen, er könnte vom Shirt des Mädchens stammen. Im Schlamm sind Fußabdrücke, Größe 36, nicht sonderlich tief. Nach etwa zehn Metern endet die Spur. Es gibt keine abgebrochenen Zweige, auch keine Kuhle am Boden. Kein Hinweis darauf, dass das Mädchen geklettert sein könnte, die Bäume sind glatt und astfrei.

Es bleibt zu vermuten, dass ihr Verfolger sie eingeholt hat, aber es gibt keine Fußspuren außer denen des Mädchens. Sie ist jetzt seit acht Stunden fort.

6.33 h

Die Kollegen haben eine Hütte entdeckt, ein paar hundert Meter vom Tatort entfernt. Vor der Tür hängen Gebilde aus Holz, einzelne Äste und Knochen zu einem fünfzackigen Stern zusammengebunden. Ein Drudenfuß, sagt der Kollege Schwarz. Hinter der Hütte liegt ein Kräutergarten, ungepflegt, voller Unkraut und Schnecken. Keine Spuren, dass hier gegraben wurde, keine frische Erde. Die Fenster sind verhangen. Niemand öffnet auf unser Klopfen. Die Einsatzleiterin versucht, einen Richter ans Telefon zu bekommen, für einen Durchsuchungsbeschluss. Kann noch dauern. Wir warten.

7.26 h

Die Freigabe ist da, wir brechen jetzt die Tür auf.

7.28 h

Die Hütte riecht modrig, wirkt aber bewohnt. Es gibt nur einen einzigen Raum. Ein Tisch, ein Kaminofen, ein Bett. Die Regale sind voll vergilbter Bücher. Sagen, Mythen, Volksmärchen, ein paar Sammelbände über Kräuter und Gartenbau. Gummistiefel stehen neben dem Bett, Größe 45. An einem Wandhaken hängt ein grauer Regenmantel. In einem Regal befinden sich Konservendosen und ein paar Gewürze, außerdem ein Gaskocher. Auf dem Tisch liegen handgeschriebene Flugblätter, dutzende Kopien davon auf buntem Papier.

»Rettet die Bäume«, steht darauf.

»Schützt eure Kinder.«

»Meidet die Dunkelheit.«

Symbole sind darauf gekritzelt, vermutlich okkulter Natur. Eine schwarze Hand, die nach etwas greift. Dieselben Worte werden dutzendfach wiederholt, teils sind sie falsch geschrieben oder unleserlich.

. . .

7.34 h

Die Kollegen haben eine Holztruhe unter dem Bett gefunden, sie ist unverschlossen. Im Inneren befinden sich Kleider. Kinderkleider. Drei Jacken, einzelne Schuhe, zwei Hosen, ein zerfetzter Rock. Obenauf liegt ein blaues Shirt mit einem tiefen Riss.

16. November 2018, Eintrag in der Ermittlungsakte, zuständiger Beamter: Kriminaloberkommissar Leuthammer

Name: Bachner, Walter

Alter: 54

Familienstand: ledig, keine Kinder

Beruf: arbeitslos, Hausmeistertätigkeiten auf Minijob-Basis

Schulabschluss: keiner

Vorstrafen: Diebstahl, Erschleichen von Leistungen, Betrug, Trunkenheit am Steuer, Fahren ohne Fahrerlaubnis

Klinische Auffälligkeiten: war schwerer Alkoholiker, angeblich seit einigen Jahren trocken; Hinweise auf Paranoia, derzeit nicht in psychiatrischer Behandlung

Bachner gibt an, am Abend des 15. November zu Hause gewesen zu sein. Er habe Flugblätter gebastelt, um die Menschen aus dem Wald fernzuhalten. Er wirkt nervös, sieht sich immer wieder um, fragt, ob er gehen kann. Ich verneine, frage ihn nach den Kinderkleidern in seiner Hütte. Bachner gibt keine Antwort. Auf Anraten seines Anwalts verweigert er jede weitere Aussage. Hat kein Alibi für den Tatzeitraum. U-Haft wurde angeordnet (Verdunklungsgefahr).

Handschriftliche Notiz: Pädophiles Arschloch. Klein soll ihn sich vorknöpfen.

17. November 2018, 16.30 h, Vernehmungsprotokoll

Anwesend: Hanna Klein (Staatsanwaltschaft), Franz Leupold (Pflichtverteidiger), Walter Bachner (Verdächtiger), Julian Hanke (Justizvollzugsbeamter)

Bachner: »Sind Sie die Staatsanwältin?«

Klein: »Ja. Hanna Klein. Ich nehme an, Ihr Anwalt hat Sie informiert, worüber ich mit Ihnen sprechen möchte?«

Bachner (blickt zu Leupold, nickt): »Sie bringen mich vor Gericht. Wenn ich nicht mit Ihnen rede, muss ich lange ins Gefängnis.«

Leupold (räuspert sich): »Na ja, ganz so ist das nicht, Herr Bachner. Da haben Sie was falsch verstanden. Frau Klein ist bereit, Ihnen vor Gericht entgegenzukommen, wenn Sie ihre Fragen beantworten. Das hilft Ihnen, glauben Sie mir.«

Klein: »Wissen Sie denn, warum Sie vor Gericht müssen, Herr Bachner?«

Bachner: »Wegen den Kindern. Sie glauben, ich hab' die Kinder. Dass ich sie umgebracht hab'.«

Klein: »Die Polizei hat in Ihrer Hütte im Feiler Moos

Kleider und Schuhe gefunden. Von insgesamt fünf verschiedenen Kindern. Alle sind in den letzten drei Jahren verschwunden.« (legt Bachner die Fotos vor) »Das sind die fünf Kinder. Haben Sie sie schon einmal gesehen?«

Bachner (nimmt die Fotos und sieht sie an, legt schließlich zwei offen vor sich hin): »Die zwei. Die hab' ich mal gesehen. Glaub' ich.«

(Anmerkung: Abgebildet sind Tobias Olrich, 7 Jahre, 2013 verschwunden, und das aktuelle Opfer Nicole Berger, 11 Jahre)

Klein: »Wo haben Sie sie gesehen?«

Bachner: »Im Moos. Da is' jetzt der Spielplatz. Mitten im Moos. Und viele Häuser. Sie haben den Wald dafür abgeholzt.«

(Anmerkung: Das Wohngebiet am Feiler Moos wurde vor drei Jahren fertiggestellt. Junge, aufstrebende Siedlung in einem Naherholungsgebiet, viele Familien mit Kindern. Im Wald wurden ein Trimm-dich-Pfad und ein Waldspielplatz angelegt, Teile wurden gerodet.)

Klein: »Das hat Ihnen nicht gefallen, nicht wahr? Dass all diese Häuser gebaut wurden.«

Bachner (schüttelt hektisch den Kopf): »Sie ham das nicht gedurft. Nicht hier. Nicht im Moos. Nicht da, wo er jagt.«

Klein: »Wer? Wo wer jagt?«

Bachner (flüstert): »Der Nachtgieger.«

Klein: »Wer?«

Bachner: »Der Nachtgieger. Der kummt nachts und holt die Kinder. Alle, die nicht daheim sind. Alle, die rumstromern.«

(Anmerkung: Nachtgieger = fränkische Sagengestalt,

Kinderschreck, raubt unartige Kinder, die nicht in ihren Betten liegen; auch Synonym für Nachtschwärmer)

Klein: »Und die Kleidung der Kinder, die nimmt der ... Nachtgieger nicht mit?«

Bachner (schüttelt den Kopf): »Finde sie manchmal im Wald. Hab' sie aufgehoben. Müssen da nicht liegen.«

Klein: »Warum haben Sie sie nicht den Familien zurückgebracht?«

Bachner schweigt

Klein: »Herr Bachner, wissen Sie, wohin der Nachtgieger die Kinder bringt?«

Bachner: »Weiß keiner. Er holt sie in sein Nest. Da pickt er ihnen die Augen aus.«

Klein: »Herrgott, das sind doch nur Schauergeschichten. Wir werden Sie vor Gericht wegen Mordes anklagen, verstehen Sie das? Wir müssen davon ausgehen, dass Sie diese Kinder getötet und irgendwo im Wald vergraben haben.«

Bachner: »Nein!« (springt auf) »Ich tue Kindern nichts. Ich tue ihnen nichts. Er ist das. Der Nachtgieger. Ich hab' sie alle gewarnt!«

Klein: »Beruhigen Sie sich. Ich möchte Ihnen nur helfen, Herr Bachner. Aber Sie müssen mir etwas entgegenkommen.«

Bachner: »Ich hab' nichts gemacht! Ich hab' sie gewarnt. Ich hab' ihnen gesagt, dass der Nachtgieger kommt. Dass sie ihn aufwecken werden.«

Klein: »Haben Sie ihn einmal gesehen? Diesen ... Nachtgieger?«

Bachner: »Lange her, schon viele Jahre. War selber noch ein Bub damals. Im Winter war's, überall lag Schnee. Ham einen Christbaum gesucht, ich und zwei Buben, die bissel älter waren. Ham aber nichts gefunden. Wurd' schon dunkel, als wir nach Hause wollten. Da war's plötzlich hinter uns. Wie ein kalter Wind, der die Nackenhaare aufstellt. Wir ham's alle gewusst, alle drei. Dass der Nachtgieger kommt. Dann sind wir gelaufen. Gelaufen, gelaufen, gelaufen.« (er schaudert, wirkt aufgewühlt) »Da war ein Krächzen hinter uns. So schaurig, dass das Herz beinah' aufhörte zu schlagen. Bin weitergelaufen. Immer weiter. Raus aus dem Wald, übers Feld und heim in die Stub'n. Diese Nacht hat er uns nicht geholt. Hat uns nicht gekriegt. Wir sind dann nie wieder in den Wald. Nie wieder nachts raus aufs Feld. Nie wieder.«

Klein: »Wie alt waren Sie damals?«

Bachner: »Zehn. Die andern zwei dreizehn und vierzehn.«

(Anmerkung: Alte Vermisstenfälle von vor 40 Jahren durchsuchen? Selber Täter – könnte noch am Leben sein? Wahrscheinlicher: Schizophrenie oder alkoholbedingte Folgeschäden bei Bachner abklären)

Klein: »Wissen Sie, Herr Bachner, dieses Mädchen, das verschwunden ist, heißt Nicole.« (zeigt das Foto) »Sie ist elf Jahre alt und ihre Mutter macht sich große Sorgen. Vielleicht hat sie dasselbe erlebt wie Sie damals. Vielleicht hat Sie auch diesen … Nachtgieger gesehen. Wenn Sie mir helfen könnten, Nicole zu finden, dann …«

Bachner: »Niemand kann sie finden. Sie sind fort. Er hat sie fortgerissen. Hinein in die Dunkelheit.«

Klein: »Selbst wenn sie nicht mehr lebt, wären die Eltern sicher erleichtert, Abschied nehmen zu dürfen. Sie noch ein letztes Mal zu sehen. Bitte, Herr Bachner, Sie sind ihre einzige Chance, verstehen Sie?«

(zieht eine Karte vom Feiler Moos heraus und breite sie vor Bachner aus)

»Zeigen Sie mir, wo ich die Kinder finde. Bitte. Wo haben Sie diesen Nachtgieger gesehen? Wo hält er sich auf?«

(Bachner fährt einige Linien nach, den Trimm-dich-Pfad, wo das Handy des Mädchens gefunden wurde, dann den Waldweg, der rauf zur Bundesstraße führt)

Bachner: »Hier. Hier ist die Dunkelheit. Hier ist sein Hort.«

Klein (markiert den Punkt mit einem Kugelschreiber): »Danke, Herr Bachner, Sie haben mir sehr geholfen. Ich werde dafür sorgen, dass Sie nicht ins Gefängnis kommen, sondern in eine Einrichtung, in der Ihnen geholfen wird. Einverstanden?«

(Klein will den Raum verlassen, da packt Bachner sie am Arm)

Bachner: »Gehen Sie nicht! (seine Augen sind weit aufgerissen) Gehen Sie da nicht hin. Dort ist die Dunkelheit. Gehen Sie nicht.«

Klein: »Keine Sorge. Ich passe gut auf, Herr Bachner.«

Bachner (greift in seine Hemdtasche und zieht etwas heraus – ein rundes Stück Holz –, das er Klein in die Hand drückt): »Nehmen Sie das. Es kann sie beschützen.«

(Anmerkung: Holzstück mit einem eingeritzten Drudenfuß; eine Art Glücksbringer; Beamte haben es als unverdächtig eingestuft und ihm gelassen)

Klein: »Dankeschön. Aber ich fürchte mich nicht vor ihrem Nachtgieger.«

Bachner: »Das sollten Sie aber, Frau Klein. Da sollten Sie.«

17. November 2018, 18.36 h, Feiler Moos, Videoaufzeichnung Hanna Klein

Ein dunkler Wald erscheint auf der Aufzeichnung, erst verwackelt, dann schärfer. Dichte Bäume, totes Holz und feuchtes Laub. Nebel wabert über dem Boden. Die Kamera schwenkt und erfasst einen hellen Lichtstrahl, ausgehend von den großen Flutlampen der rund ein Dutzend Polizeibeamten des Sondereinsatzkommandos. Die Kamera wackelt, während die Trägerin dem Trupp folgt. Das Bellen der Leichenspürhunde ist zu hören, dann erklingt eine flüsternde Stimme.

»Okay, zugegeben, es ist verdammt unheimlich hier.« Die Frau lacht nervös. »Hier ist Hanna Klein von der Staatsanwaltschaft. Ich dokumentiere diesen Einsatz mit Video. Hier mit mir sind elf Beamtinnen und Beamte der SOKO, darunter zwei Hundeführer. Oberkommissar Leuthammer leitet den Einsatz.«

Befehle gellen durch den Wald. Die Beamten an der Spitze bahnen sich einen Weg durch das Unterholz, durch Farne und Brombeersträucher. Hanna flucht, das Kamerabild wackelt.

»Laut GPS-Gerät haben wir Bachners Koordinaten fast erreicht. Die SOKO sucht in einem Radius von fünfhundert Metern, so ist der Plan. Wir wissen nicht, was uns hier erwartet. Ob wir etwas erwarten dürfen. Um ehrlich zu sein, treibt uns die bloße Hoffnung an. Vielleicht lebt eines der Kinder noch. Vielleicht.«

Die Kamera schwenkt über den matschigen Waldboden. Weit und breit ist nichts zu sehen. Nur Bäume. Nur Dunkelheit. Der Trupp stoppt wenige Minuten später.

»Leuthammer wirkt unzufrieden. Kein Wunder, die Hoffnung schwindet. Hier kann kein lebendes Mädchen sein, hier ist nichts, keine Ruine, keine Hütte.« Die Kamera zoomt heraus, erfasst den gesamten dunklen Wald ringsum. »Wir können nur darauf hoffen, Nicoles Leiche zu bergen – und die der anderen Kinder. Vielleicht erfahren wir dann, was mit ihnen passiert ist. Das sind wir den Eltern schuldig. Wenigstens das. Keinem von uns ist wohl bei dem Gedanken, das darf ich ehrlich sagen. Niemand will Kinderleichen finden.« Sie lacht bitter. »Manchmal hasse ich meinen Job.«

Der Wald wird immer dunkler, undurchdringlicher. Nebel hängt wie dichte Watte über dem Boden und zwischen den Bäumen. Nur das Knacken brechender Äste und Wurzeln ist zu hören. Keine Vogelstimmen, keine anderen Tiere im Wald. Es ist still.

Der Trupp hält an, die Beamten schwärmen aus. Eine Männerstimme ist zu hören: »Wir haben den Punkt erreicht. Umsehen, wie vereinbart?«

Die Kamera zoomt auf das Gesicht des Hauptkommissars. Er ist ein Mann in den Fünfzigern mit kantigem Gesicht und vollem grauem Bart, den er zur Hälfte hinter dem rotweißen Wollschal des örtlichen Fußballclubs versteckt. Er nickt und deutet unbestimmt in eine Richtung. »Was ist das?«

Die Kamera schwenkt. Etwas hängt an einem Ast. Ein Gebilde aus Holz, das sanft im Wind schaukelt. Licht fällt darauf.

Ein Keuchen ist zu hören. »Was zum …?«

Die Kamera zoomt näher. Es ist eine krude Puppe. Einzelne Zweige, mit Fasern verbunden.

Das Bild wackelt, Finger greifen nach dem Gebilde. »Das Holz sieht seltsam aus. So glatt und faserfrei. Fast wie ... Oh mein Gott! Leuthammer, das sind keine Äste, es sind ...«

Die Kamera fängt das Mondlicht ein, das auf die Knochen fällt. Die Linse fährt herum. Da sind noch mehr. Dutzende. Sie schwingen lautlos hin und her. Hannas Atem wird lauter, hektischer. Einer der Hunde bellt unruhig.

»Scheiße, was war das?«

Stille tritt ein. Nur Hannas Atem. Dann das Geräusch. Ein leises Klimpern, wie von einem Windspiel.

»Was ist das? Leuthammer? Leuthammer, was ...?«

Die Kamera schwenkt nach oben in die Baumkronen, dreht sich, erst langsam, dann schneller. Hunderte Puppen. Große, kleine, nah, fern. Ihre Bewegung ist hypnotisch.

Hanna verharrt, schweigend, heftig atmend. Ihre Stimme ist nur ein heiseres Flüstern: »Scheiße, verdammt, was ist das?«

Zuerst ist es ein Scharren, wie von Klauen auf totem Holz. Danach ein Krächzen. Hohl und knirschend, nicht von dieser Welt. Etwas bewegt sich im Dickicht.

Hanna hält die Kamera unbewegt in der Hand, streng auf einen Punkt gerichtet, der im Dunkeln des Waldes liegt. Dort, wo das Geräusch zu hören ist.

In dem Moment erlöschen sämtliche Lichter. Jemand schreit wie von Sinnen, ein Knacken, das Bersten von Knochen.

Hanna kreischt. Die Kamera ruckelt, dann schaltet sie in den Nachtsichtmodus. Schwarze Schemen heben sich vom grünlichen Hintergrund ab.

Schüsse. Mündungsfeuer.

Zwischen den Bäumen ragt etwas auf. Es ist größer als ein Mensch. Zwei, nein, drei Meter groß. Gehüllt in schwarze Fetzen, die es wie Schatten umwehen. Es stößt einen Schrei aus, ein Krächzen, heiser und abgründig.

»Oh mein Gott. Oh mein Gott.«

Die Kamera zittert, doch Hanna bewegt sich nicht. Es kommt näher. Einer der Beamten schießt, und im nächsten Moment umhüllt ihn die Finsternis. Er wird von den Füßen gerissen, hoch in die Baumwipfel, schreit, brüllt. Dann ist er still. Die Kamera zoomt. Der Körper hängt von einem Ast, der Länge nach aufgespießt. Blut regnet zu Boden.

Hanna schreit. Das Kamerabild wackelt. Es zeigt eine groteske Fratze in der Dunkelheit, einen knochigen Schnabel, von dem Blut tropft.

Plötzlicher Wechsel, lauter Atem und Laufschritte. Das Bild ist unscharf, wechselt zwischen Laub und Bäumen und Dornen. Fluchen und Weinen sind zu hören.

Die Kamera schwenkt über Hannas Schulter. Niemand ist hinter ihr. Jemand schreit in der Ferne. Die Linse schwenkt nach vorne, wieder rasche, unruhige Bewegung.

»Scheiße, scheiße, wie weit noch, wie weit noch?«

Das Bild der Kamera verliert sich im dichten Unterholz. Keine Spur vom Waldrand. Bäume. Äste. Dornen.

In der Ferne flammt Licht auf. Wildes Keuchen. Die Kamera wackelt, das Licht kommt näher, noch näher. Äste kratzen über die Linse, ein greller, weißer Lichtball flammt auf, etwas trifft die Kamera, es kracht, splittert. Dann ist es dunkel.

. . .

21. November 2018, Patientenakte Kreiskrankenhaus

Name: unbekannt

Diagnose: Schulterluxation, proximale Humerusfraktur, Rippenfraktur mit Hämothorax, Kopfplatzwunde mit Schädel-Hirn-Trauma, rechtsseitige Tibiafraktur; Verdacht auf retrograde Amnesie

Bemerkungen: Die unbekannte Frau, 1,74 cm groß, ca. 30 Jahre alt, wurde am 17.11.2018 gegen 19 Uhr auf der B4 von einem PKW angefahren. Nach Angabe des Fahrers (s. Beiblatt) lief sie im Dunkeln orientierungslos auf die Straße, trotz Gefahrbremsung gelang es dem Fahrer nicht, die Kollision abzuwenden. Ihre Schuhe waren schlammverschmiert, ihre Jacke zerrissen, als sei sie durch den Wald gelaufen. Sie trug keinerlei Papiere bei sich. Seit heute Morgen ist sie ansprechbar, aber katatonisch. Sie reagiert panisch auf Dunkelheit und beantwortet keine Fragen. Bisher konnte sie uns weder ihren Namen noch die Umstände des Unfalls schildern. Sie hat vehement ein Stück Holz eingefordert, das wir in ihrer Jackentasche fanden, und das sie seither Tag und Nacht in der Hand hält.

Bisher hat sie nur ein einziges Wort gesagt.

Nachtgieger.

Die Autorin

Elea Brandt ist Vollblutphantastin und Rollenspiel-Nerd. Seit vielen Jahren schlüpft sie in fremde Rollen, teils mit Würfeln am Spieltisch, teils mit Latexwaffen unter freiem Himmel. Wenn sie nicht gerade Serien suchtet oder an ihrer Doktorarbeit feilt, haucht sie ihren eigenen Fantasy-Kreationen Leben ein, die sowohl düster und blutig als auch humorvoll und märchenhaft sein können. Genau wie der Nachtgieger lebt sie in Franken und liebt die Dunkelheit.

Mehr zur Autorin:
eleabrandt.com
facebook.com/eleabrandt
twitter.com/eleabrandt

LUIS

CONSTANZE SCHEIB

Der Almauftrieb war reibungslos verlaufen. In der Hütte angekommen plapperte der Tourist ununterbrochen von seinem Bürojob, der ihn ankotze, auch wenn er unerhört viel Geld damit verdiene. Doch hier im Nirgendwo – mehrere Stunden Fußweg von der Zivilisation entfernt im Einklang mit der Natur – fühle er sich zum ersten Mal lebendig.

Luis' Vater beachtete ihn kaum, brummte nur seine Anweisungen. Er brauchte den Touristen. Es gab kaum noch jemanden im Ort, der den Sommer auf einer abgelegenen Alm mit zwei Männern und einem Haufen Kühe verbringen wollte. Jedenfalls nicht für das Geld, das Luis' Vater bereit war zu zahlen. Die Touristen hingegen verlangten kaum etwas für die harte Arbeit, empfanden sie sogar als Abenteuer. Was ihnen an Fachwissen fehlte, machten sie mit Begeisterung wett.

Als ich bei Luis' Vater vorstellig wurde, hatte er die Nase gerümpft und mich dann von oben bis unten gemustert, wie eines seiner Viecher. Dann hatte er mir auf die Schulter geschlagen, dass mir die Knie fast eingeknickt wären, und gelacht. Da ich mit meinen knapp fünfzehn Jahren noch kein *ganzer Mann* wäre, musste er mir auch nur die Hälfte zahlen. Aber das war mir egal. Es war meine beste Chance, zu zeigen, wie hart ich anpacken konnte. Ihm zu zeigen, dass ich etwas wert war.

Die Arbeit auf der Alm war eintönig und beschwerlich, aber der Handyempfang und der Strom aus dem Aggregat erlaubten uns wenigstens zu telefonieren, im Internet zu surfen und Musik zu hören. Das änderte sich, als der Sturm kam. Es begann mit stetigem Nieselregen. Der Sommer war ungewöhnlich heiß gewesen, nur sporadisch gab es kurze

Schauer, die aber sofort im staubtrockenen Boden verschwanden. Wir atmeten auf, als der Regen länger als ein paar Stunden anhielt und dicke, schwere Tropfen auf das Dach schlugen. Bald war der Wind dazugekommen. Nach einigen Tagen gab es keinen Handyempfang mehr und das Stromaggregat arbeitete auch nur noch fehlerhaft. Woraufhin der Tourist verkündete, dass dieses Abenteuer »Scheiße« sei und er gerne darauf verzichten könne. Selbst wenn er dazu bereit gewesen wäre, seinen Vertrag zu brechen und bei diesem Wetter den stundenlangen Fußmarsch ins Tal zu starten, hätte ihm das wortwörtlich das Genick brechen können.

Luis' Vater reagierte gereizt. Er schrie ihn immer öfter an, der Tourist reagierte mit Beschimpfungen. Ich hielt mich raus. Verrichtete meine Arbeiten, kochte oder versteckte mich in meiner Schlafkoje.

An dem Abend, an dem Luis' Vater ein Bierglas knapp neben dem Kopf des Touristen an die Wand knallte, fand ich unter dem Vordach des Stalles eine Strohpuppe. Menschen aus der Stadt würden dieses Strohbündel vermutlich nicht als Puppe identifizieren. Der Torso, der Kopf, Arme und Beine waren mit roter Schnur abgebunden, damit man die menschliche Form erahnen konnte.

Meine kleine Schwester hatte so eine. Ich war so froh, eine Erinnerung an zu Hause gefunden zu haben, dass ich mich nicht darüber wunderte, die Puppe sauber und trocken vorzufinden. Ich schmuggelte sie unter meinem T-Shirt in die Hütte und steckte sie unter meine Decke, bevor ich mich hinlegte.

Der Tourist murmelte im Dunkeln, mit welchen Konsequenzen Luis' Vater zu rechnen hätte, wenn sie wieder im

Tal wären. Dieser fluchte und flüsterte Drohungen, was er alles mit dem Touristen anstellen würde, während dieser schlief. Der Sturm tobte, die schweren Regentropfen peitschten gegen das Fenster, das einzige Licht im Raum war das Glimmen des Ofens.

Am nächsten Morgen beobachtete ich, wie Luis' Vater in den Kaffee des Touristen spuckte. Mittags bestand der Tourist darauf, das Kochen zu übernehmen, und bröselte dabei etwas, das wie Dreck vom Boden aussah, in das Gröstl des alten Senners. Ich hielt den Mund und mied den Blickkontakt.

Als Luis' Vater und ich die eingelagerten Vorräte überprüften, war die Tür des Schrankes nicht wie vorgesehen verschlossen, sondern nur angelehnt. Mäuse waren die ganze Zeit über unsere Mitbewohner gewesen, aber seit es zu regnen begonnen hatte, waren sie in Scharen durch jedes Loch und jeden Spalt in die Hütte geströmt. Um das Essen zu schützen, wurde es mäusesicher weggesperrt, ein einfaches Riegelschloss war eigentlich ausreichend.

Luis' Vater öffnete die Schranktür und etwas Großes fiel uns entgegen. Ich sah einen pulsierenden Knoten aus Fell und nackten Schwänzen, die sich wie Schlangen umeinanderwanden. Das Schmatzen, Fiepen und Beißen war trotz des lärmenden Regens deutlich zu hören. Der salzige Geruch von Fett und Fleisch verriet mir, dass sich in ihrer Mitte unsere einzige Speckschwarte befand.

Der ältere Mann stürzte vor und trat gegen den Ball aus fressenden Leibern. Die meisten Mäuse stoben davon und verschwanden in ihren Löchern, einige hingen aber noch am Fleisch und knallten mit einem dumpfen Geräusch gegen die Holzwand. Diejenigen, die das überlebten, fraßen einfach weiter, und Luis' Vater ließ seinen schweren Wanderschuh auf jedes einzelne Nagetier fahren. Der kleine Raum war erfüllt von Knirschen und Fiepen und dem durchdringenden Geruch von Urin, Blut und Kot.

Als er fertig war, stellte er sich knapp vor mich, sein Atem stank faulig, seine Augen waren wild und dunkel. Er wollte von mir wissen, wer die Vorräte nicht richtig weggeschlossen hatte. Mein Herz klopfte mir bis zum Hals und ich wagte kaum zu atmen, geschweige denn zu antworten. Doch ich musste nicht einmal den Mund aufmachen. Er hatte sich bereits zusammengereimt, wer heute die Lebensmittel fürs Mittagessen aus der Kammer geholt hatte. Ohne ein weiteres Wort walzte er an mir vorbei und brüllte schon nach dem Touristen, bevor er die oberste Stufe erreicht hatte.

Die Tür fiel mit einem Knall ins Schloss und ich zuckte zusammen. Die Deckendielen knarrten unter dem Gewicht der beiden Männer und verrieten mir, dass sie sich über mir rasch hin- und herbewegten. Ich konnte nicht verstehen, was sie sagten, hörte nur den bedrohlichen Bass von Luis' Vater und das trotzige Zetern des Touristen. Die nackte Glühbirne pendelte und flackerte. In der Ecke rechts über mir krachte es, von den Dielen bröselte Staub und die Bretter vibrierten. Ich wich einen Schritt zurück und stieß einige leere Bierflaschen um. Sie waren rasch eingesammelt, nur eine war in die hinterste Ecke des Kellers gelangt, dorthin, wo kein Licht mehr hinreichte.

Ich war in einem Dorf aufgewachsen, ich fürchtete mich nicht vor der Dunkelheit. Doch als ich in die Schwärze griff, um die Flasche zu holen, breitete sich Gänsehaut von meinen Fingerspitzen bis zur Schädeldecke aus und mein

Herz begann schneller zu schlagen. Ich rutschte auf dem Hintern nach hinten ins Licht und nahm aus meinem Augenwinkel eine Bewegung neben mir wahr. Die Mäuse waren zurückgekehrt und machten sich wieder über den Speck her. Und über die Kadaver ihrer Artgenossen. Ich rappelte mich auf und stürmte die Treppen hinauf.

Nachts lag ich in meiner Koje und schüttete der Puppe mein Herz aus. Der Tourist hatte einen Bluterguss am Wangenknochen, Luis' Vater einen Kratzer am Hals. Einige Schüsseln lagen zerbrochen am Boden. Die beiden hatten kein Wort mehr miteinander gewechselt, sondern waren mit dem größtmöglichen Abstand umeinander herumgeschlichen wie Raubtiere, und redeten nur mit mir, wenn es etwas zu sagen gab.

Bei meiner Flucht aus dem Keller hatte ich die Lebensmittel nicht mehr weggesperrt, woraufhin Luis' Vater meinen Kopf gegen den Türstock gestoßen hatte. Die Beule pochte und sandte bei jedem Herzschlag Wellen des Schmerzes durch meinen Körper. Doch ich konnte mich glücklich schätzen. Luis wurde von seinem Vater mehrmals die Woche wegen Nichtigkeiten verprügelt. Deswegen wäre es ihm auch niemals in den Sinn gekommen, auf die Alm mitzukommen und mehr Zeit als notwendig mit seinem Erzeuger zu verbringen.

Ich flüsterte meine Gedanken der Puppe zu, streichelte ihre raue Strohhaut und war dankbar, dass ich nicht allein war. Der Regen trommelte gegen die Wand, doch der Sturm wirkte heute Nacht nicht so bedrohlich. Er brachte die Bäume zum Singen und als ich noch daran dachte, was das für eine absonderliche Vorstellung war, glitt ich langsam in den Schlaf. Zunächst war ich mir sicher, dass ich nur den

Wind hörte, doch die Stimme – je länger sie in mein Ohr flüsterte – kam mir so bekannt vor, dass ich unruhig wurde, weil ich sie nicht einordnen konnte. Es lag mir auf der Zunge. Meine Lippen streiften andere, weichere, und ich musste lächeln, denn nun erinnerte ich mich, wem die Stimme gehörte.

Ich öffnete die Augen, Luis strich mir mit der Hand durch die Haare und küsste mich sanft. Meine Hände ertasteten seinen nackten Körper, fuhren von seinem schmalen Rücken hinunter zu seinen Pobacken und griffen fest zu. Etwas Kaltes und Nasses landete auf meinem Ohr und ließ mich hochschrecken. Ich löste meine Lippen von Luis und sah zur Decke, als ein weiterer Regentropfen auf meiner Augenbraue zerplatzte. Verärgert wischte ich mir über die Stirn und hoffte bald wieder einzuschlafen, um in diesen süßen Traum zurückzukehren.

Eine Hand legte sich auf meine Brust und Finger strichen über meine Nippel, bis sie durch das T-Shirt hart wurden. Ich hielt die Luft an, blinzelte mehrmals und blickte zur Seite. Luis lag immer noch da, ein schelmisches Lächeln auf den Lippen, und hob fragend die Augenbrauen. Mein erster Impuls war, aufzuschreien und aus dem Bett zu springen, doch als ob er das gespürt hätte, rutschte er näher an mich heran und drückte seinen harten Schwanz gegen meinen Oberschenkel.

»Was …«, krächzte ich, Schweißperlen bildeten sich auf meinem Haaransatz.

Luis schüttelte nur sacht den Kopf und flüsterte: »Du musst jetzt keine Angst mehr haben. Ich bin bei dir.«

»Aber …«

»Möchtest du, dass ich bleibe?«, fragte er und rieb seinen Körper an meinem.

Ich nickte nur und wollte etwas erwidern, aber er verschloss meinen Mund mit seinem und stieß seine Zunge hinein, während seine Hand langsam zwischen meine Beine glitt.

Am nächsten Morgen war ich verwirrt und glücklich. Und doch fühlte ich mich schuldig. Im Lichte des Tages war ich mir sicher, dass alles nur ein Traum gewesen sein konnte – zugegeben, ein feuchter Traum, dem Zustand meiner Unterhose nach zu urteilen –, aber so real mir das auch vorgekommen war, neben mir im Bett lag nur die Strohpuppe.

Es störte mich nicht, als Luis' Vater mich hinausschickte, um die Kühe zu melken, den Stall auszumisten und Brennholz zu hacken. Diese Aufgaben würden mich den Großteil des Tages beschäftigen und von den beiden Streithähnen fernhalten. Vor allem war ich froh, Abstand zu Luis' Vater zu bekommen, weil mir jedes Mal die Hitze in die Wangen stieg, wenn ich ihn ansah. Ich befürchtete, er könnte erahnen, was ich letzte Nacht gemacht – geträumt – hatte, und mir die Seele aus dem Leib prügeln.

Im Stall angekommen entledigte ich mich meiner Regenjacke und machte mich ohne jede Hast an die Arbeit. Es warteten nur ein paar Kühe auf mich, die meisten waren auf den Wiesen, der Sturm schien ihnen nichts weiter auszumachen. Sie suchten nur unsere Nähe, wenn ihre Euter voll waren. Das Melken erledigte ich als Erstes.

Beim Ausmisten begann ich vor mich hinzusingen, ein altes Lied, von dem ich nicht wusste, wann ich es das letzte Mal gehört hatte. Es dauerte eine Weile, bis mir auffiel, dass jemand mitsang. Als ich mich umdrehte, setzte mein Herz für einen Schlag aus und ich verstummte. Luis harkte mit einer Heugabel das Stroh, schob es auf die Seite und sang unbeirrt weiter. Im Gegensatz zu meiner war seine Stimme tief, dunkel und rutschte nicht in unkontrollierbare Kiekser ab. Ich machte einen Schritt zurück und er hielt inne.

»Wenn es dir lieber ist, kannst du mir auch einfach zusehen. Setz dich hin und ruh dich aus!«

Ein nervöses Lachen kroch meine Kehle hinauf, schaffte es aber nicht über meine Lippen. Die Leute im Dorf sagten immer, dass Männer wie Luis und ich geisteskrank wären. Ängstlich grölten wir am lautesten mit, wenn sie skandierten, dass die Schwuchteln eingewiesen oder aufgehängt gehörten. Vielleicht war ich wirklich verrückt. Ich umklammerte die Heugabel und versuchte Ruhe zu bewahren. Ich sollte hinauslaufen. Die Gänsehaut, die sich über meinen Rücken zum Nacken hinaufzog, schien mich dazu zu drängen.

Aber Luis schenkte mir dieses schelmische Lächeln, in das ich mich einst verliebt hatte, und kam auf mich zu. Vorsichtig nahm er mir die Heugabel aus der Hand. »Möchtest du, dass ich gehe?«

Er sah mich erwartungsvoll an. Seine Augen waren um eine Spur dunkler, als ich sie in Erinnerung hatte, aber immer noch so wunderschön, dass es mir den Atem raubte. Ich spürte seine Wärme, roch seinen Schweiß und diese Seife, die er immer verwendete.

»Möchtest du, dass ich dir bei deiner Arbeit helfe, Jo?«

Nur Luis nannte mich Jo, für alle anderen war ich Johannes oder Hansi.

»Ja. Bitte.«

»Wärst du mir dankbar, wenn ich dir helfen würde?«

»Ja.«

»Wie sehr?«

»Sehr!«

Luis schmunzelte, warf meine Gabel ins Heu und strich mir über die Wange, bevor er sich an die Arbeit machte.

Abends stritten der Tourist und Luis' Vater wieder lautstark. Der Tourist habe das Gemüse nicht richtig zubereitet. Luis' Vater sei unfähig und unvorbereitet. Wenigstens hielten sie Abstand zueinander. Ich las noch in einem Buch, bevor ich mich in mein Bett verzog.

Die Puppe war verschwunden. Ich durchwühlte meine Sachen, suchte unter Kissen und Decke und sah unter dem Bett nach. Es war mir schleierhaft, wo sie abgeblieben war. In meinem Bauch formte sich ein Knäuel aus Unsicherheit und Nervosität, aber ich versuchte mir einzureden, dass ich die Puppe nicht mehr brauchte und es egal war, wohin sie verschwunden war. Mit den Gedanken bei Luis' Stimme und seinen Berührungen schlief ich allmählich ein, begleitet von den Geräuschen des Windes und des Regens.

Die Nacht war rastlos, ich träumte schlecht, wachte auf, nur um gleich wieder in unruhigen Schlaf zu fallen. Ein Laut, der nicht in diese Umgebung zu gehören schien, weckte mich kurz vor Morgengrauen. Die Sonne war noch nicht aufgegangen, aber die Dunkelheit wich bereits dem Licht. Ich konnte die Umrisse unserer Stube erkennen, den Ofen, dessen Feuer ausgegangen war, die Holzscheite daneben aufgereiht, und die Betten meiner beiden Mitbewohner.

Das Geräusch, das mich geweckt hatte, erklang erneut. Es kam von Luis' Vater. Ich rieb mir die Augen und hielt die

Luft an, als ich eine Gestalt auf seinem Bett sitzen sah. Eine Frau mit langen Haaren, sie bewegte sich langsam, und dann fiel mir auf, dass sie nicht auf dem Bett saß, sondern auf dem Mann.

Von meinem Blickwinkel aus und in dem spärlichen Licht, konnte ich ihn nicht sehen, ich sah nur, wie seine Hand den blassen Körper der Frau entlangfuhr, ihren Hintern umschloss und über ihre Vorderseite strich. Ihre Bewegungen wurden schneller, ebenso wie der Atem von Luis' Vater. Mit glockenheller Stimme flüsterte sie etwas und lachte dann leise. Mit dem diffusen Gedanken, dass mich diese Frau an meine ehemalige Volksschullehrerin erinnerte, fielen mir die Augen schließlich wieder zu.

Die Sonne stand hoch am Himmel, als ich aufwachte. Normalerweise wäre ich bereits geweckt worden, um meine Aufgaben zu erledigen, aber jetzt sah ich, dass das Wasser bereits von der Quelle geholt worden war und die gefüllten Töpfe auf dem Ofen dampften.

Auf dem Weg zum Plumpsklo warf ich einen Blick in den Stall. Es gab nichts mehr zu tun. Der Tourist und Luis' Vater saßen am Tisch und tranken Tee, als ich wieder in die Stube kam. Ich bemerkte den Stapel frisch gehackten Holzes, das abgewaschene Geschirr und das geputzte und zurechtgeschnittene Gemüse. Luis' Vater fragte, ob ich was verloren hätte, und fügte noch etwas hinzu, das ich nicht hören konnte, aber was den Touristen zum Lachen brachte. Von all den Dingen, die in den letzten Tagen geschehen waren, kam mir dies besonders seltsam vor.

Eine Panik stieg in mir auf, die ich nicht erklären konnte. Für einige Atemzüge stand ich noch regungslos da, unfähig mich zu bewegen, dann setzte ich mich auf meine Koje und griff nach einem Buch.

Bei Einbruch der Dunkelheit endete der Regen so abrupt, dass wir einige Momente brauchten, um zu begreifen, was geschehen war. Das ständige Rauschen, das konstante Trommeln aufs Dach, all das verstummte plötzlich, und die Stille, die daraufhin folgte, wirkte unnatürlich und beängstigend. Wir hörten unseren Atem und das sanfte Surren der Petroleumlampen. Vor nicht allzu langer Zeit hätten wir in diesem Augenblick gelacht, gegrölt, uns zugeprostet und gratuliert. Jetzt starrte jeder vor sich hin, verwirrt, unsicher, die entspannte Laune des Tages war verflogen. Ich wünschte mir die Strohpuppe wieder her, nur um etwas zu haben, an dem ich mich festhalten konnte.

An diesem Abend verschwanden wir früher als sonst in unseren Betten. Ein dumpfes Poltern weckte mich mitten in der Nacht. Schemenhaft sah ich, dass der Tourist in seinem Bett saß und Luis' Vater am Tisch stand. Das Zischen einer Flamme ließ mich zusammenzucken und die Petroleumlampe erhellte den Raum. Der Tourist wirkte besorgt, Luis' Vater grimmig, als er die Lampe höher hielt, um sich im Zimmer besser umsehen zu können.

Erneut dieses Poltern.

Unsere Blicke wanderten zur Kellertür. Irgendetwas war dort unten. Schweigend zogen wir uns etwas über. Der Tourist und ich hielten unsere Taschenlampen vor uns, Luis' Vater hatte die Petroleumlampe erhoben, als wir nacheinander die Treppe hinunterschlichen. Das elektrische Licht funktionierte nicht mehr, unten war es stockdunkel. Ein beißender Geruch stieg in meine Nase, es roch nach Fäulnis und Blut. Ich bemühte mich, durch den Mund zu atmen, damit ich mich nicht übergeben musste. Kälte kroch durch meinen Körper bis in die Knochen, ich begann zu zittern und bemerkte, dass es dem Touristen vor mir nicht anders ging. Die Geräusche hatten aufgehört, als wir die Kellertür aufstießen, doch jetzt fing es wieder an: ein Rumpeln, gefolgt von einem Schleifen und einem feuchten Klatschen.

Luis' Vater war unten stehen geblieben und richtete das Licht in das hinterste Eck des Kellers. Der Anblick war so alltäglich, dass er mich eher verwunderte als verängstigte. An aufgespannten Seilen hingen Fleischstücke zum Trocknen, wie wir es im Dorf ebenso machten. Doch daneben stand jemand – oder vielmehr etwas –, größer als jeder Mann, den ich je gesehen hatte. Was auch immer es war, es war ohne Zweifel unmenschlich.

Erstaunlicherweise fühlte ich keine Angst oder Abscheu, eher Interesse und eine entfernte Vertrautheit. Das Wesen vor uns schien nicht aus Haut und Haaren zu bestehen. Die Beschaffenheit seines Körpers erinnerte mich an Stroh und Heu, allerdings war es grauschwarz und glänzte feucht. Seine Beine endeten in Stümpfen, aus denen einzelne Halme ragten, genau wie seine Arme. Der Körper war mit roten Schnüren umwickelt, die Arme, Beine und den Kopf vom Rumpf unterteilten.

Ich lachte mit einer Stimme, die viel schriller klang als meine. Der Ton breitete sich im Raum aus, prallte von den Wänden ab und schlug auf uns drei zurück. Die Köpfe der beiden anderen ruckten in meine Richtung. Der entsetzte Ausdruck in ihren Gesichtern ließ sie wie Zwillinge aussehen, was mich noch mehr zum Lachen brachte.

Das Wesen hatte mit seinen Strohhalmfingern ein Stück dunkelrote Lende aufgehängt und drehte sich zu uns um.

Das ließ mich verstummen. Für einen Moment sah sein Kopf vorne genauso aus wie hinten, doch dann veränderte sich etwas in der Struktur der Oberfläche und im Stroh entstanden schwarze Löcher für Augen und Mund. Es schien zu lächeln, legte den Kopf schief und sagte dann mit einer Stimme, die weder männlich noch weiblich wirkte: »Schön.«

Wir alle hielten die Luft an und erst da fiel mir auf, wie laut unser Atmen im Keller geklungen hatte. Das Wesen machte einen Schritt in die Mitte des Raumes. Unsere Körper lehnten sich einige Millimeter nach hinten, schienen aber nicht die Kraft zu haben, tatsächlich zurückzuweichen. Mit den feucht-schwarzen Löchern in seinem Kopf schien es uns einen nach dem anderen zu begutachten, dann sagte es erneut mit einer Stimme, die aus mehreren Tonlagen zusammengebaut war: »Schön.«

Luis' Vater war der Erste, der die Kraft zu sprechen fand. »Was willst du?« Seine Stimme zitterte, wie seine Hand, die die Lampe hielt.

Das Wesen produzierte einen Laut, der einem Lachen glich, aber eher klang wie ein rostiger Nagel, der über eine Tafel gezogen wurde. »Du weißt doch, was ich will! Nur das, was mir zusteht. Meinen Lohn.«

Luis' Vater schüttelte den Kopf und stammelte einige unzusammenhängende Wörter, bis das Wesen einen Arm hochschnellen ließ und ihn damit zum Verstummen brachte.

»Bitte. Du langweilst mich. Ihr alle langweilt mich so ungemein. Ich mache das schon seit der Unendlichkeit und immer, immer wollt ihr diskutieren, wollt euch rausreden. Doch ihr erreicht damit nichts, außer, dass ihr mir Zeit stehlt. Ihr wart verzweifelt, ihr wart überfordert – eine Spezialität eurer Art. Ich habe euch Gesellschaft geleistet, ich habe eure Arbeit erledigt. Heute ist das Äquinoktium. Ich fordere meinen Lohn.«

»Was … Wie viel?«, fragte Luis' Vater, seine Stimme klang nun fester, wenn auch leiser als das gewohnte Poltern.

»Zwei Kälber hab' ich schon. Jetzt fehlt nur noch einer von euch.«

»Das … Nein!«, rief Luis' Vater.

Das Wesen schüttelte bedauernd seinen Strohkopf. »Ich bin nicht gierig. Ich könnte mir euch alle holen, aber das muss ich nicht. Ich nehme mir nur das, was ich brauche. Es gibt zu viele von euch. Jedes Jahrhundert sind da mehr von euch und ihr drängt immer näher zu mir. Und ich verspüre manchmal das Bedürfnis, euch alle einfach auszuweiden. Ihr seid so laut und so dreckig und so unnütz. Aber ich hole mir jedes Mal nur das, was ich brauche, und ich verschwende nichts. Das Fleisch, die Haut, die Knochen. Alles kann ich gebrauchen. Ich lasse euch sogar entscheiden, wer von euch hierbleibt. Ich bin gerecht.«

»Nimm ihn!«, platzte es aus Luis' Vater heraus und er deutete auf den Touristen, der mit offenem Mund auf die lebensgroße Puppe starrte.

Das Wesen breitete seine Arme aus. Schwarze dickflüssige Tropfen fielen auf den Boden. Der ekelhafte Geruch wurde intensiver. Es schüttelte sich und das Geräusch, das aus dem Loch in seinem Kopf drang, glich dem einer Kreissäge, die in der Lautstärke variierte. Es dauerte zwei Herzschläge, bis ich begriff, dass es lachte.

»Ihr seid so amüsante kleine Wesen. Wärt ihr nicht auch

so pflegeaufwendig, würde ich euch als Haustiere halten! Nein. Du hast das nicht zu entscheiden.«

Aus dem ausgestreckten Arm fuhr ein Strohhalm in meine Richtung und stoppte einige Zentimeter vor meinen Augen. Der Gestank warf mich beinahe um. Er kroch in meine Nase, breitete sich in meinem Mund und Hals aus. Moder, Urin, Kot, Blut, als sei es ein Komposthaufen aus tierischem Abfall. Aus der Nähe konnte ich erkennen, dass der Halm aus mehreren Fasern bestand, die sich in kleinen Bewegungen immer wieder ineinanderschlangen. Mein Herz pochte in meinen Ohren und meine Haut spannte von der andauernden Gänsehaut.

»Er entscheidet. Er hat mich eingeladen.«

Ich verneinte, schüttelte den Kopf, wollte dem Touristen und Luis' Vater beteuern, dass es nicht wahr sei. Doch ich konnte mich der Wahrheit nicht entziehen. Ich hatte die Strohpuppe in die Hütte geholt, und seit Luis seinen weichen Mund auf meine Haut gepresst hatte, hatte ich mir gewünscht, dass er nie wieder weggehen würde. Nur dass es nicht Luis war. Das hatte ich tief in mir gewusst. Es war meine Schuld.

»Nimm mich.«

Ich bemühte mich, stark und klar zu klingen, aber es glich mehr einem Wimmern. Es war egal. Alle hatten mich gehört. Luis' Vater und der Tourist stießen gleichzeitig einen Seufzer aus, der in weißen Wölkchen aus ihren Mündern entwich.

»Denkst du, du kommst da raus, wenn du besonders anständig, heldenhaft oder freundlich bist? So läuft das nicht. Mir ist vollkommen egal, ob ihr gut oder böse seid. Alles, was ich will, ist eure Körper.«

»Aber …«

»Du musst es wollen«, unterbrach es mich. »Du musst deine Entscheidung auch wirklich wollen, sonst nehme ich sie nicht an.«

Alles, was ich gewollt hatte, war Luis' Vater zu beweisen, dass ich seines Sohnes würdig war. Doch Luis' Abschiedsworte hallten jetzt in meinem Kopf wider: *»Er bringt uns beide um, wenn er's rausfindet. Bei mir würd' er sich nur länger Zeit lassen.«* So, wie ich wusste, dass vor mir die Strohpuppe stand, die ich in die Hütte geholt hatte, so wusste ich auch, dass mir keine Zeit mehr blieb. Ich hatte meine Entscheidung getroffen. Schon vor einiger Zeit.

Ich drehte mich zu Luis' Vater und zeigte auf ihn. Mehr war nicht nötig. In seinem Gesicht wechselten in Millisekunden die Emotionen ab: Überraschung, Unglaube, Wut, Angst. Er machte einen Schritt auf mich zu, doch bevor er mich erreichen konnte, hatten sich die Arme und Beine der Strohpuppe um ihn geschlungen. Seine Schreie wurden gedämpft, als sich schwarze Stängel in seinen Mund schoben. Der Körper des Mannes verschwand vollkommen in der schwarzgrauen Masse. Ich bedeutete dem Touristen, mir zu folgen, und nach mehreren Blicken zwischen mir und der Stelle, an der Luis' Vater noch vor kurzem gestanden hatte, rannte er hinter mir die Treppen hinauf.

In der Stube wollte er zu seinen Sachen stürmen, aber ich befahl, alles zurückzulassen. Der Vollmond war riesig und erhellte uns den matschigen Weg, den wir in unserer Hast mehr hinunterrutschten als liefen. Das Geräusch eines dumpfen Schlages ließ uns innehalten. Die Strohpuppe befand sich auf dem Dach der Hütte und zog etwas hinter sich her. Erst bei genauerer Betrachtung konnte ich Luis'

Vater erkennen. Er hob schwerfällig den Kopf und einen seiner Arme. Falls er etwas sagte, hörten wir es nicht, weil wir zu weit entfernt waren.

Die Puppe hob ihn in die Höhe und schlug ihn mehrmals aufs Dach, bis er sich nicht mehr rührte. Das donnernde Geräusch seines auf die Schindeln aufschlagenden Körpers hallte noch in meinen Ohren, als sie schon längst damit aufgehört hatte. Ich wollte den Touristen weiterziehen, doch er krallte sich in meinen Unterarm und starrte, ohne zu zwinkern, auf das Dach. Gegen den strahlenden Mond sahen wir, wie aus einem Arm der Puppe ein Halm herausfuhr, der eine eigenartige Form annahm. Sie beugte sich über Luis' Vater und machte sich an ihm zu schaffen. Ein Geräusch, das an das Aufziehen eines alten Reißverschlusses erinnerte, ließ uns beide zusammenzucken.

»Was macht es?«, flüsterte der Tourist.

Im Mondlicht konnte ich alles erkennen. Ich sah, was die Puppe mit der Verlängerung ihres Arms machte, sah, wie sie Luis' Vater hin- und herdrehte. Ich drückte den Touristen mit aller Kraft den Weg hinunter. Seine Nägel hatten pochende Wunden in meinem Unterarm hinterlassen, und ich begrüßte den Schmerz, weil er mich ablenkte.

Wir gingen einige Minuten schweigend nebeneinander, ehe er erneut fragte: »Was macht es?«

»Sie häutet ihn.«

»W-was? *Sie*?«

»Die Strohpuppe. Sie häutet ihn. Auf dem Dach kann die Haut ausgebreitet gut trocknen«, erklärte ich ihm sachlich. »Sie hat es gesagt. Sie verschwendet nichts.«

Die Autorin

Geboren 1979, absolvierte Constanze Scheib nach der Schule eine Schauspielausbildung und spielte in den folgenden Jahren auf diversen Bühnen in Österreich. Schon als Kind dachte sie sich gerne grausige Geschichten aus und schrieb sie auf. Seit 2013 werden ihre Erzählungen auf diversen Plattformen veröffentlicht, 2014 brachte sie ihren Thriller »Lauras Parfum« heraus. Sie lebt mit ihrem Mann und drei Kindern in ihrer Herzensstadt Wien, außerdem treibt sie sich auf Sozialen Medien herum und fachsimpelt mit Lesern und Autoren über Literatur, Kinder und den Wahnsinn des Lebens.

Mehr zur Autorin:
facebook.com/constanzescheib
twitter.com/ScheibConstanze

DIE ROGGENMUHME

STEFANIE FAHLTEICH

Es zeigte sich ein seltsamer Anblick über dem Roggenfeld. Dort, wo die Vogelscheuche sonst wachte, hing ein blonder Junge, festgeschnallt an Armen und Rumpf.

Sie nannten ihn Krüppelheinrich.

Heinrich war die Schande des ganzen Ortes. Er konnte nicht auf den Feldern arbeiten, alles, was er konnte, war, sein Leben zu verfluchen. Genauso, wie die anderen Dörfler es taten.

An dem Abend, als der Junge geboren worden war, brannten die Felder. Viele mutige Männer starben bei dem Versuch, die Feuer zu löschen, und Heinrichs Mutter starb bei dem Versuch, ihn zu gebären. Ein Unglückskind. Ein Omen, meinten die Dörfler. Ein Fluch, sagte sich Heinrich.

Zwölf Jahre hatten die Felder nicht gebrannt und nun entflammte das Getreide wieder.

Es ist die Roggenmuhme, hörte er die Alten raunen. *Sie entzündet aus Wut die Felder, mit Funken aus ihren Fingern, weil ihr Hunger auf die jungen Roggenähren nicht gestillt werden kann.* In solchen Jahren holte die Muhme sich Kinder anstatt der Ähren, und in den letzten Wochen waren wieder Jungen und Mädchen aus anderen Dörfern verschwunden, die sich in die Roggenfelder gewagt hatten.

Angst begann in Heinrichs Dorf umzugehen. Angst vor dem Hunger, den eine schlechte Ernte mit sich brachte, Angst vor der Muhme, die mit ihrem Feuer die kargen Früchte der Felder verbrannte.

Und nun hing Heinrich hier, inmitten goldener Ähren. Eine Opfergabe für die hungrige Muhme.

Nach all den Jahren der Demütigung und Pein war ihm der Tod herzlich willkommen. Als Krüppelheinrich, ohne

Beine geboren, war er den Dorfbewohnern nur zur Last gefallen. Diesen Umstand hatten sie den Knaben spüren lassen, durch Schläge, Beleidigungen und andere Dinge, über die Heinrich nicht mehr nachdenken wollte. Als Opfergabe wurde sein Leben am Ende vielleicht doch noch bedeutungsvoll.

Zwei Tage war er nun schon hier befestigt. Er hörte die Krähen im nahestehenden Baum krächzen. Sie hockten auf den Ästen und warteten nur noch darauf, dass Heinrich sein Leben aushauchte. Es konnte nicht mehr lange dauern, so hoffte er wenigstens.

Heinrich versuchte vergebens mit der Zunge seine aufgeplatzten Lippen zu befeuchten. Der Gestank seiner Exkremente ließ ihn würgen. Das Hanfseil, mit welchem er an das Holzkreuz gebunden war, schnitt immer tiefer in seine Haut.

Zu Beginn hatte er versucht die Fesseln zu lösen, doch nun fehlte ihm die Kraft. Heinrich versuchte zu schlucken, aber sein Mund war so trocken, dass seine Zunge am Gaumen kleben blieb. Die Krähen krächzten und er hatte das Gefühl, sie würden ihn verhöhnen. *Kommt doch, ihr elenden Biester! Kommt und macht, dass es vorbei ist.* Er wollte endlich sterben.

Die Sonne hatte gerade den höchsten Stand erreicht, als Heinrich eine Bewegung in den verkümmerten Ähren des Roggens vor sich bemerkte. Sein Herz, das immer mühsamer schlug, begann zu stolpern. Das Blut rauschte in seinen Ohren. In seiner Angst atmete er schneller und die trockene Luft brannte in seinen Lungen. War es die Muhme? Kam sie, um ihn zu holen?

In einem letzten Versuch zerrte er an den Seilen, bis sein

Körper kraftlos zusammensackte. Kleine feine Rinnsale von Blut liefen seine Arme hinab. Sein Blick wurde trüb. Das Herz begann zu rasen. Heinrich schloss die Augen. Sie brannten, doch er konnte nicht einmal mehr weinen.

Er öffnete die Augen wieder, suchte in den Ähren nach einer anderen Erklärung. Vielleicht war es nur ein Reh, das durch die Felder huschte, vielleicht - Nein. Größeres kam auf ihn zu. Die Grillen hörten auf zu zirpen. Sogar das Krächzen der Krähen verstummte. Es war, als würde die Welt aufhören zu atmen. Der Roggen machte Platz, wo das Wesen entlanglief, verhüllte es aber noch, bot ihm Schutz. Und dann, genau vor dem Knaben, teilten sich die Ähren. Eine riesige Kreatur kam zum Vorschein und bildete mit ihrer verschlingenden Schwärze einen harten Kontrast zu dem sanften Gelb des Roggens. Sie blieb gebückt. Verharrte. Rührte sich nicht. Schwieg, minutenlang. Der schwarze Umhang, der das Wesen verdeckte, war an vielen Stellen zerrissen. Schmutz und Staub hingen an dem Stoff, als ob die Kreatur sich in der trockenen Erde der Felder gewälzt hätte. Die Kapuze war tief in das Gesicht gezogen und nur am Rand bewegte sich etwas Stoff, immer, wenn es ausatmete. Es war riesig. Obwohl es gebückt dastand, berührte der Rücken die Spitze der Ähren.

Heinrich hatte noch genug Energie, um Angst zu haben. Vielleicht hätte er geschrien, wenn etwas mehr Kraft in seinem Körper gewesen wäre. Doch so hing er hilflos in seinen Fesseln, konnte nur abwarten, was *sie* als Nächstes tat. Ja, er erkannte das Wesen, welches durch den Roggen schlich, glaubte den Geschichten der Alten. Heinrich war eine Opfergabe und sie würde ihn jetzt holen – die Roggenmuhme.

Doch noch tat sie nichts. Sie stand nur da, in der unnatürlichen Stille des Feldes, und ließ ihn warten. Hatte denn keiner Erbarmen mit ihm? Gott hatte ihn all die Jahre nicht erhört. Warum konnte ihn nicht wenigstens die Muhme von seinem Leid erlösen?

»Bitte. Tu es endlich. Töte mich. Bitte«, flüsterte Heinrich.

»Hast du keine Angst?«, hörte es Heinrich unter dem Mantel krächzen. Der Roggen um sie herum erzitterte.

»Doch.« Mehr Worte brachte Heinrich durch seine trockene Kehle nicht mehr heraus. Er hatte seinen eigenen Tod herbeigesehnt, seit er zurückdenken konnte, und nun, wo es endlich so weit war, fürchtete er sich.

Die Roggenmuhme begann sich hin- und herzuwiegen. Langsam, ganz langsam erhob sie sich. Und bei Gott, sie wurde immer größer!

Heinrichs Herz stolperte erneut, rang mit der Angst, die er spürte. Sein Puls dröhnte in seinen Ohren. Sollte das wirklich das Ende sein? Wollte er so sterben? *Du musst kämpfen! Du musst leben. Du willst leben!* Doch sein Körper gehorchte ihm nicht mehr. Jegliche Energie schien aus ihm verschwunden. Und was hätte es ihm auch gebracht? Ohne Beine konnte er ihr nicht davonlaufen. Er war ihr ausgeliefert, auf Gedeih und Verderb. Er …

Was war das für ein Geruch? Roch es nicht nach frischem Stroh? Erinnerungen an einzelne Augenblicke kurzen Glücks erfassten ihn. Das erste Lob seines Onkels, als Heinrich es geschafft hatte, Stroh zu bündeln. Der Geruch seines Bettes, welches aus den getrockneten Halmen bestand. So würde Heinrich also sterben, im Gedenken an seinen liebsten Duft. Er formte einen lautlosen Dank mit seinen Lippen.

Doch die Roggenmuhme rührte sich nicht. War das für sie ein Spiel? Liebte sie es ihre Opfer mit Warten zu quälen? Geplagt betrachtete er das Geschöpf und sah, wie sich ihr Brustkorb hob und senkte.

Die Kreatur bewegte sich ruckartig auf ihn zu. Erschrocken zuckte Heinrich zusammen und stöhnte auf, als die Seile tiefer in seine Haut schnitten. Die Roggenmuhme verharrte in ihrer Bewegung und legte ihren Kopf leicht schräg. Dann, quälend langsam, zog sie ihre Kapuze zurück und offenbarte ein faltiges Gesicht, umrahmt von schütterem, schwarzem Haar. Als er in die Augen der Alten blickte, gefror Heinrich das Blut. Ihre Iris war in ein tiefes Rot getaucht und die Pupille wie die einer Schlange zu Schlitzen geformt. Aus dem roten Glühen wurde ein alles verschlingendes Schwarz, das ihr Augenweiß verschlang, als sie zu ihm trat. Er fürchtete sich nicht mehr.

Vielleicht war es der Geruch von frischem Stroh oder das mitfühlende Gesicht der Alten, doch nun blickte er ohne Furcht dem Tode entgegen. Dürre Hände griffen nach ihm, und er versank in tiefer Dunkelheit.

Heinrich wurde von einem köstlichen Geruch geweckt. Mit flatternden Lidern öffnete er die Augen und sog den Duft in seine Lungen. Es dauerte ein paar Augenblicke, bis er sich an das Dunkel um ihn herum gewöhnt hatte.

»Ah, der Knabe ist wach«, hörte er ein wohlwollendes Krächzen. »Stör dich nicht an der Unordnung. Ich hatte lange keinen Besuch. Hast du Hunger? Durst? Bestimmt beides.«

Irrte sich Heinrich oder klang die Muhme schon fast fröhlich? Er sah in das zahnlose Gesicht der Alten. Lächelnd gab sie ihm einen gefüllten Holzbecher.

Heinrich blickte von der Muhme zu dem Becher, hin und her. Warum war er noch nicht tot? Hatte sie ihm gar das Leben gerettet? War es letztendlich Gottes Wille, dass er zu der Roggenmuhme gefunden hatte, waren seine Gebete auf diese Art erhört worden?

Egal, welche Macht ihn zu der Alten geführt hatte – er war dankbar. Heinrich führte den Becher an seine Lippen. Gierig leerte er das kühle Nass in einem Zug. Anschließend reichte die Muhme ihm einen vollen Teller. Der Junge staunte nicht schlecht. Neben dampfendem Getreidebrei lagen Würstchen! Er hatte noch nie welche gegessen. Fleisch gab es nur zu besonderen Anlässen, und zu diesen war er als Krüppelheinrich nie zugegen. Dankbar nahm der Knabe die Mahlzeit entgegen. Den Getreidebrei schlang er hinunter, doch bei den Würstchen genoss er jeden Bissen. Alles, was ihm die Alte vorsetzte, aß der Junge auf, bis er mit kugelrundem Bauch auf seine Pritsche sackte.

»Vielen Dank.« Heinrich wollte noch etwas sagen, doch seine Stimme versagte. Von all den Dingen, die ihm in seinem bisherigen Leben widerfahren waren, war dies der schönste Moment. Tränen liefen über sein Gesicht und er schämte sich dafür. Doch die Alte sagte nichts, saß nur still neben ihm und streichelte über sein blondes Haar, bis er in einen tiefen Schlaf fiel.

Wie viel Zeit vergangen war, wusste Heinrich nicht zu sagen. Doch dieser dunkle Ort fühlte sich nun wie ein Zuhause an. Die Roggenmuhme pflegte den Jungen und nährte ihn. Nichts trübte sein Herz. Auch nicht die Schreie der entführten Kinder, aus deren Fleisch die Muhme die köstlichen Mahlzeiten für ihn bereitete.

Zu Beginn hatten die verzweifelten Hilferufe der Mädchen und Jungen aus den Kerkerzellen unter dem Roggenfeld Heinrich den Schlaf geraubt, doch das hatte sich schnell gelegt. Sie hatten es nicht anders verdient. Was streiften die Bälger durch das Roggenfeld, wo doch jeder wusste, dass es das Reich der Muhme war? Es geschah ihnen recht, durch das Butterfass geschleudert oder durch den Fleischwolf gedreht zu werden. Manchmal wünschte er sich nur, dass auch seine Peiniger in einer der Fallen tappen würden …

Nur eines betrübte den Knaben. Die Muhme war wie eine Mutter für Heinrich und er liebte sie und wollte ihr helfen, doch ihm fehlten die Beine dazu. Krüppelheinrich. Das Wort kreiste in seinen Gedanken.

Die Muhme bemerkte seinen Kummer und eines Abends saß sie wieder neben dem Knaben. »Heinrich, mein Lieb, gräm dich nicht. Was wäre, wenn ich dir helfen könnte?«

Der Junge sah hoffnungsvoll in die roten Augen der Alten. »Kannst du das denn?«

»Es wird sehr wehtun. Du wirst denken zu verbrennen. Doch du wirst Beine haben.«

»Schmerz kenne ich«, sagte Heinrich. »Er schreckt mich nicht.« Sein ganzes bisheriges Leben hatte aus Schmerzen und Leid bestanden, bis die Muhme ihn gefunden und erlöst hatte.

Die roten Schlangenaugen der Alten waren ernst. »Bedenke, dass du dich dann für immer an mich bindest. Du gehörst ewig zu mir.«

»Woanders möchte ich auch nicht sein ... Mutter.«

Die Roggenmuhme kniete sich vor den Jungen und legte ihren verschmutzen Umhang ab. Sie beugte sich nach vorn, ihre riesigen Brüste hingen vor seinem Gesicht.

»Saug daran!«, forderte ihn die Alte auf. Und, bei Gott, zum ersten Mal seit langem hatte der Knabe wieder Angst.

Heinrich war oft dabei gewesen, wenn die Muhme den Kindern ihre Brüste tief in den Mund stopfte, bis diese daran erstickten. Denjenigen, die sich zu lange wehrten, zerschlug sie mit ihrer Brust den Schädel, dass das Hirn an die Kerkerwände spritzte. Seine Mutter war eine ungeduldige Frau.

Er kannte auch die Schreie der Kinder, nachdem sie an den steinernen Brüsten gesaugt hatten. Es waren unmenschliche Schreie. Blut lief ihnen wie Tränen aus den Augen – falls die Kinder noch welche hatten. Ihre Gesichter waren vor Schmerz entstellt. Sie konnten vor Pein nicht einmal mehr um Gnade winseln. Nach ewigen Minuten blieben sie dann in grotesker Stellung liegen, gelähmt, bereit zur Schlachtung.

»Saug!«, forderte die Muhme ihn mit vibrierender Stimme erneut auf.

Der Junge blickte in die alles verzehrenden schwarzen

Augen der Alten. Er wusste, dass sie sich bemühte, ihm nicht den Kopf abzureißen, ungeduldig wie sie war.

Da wusste der Knabe, dass er alles für sie tun würde. Sie war die Einzige, die sich um sein Wohl sorgte. Egal wie, er gehörte zu ihr, als treuer Knecht – und liebender Sohn. So holte er tief Luft und saugte an den steinharten Brüsten. Eine zähe, brennende Flüssigkeit lief seine Kehle hinab, breitete sich in seinen Gedärmen aus. Heinrich schrie, als sein Inneres in Flammen aufging.

Drei Tage und Nächte dauerte sein Kampf. Manchmal waren die Schmerzen so unerträglich, dass er seinen Kopf gegen die Wände schlug, sich die Haare ausriss, versuchte, mit einem Messer den Schmerz aus sich herauszuschneiden. Er kratzte sich die Haut vom Gesicht, Schicht um Schicht, wollte sich mit dem Nachtkleid erwürgen. Doch bevor er ans Äußerste gehen konnte, griff die Muhme ein. In diesen Momenten wusste der Knabe nicht mehr, ob er wach war oder träumte. Ständig hörte er das beruhigende Zischen der Muhme und die qualvollen Hilferufe der anderen Kinder, seine liebste Musik.

Die Muhme war um ihn, wusch ihn, umhegte ihn, und sie erzählte ihm ihre Geschichte. »Auch ich spürte einst solche Qualen wie du jetzt, damals, als ich noch jung und naiv war. Naiv und verliebt. Doch der Mann meines Herzens hat mich verraten, geschändet.« Sie knurrte und der Knabe erzitterte. »Hure nannten sie mich. Verbannten mich. Doch sie sollten meine Rache spüren.« Die Stimme der Roggenmuhme vibrierte vor Hass. »Jedes einzelne Familienmitglied holte ich mir über die Jahre. Nachts, wenn alle schliefen. Ihre Gedärme legte ich vor die Haustüre, die Haut riss ich ihnen vom Körper. Roggenfrau nannten mich die

Dorfbewohner, da manch einer schwor, mich nachts im Felde verschwinden zu sehen. Meinen Liebsten holte ich zum Schluss. Er war ein Monster und ich war durch ihn eines geworden. Seitdem fürchtet ein jeder sich vor dem Teufelsweib im Getreide – vor der Roggenmuhme.«

Ihre Hand lag auf seinen Haaren. »Ich fürchte dich nicht«, flüsterte er, obwohl ihre Milch noch immer wie Feuer in ihm brannte.

Die Alte saß neben Heinrich, als er am vierten Tag erwachte. So sehr sein Herz nach ihrer Erzählung schmerzte, umso glücklicher war er, dass seine körperliche Pein verschwunden war.

»Oh, welch Wunder!«, rief er erstaunt. Der Knabe spürte das Wackeln seiner Zehen.

Es war dunkel, doch eine kleine Öllampe sorgte für mattes Licht. Mit klopfendem Herzen riss er seine Decke beiseite. Da waren Beine und Zehen! Gliedmaßen, die glänzten wie Silber.

Heinrich brauchte lange, um sich an seinen neuen Körper zu gewöhnen. Doch als er ohne Hilfe laufen konnte, schrie er auf vor Freude. Noch nie war er so selig gewesen.

»Nun, wo du rennen und laufen kannst, wollen wir auf die Jagd? Wen wollen wir greifen?«, fragte seine Mutter. Da Heinrich nun mit der Muhme verbunden war, spürte sie wohl das gleiche Gefühl, das auch Heinrich in sich vernahm: Rache. Brennende, verzehrende Rache.

»Ich kenne ein paar Kinder, die einen Besuch von uns verdienen«, sagte er.

Sie nickte wissend. »Doch bedenke, mein Sohn, dass jede Tat ihre Spuren hinterlässt. Einst war ich schön, jetzt, nun … Deine Taten werden auch dich formen, darum wähle deinen Weg mit Bedacht, mein Junge!«

Heinrich schluckte, denn er sah den Schmerz in ihrem Gesicht. Vorsichtig strich er über das entstellte Gesicht seiner Mutter.

»Jeder Mensch hat seine Narben. Und nur weil man deine sieht, bist du trotzdem die wunderbarste Mutter, die man sich vorstellen kann. Ich habe keine Angst vor dem, was aus mir wird, solange ich dein Heinrich bleibe.«

»Immer.«

Heinrich lauerte mit der Roggenmuhme am Rande des Roggenfeldes. Die Sonne stand in ihrem Zenit, doch die Hitze störte sie nicht. Vom Dorf drangen der Lärm des Erntefestes, ausgelassene Rufe und die Klänge des Akkordeons. Das Abbild der Roggenmuhme stand am Rande des Feldes und war mit Mohn und Feldblumen geschmückt. Vor den Füßen der Figur lagen goldene Garben, zur Labung des Kornweibes.

Heinrich grinste. Die Dörfler ahnten nicht, dass es nicht die nahrhaften Bündel waren, nach denen die Alte heute lechzte. Oder er.

Eine Gestalt verließ das Dorf und kam auf sie zu. Heinrich ballte seine Hände zu Fäusten. Er zischte, denn er erkannte Richard sofort. Richard, sein Peiniger. Er hatte Heinrich zum Gespött des ganzen Dorfes gemacht, als er ihn gezwungen hatte, die Frauenkleider seiner Großmutter zu tragen und damit zur Roggenernte zu kommen. Richard, der ihn verhöhnt und geschlagen hatte. Der ihm an einem Sommertag die Kleider vom Leib gerissen hatte.

Niemand war ihm je zur Hilfe gekommen. Sein Onkel hatte ihn vor allen anderen als Missgeburt bezeichnet. Und als ob es nicht demütigend genug gewesen wäre, entblößt vor allen anderen im Dreck zu liegen, bespuckte ihn ein jeder, der an Heinrich vorbeilief. Wie sehr mussten sie ihn gehasst haben. Schmerz durchzog den Körper des Knaben und die Muhme spürte seine Pein wie ihre eigene. Die Augen der Alten verdunkelten sich und sie ging in Jagdstellung.

Richard stellte sich an den Rand des Feldes, um seine Blase zu erleichtern. Ein Fehler. Bevor er reagieren konnte, riss ihn die Roggenmuhme zwischen die Ähren, so schnell, dass er nicht einmal schreien konnte. Eine Krähe krächzte bedeutungsschwer. Richard lag nun vor Heinrich auf dem Boden, die Muhme hockte über ihm und schlug mit ihren steinernen Brüsten auf den jungen Mann ein. Knochen knackten. Ein Stück vom Schädel löste sich mit einem schmatzenden Geräusch. Etwas Hirn spritzte in der Schönheit des Augenblickes auf Heinrichs neue Beine. Die Liebe seiner Mutter, welche Rache für all das ausübte, was ihrem Sohn passiert war, rührte ihn zu Tränen.

Die Muhme schnitt mit ihren scharfen Fingernägeln an Richard entlang, dessen Gesicht zur Unkenntlichkeit zertrümmert war. Mit gekonnten Griffen zog sie ihm die Haut vom toten Leibe.

Dann schnalzte sie mit der Zunge. Aus allen Ecken kamen Käfer und Getier, welche sich über und in dem Leib verbreiteten. Heinrich beobachtete fasziniert, wie eine Made in ein deformiertes Nasenloch hinein- und aus der Augenhöhle wieder herausgekrabbelt kam. Die Haut steckte sie in ihren großen Korb. Sie würde schon eine weitere Verwendung dafür finden.

Doch die Nacht hatte gerade erst begonnen.

Beide beobachteten ein kleines Mädchen, das ihnen summend immer näher kam, um Kornblumen zu pflücken. Immer tiefer ging sie in das Feld, den blauen Blüten folgend. Heinrich bewegte sich. Das Getreide raschelte, und das Kind sah zum Feld. Die Muhme erhob sich aus dem Roggen, die Augen leuchtend rot.

»Was macht ein kleiner Fratz wie du so alleine im Roggen? Und was hast du da in der Hand? Oh, mein Liebchen, haben dich deine Eltern nicht gewarnt, dass gepflückte Kornblumen die Roggenmuhme rufen?«

Die Muhme wurde größer und größer. Ihre Augen funkelten böse. Das Gesicht des Mädchens war vor Angst entstellt. Gerade, als es den Mund öffnete, um zu schreien, packte die Alte das Kind am Hals und brach ihm mit einer schnellen Bewegung das Genick. Das Köpfchen des Mädchens baumelte hin und her, als die Roggenmuhme den leblosen Körper in ihren riesigen Korb warf.

»Aus dir mache ich köstliche Butter«, säuselte die Muhme leise.

Heinrich lächelte zufrieden.

Wenige Minuten später vernahmen sie die ersten Rufe der besorgten Eltern. Dann stimmten die anderen mit ein.

»Erika! Erika, wo bist du?«

»Erika!«

»Kind, komm her.«

»Da! Ich glaub', da ist sie!«

Heinrichs Herz schlug schnell. Vorfreude erfüllte sein Innerstes. Er beobachtete die Meute, die der großen Feldfurche vor ihm immer näher kam. Als die Rufe verstummten, trat er aus dem Roggen.

»Erika! Wie? Hein... Heinrich?«, fragte eines der Dorfkinder sichtlich irritiert. »Aber du bist tot! Nein. Was? Wie? Wie kannst du laufen?«

Der Knabe lachte und alle Aufmerksamkeit ruhte auf ihm. »Da staunt ihr, nicht wahr? Der kleine Krüppelheinrich kann laufen.«

Einige Erwachsene traten ein paar Schritte zurück. Teufelswerk! Im Hintergrund bekreuzigten sich zwei alte Weiber und einige Männer stellten sich schützend neben ihre Frauen.

»Aber das kann nicht sein«, meinte Michael, einer der Dorfjungen, welcher Heinrich einmal fast zu Tode geprügelt hatte. »Du bist tot! Die Roggenmuhme hat dich geholt!«

Heinrich ging auf Michael zu, der sich nicht mehr rührte. Die Zeit stand still. Außer dem schweren Atmen der Leute war nichts mehr zu hören.

»Oh, sie hat mich geholt. Und sie hat mich gerettet. Nicht sie wollte mich töten. Ihr wolltet es!«, schrie Heinrich ihm entgegen. Dann zeigte er auf jeden Einzelnen der Dörfler und spuckte ihnen vor die Füße: »Ihr alle wolltet es! Ihr alle wolltet meinen Leichnam sehen!«

»Halt doch deine Schnauze, du Missgeburt«, polterte Heinrichs Onkel mit schwerer Zunge. Anscheinend hatte er mal wieder zu viel getrunken. Schwankend ging er auf Heinrich zu. »Denkst du, wir haben Angst vor dir oder was? Fühlst dich wohl toll mit deinen Glitzerbeinen? Ich sag' dir eines ...« Sein Onkel stand nun direkt vor ihm und zeigte drohend mit dem Finger. »... du warst eine Missgeburt und du wirst immer eine Missgeburt bleiben!«

Da hörten die Leute ein furchterregendes Zischen, das immer lauter wurde. Lauter und lauter. Es kam aus Heinrich, der seinen Kopf nach hinten warf und seinen Mund aufriss, als wollte er seinen Onkel verschlingen.

Aus seinem Schlund kroch eine Schlange. Zischend wand sich das Reptil aus Heinrich heraus. Fast liebkosend legte es sich um den Hals des Knaben, bevor es zum Boden hinunterglitt und die Anwesenden umkreiste. Heinrichs Onkel taumelte erschrocken zurück und wäre dabei fast gestürzt. Die anderen Dörfler waren wie versteinert

»Ihr habt Unrecht getan«, sprach Heinrich drohend, »und dafür werdet ihr eure Strafe erhalten.«

Michael fand zuerst seine Stimme wieder. »Was ist das hier für ein Trick? Denkst du, dass ich Angst vor einer Schlange habe? Da drüben steht mein Beil. Eine falsche Bewegung und sie ist geköpft.«

Heinrichs Blick verdunkelte sich vor Zorn. Am liebsten hätte er Michael sofort den Kopf abgerissen. »Ja. Du bist ein starker Bengel, nicht wahr? Und immer einen dummen Spruch auf den Lippen. War es nicht lustig, als du mich am Kragen auf den Hof gezerrt hast. Bepisst hast du mich! Vor allen anderen! Mein Flehen hat dich noch mehr angestachelt.« Seine Stimme vibrierte vor brennendem Hass. »Keiner von euch hat mir geholfen. Ihr habt mich zu den Schweinen gepackt. Halb erfroren war ich. Jeden Tag erhielt ich Schläge. Wurde von meinem Onkel geschändet, meiner Großmutter verflucht. Ihr seid Bestien.«

Triefender Hass floss durch Heinrichs Adern. Er packte

den Jungen, warf ihn zu Boden und schlug auf ihn ein, ohne dass er sich wehren konnte.

Ein Mann packte Heinrich am Arm: sein Onkel. Heinrich grinste wild, als er ihn mit unmenschlicher Stärke neben Michael zu Boden schleuderte, in einer Wucht, die Knochen brach.

Der Mann blieb winselnd liegen. Heinrich kam langsam näher. Der Hass, den er in diesem Moment verspürte, schien ihn beinahe zu zerfressen. Er stellte sich breitbeinig über seinen Onkel, der sich nicht mehr rührte. Langsam ging der Knabe in die Hocke, blickte seinem Ohm in die Augen und legte beinahe zärtlich die Hände um den Hals.

»Bitte, Heinrich, mein Junge. Bitte, hör auf damit.«

Aber Heinrich grinste nur. Das Blut rauschte in seinen Ohren und jeder Muskel seines Körpers war angespannt.

»Ich hasse dich! Ich hasse dich für alles, was du mir angetan hast – für die Schläge, den Hunger und all die anderen Schandtaten, für die du in der Hölle landen wirst«, flüsterte Heinrich.

Dies waren die letzten Worte, die des Knabes Onkel vernahm, bevor sein Neffe ihn langsam erwürgte.

Die Dorfbewohner wollten eingreifen, doch die Schlange hielt sie davon ab. Sie wurde immer größer. Aus ihrem Leib wuchsen Füße und Arme, kleine Spinnen krabbelten aus dem Maul des Reptils. Als die Dörfler die dämonische Wandlung sahen, gerieten sie in Panik. Die Eltern schnappten sich ihre Kinder und begannen zu rennen, Leute schrien, versuchten zu fliehen, zurück zum Dorf oder hinein in den Roggen. Zu spät erkannten sie, dass aus der Schlange die Roggenmuhme geworden war.

Sie schwang eine Peitsche, die Funken sprühte. Ihre

Finger glühten und alles, was sie berührte, entflammte. Tausende Spinnen liefen über ihren Körper, in ihre Ohren und aus ihrem Mund. Teuflisch loderten ihre Augen und aus dem sonst zahnlosen Kiefer wuchsen unzählige spitze Zähne. Sie richtete sich in ihrer vollen Größe auf und überragte jeden Mann um mindestens einen Kopf. Die Schreie wurden immer lauter. Manch einer hatte es fast in den Roggen geschafft. Doch die Muhme knallte mit ihrer Peitsche und die Felder um sie herum begannen zu brennen.

»Ei, ei, ei. Wer will denn da fliehen, wo ich doch solchen Hunger habe?« Mit einer unmenschlichen Geschwindigkeit stürzte sie sich auf die Fliehenden.

Die Alte und Heinrich meuchelten alle nieder. Die Muhme blies ihren Opfern die Augen aus, zerschmetterte mit ihrem steinernen Busen die Köpfe der Männer. Die hübschen Frauen verbrannte sie bei lebendigem Leib, während die hässlichen Weiber und Alten an dem Teer aus ihrem Busen qualvoll erstickten. Heinrich zerrte die Kinder an den Haaren in die unterirdischen Kerker. Sie würden später ein wahres Festmahl ergeben. Das Flehen der Eltern vernahm er mit Genugtuung, er verspürte kein Mitleid.

Das Meucheln dauerte Stunden. Am Ende waren alle Dorfbewohner tot oder gefangen. Stille kehrte ein. Kein Windhauch wehte, als der Knabe und seine Muhme das ganze Dorf abbrannten.

Sie blickten in die lodernden Flammen, als Heinrich einen schneidenden Schmerz in seinen Gedärmen verspürte. Er wollte schreien, doch sein Hals war wie zugeschnürt. Sein

Selbst schien mit seinen Knochen gemeinsam zu brechen, und beide fügten sich neu zusammen. Der Knabe blickte auf seine Hände, aus deren Finger sich lange Krallen bohrten. Schwarzes Fell erschien überall auf seinem Körper. Sein Blick wurde schärfer, die Zähne spitzer.

Er schnappte nach Luft und konnte endlich seinen Schmerz hinausschreien. Doch statt eines qualvollen Schreis hörte er sich selbst heulen wie einen Wolf. Die Worte der Roggenmuhme kamen ihm in den Sinn. Sie hatte ihn gewarnt, dass jede Tat Spuren hinterließ. Manche veränderten den Menschen im Innersten.

Heinrichs Taten hatten ihn verändert, zu einer Bestie geformt. Ein Roggenwolf, der die Kinder ins Getreide lockte, wo die Muhme auf Opfer wartete. So sieht man sie immer noch gemeinsam schreiten, in ewigem Hass vereint.

Wenn du heute wanderst, vorbei an goldener Saat, hüte dich. Pflücke niemals Kornblumen, denn das ruft die Muhme. Habe immer etwas Getreide zur Hand, um es der Teufelsbraut entgegenzuwerfen, und dann flieh – so schnell wie möglich. Hörst du Gebell aus dem Getreidegrund – lauf! Der Roggenwolf lauert, dich zu holen. Geh niemals in ein Feld hinein. Du wirst nicht mehr herauskommen.

Die Autorin

Stefanie Fahlteich liebt kaum etwas mehr, als es sich in ihrem Bücherzimmer gemütlich zu machen und in den Welten unzähliger Geschichten zu versinken. Doch manchmal, wenn sie am nahegelegenen Wald oder Strand spazieren geht (ja, sie lebt sehr idyllisch), flüstert ihr der Wind eigene Geschichten zu - über das Leben, die Vergänglichkeit und phantastische Welten, die hinter jedem nächsten Trampelpfad warten könnten.

twitter.com/SteffiSchreibt1

IN DEN AUGEN LIEGT DER ABGRUND

NORA BENDZKO

An dem Tag, als mein Stiefbruder Thorben starb, träumte ich von unserer ersten Begegnung.

Ich stand in der Landschaft des Schlafes, wieder fünf Jahre alt, meinen Bruder Edvard an der Hand, und Mutter sagte: »Der alte Falke will ein Findelkind aufnehmen.«

Eine blonde Locke klemmte zwischen ihren zusammengepressten Lippen. Ihr gefiel nicht, dass unser Stiefvater ein weiteres Kind wollte. Und mir auch nicht.

Ich wollte Strohbett und Suppenschüssel mit niemandem teilen. Nun, da Mutter den alten Falken geheiratet hatte und wir in seine Jägerhütte gezogen waren, ging es uns gut. Wir hatten es so viel besser als die anderen Familien im Dorf, die wegen des Krieges wie Hühner im Verschlag lebten und genauso ärmlich aßen. Und da sollte ein Fremder alles durcheinanderbringen?

»Lächle einfach«, sagte Mutter.

Ich ahmte ihr Lächeln nach, als der alte Falke Thorben ins Haus trug und Edvard sich an mein Bein klammerte. Auf den ersten Blick schrie er sich wie jeder andere Säugling die Seele aus dem Leib. Doch etwas war nicht richtig mit Thorben.

Irgendjemand hatte mir gesagt, dass die Seele in den Augen wohnte und ich darum immer genau hinschauen sollte.

In Thorbens Augen lag ein Abgrund.

»Wir halten uns von ihm fern«, sagte ich Edvard. »Er ist nicht unser Bruder und wird es nie sein. Hörst du?«

Edvard nickte. Er verstand wohl nicht, warum ich das sagte. Ich verstand es ja selbst nicht. Nur, dass ich geifernde Schatten in Thorben gesehen hatte – blutdürstig wie Bären.

Ein Atemzug, ein Blinzeln, und ich wachte auf.

Ich fiel ins Jahr 1638 und in mein Bett zurück. Nicht mit Stroh, sondern mit Daunen gefüllt. Das hatte ich mir geleistet, noch bevor ich mein erstes Geld als Gutsverwalter angelegt hatte.

Steif lag ich da, mit Tränen in den Augen. Tief in mir ahnte ich, dass Thorben gestorben war. Es war dieser sechste Sinn, den ich seit meiner Geburt besaß. Mutter sagte, ich hätte ihn von meinem Vater. Einem Feenkönig.

Wann habe ich Thorben zuletzt gesehen?

Ich konnte mich nicht erinnern. Da war ein Brief gewesen, in dem er um Hilfe gebeten hatte. Ich hatte sie ihm erbost verweigert. Wer würde es nicht, wenn jemand um Geld und Obdach bettelte, ohne sich in den Jahren zuvor jemals gemeldet zu haben? Doch jetzt bedrückte mich, dass unser letzter Austausch so verlaufen war.

Geh in dein Dorf zurück, drängte mein Sinn.

Ich vertraute ihm, wie immer.

Von einem Tag auf den anderen ließ ich die Arbeit liegen, packte für die Reise und schrieb Edvard, wohin ich ging und dass er nachkommen solle. Er würde mir ohne Zögern folgen. Auch er hatte immer meinem Gespür vertraut.

Zuletzt legte ich die Kette mit dem Hundeanhänger an, die an einem Haken über meinem Schreibtisch verstaubte. Ein Talisman, den Mutter geschnitzt hatte. Sie selbst besaß eine Katze, Edvard einen Wolf. Die Tiere sollten uns ihre Kräfte leihen und aneinander erinnern. Gerissenheit einer

Katze, Verwegenheit eines Wolfes, Ausdauer eines Hundes. Letzteres würde ich für die Reise brauchen.

Als ich auf mein Pferd stieg, fiel mir ein, dass Mutter vor einigen Tagen geschrieben hatte. Sie hatte ihren letzten Mann, einen General, verlassen und war ins Dorf zurückgekehrt, um Thorbens Familie zu sehen. Ein Gedanke, der so düster wie der Himmel über meinem Kopf hing.

Hoffentlich geht es ihr gut.

Die Reise war beschwerlich. Schlechtes Wetter, Vagabunden und Schlaglöcher. Wenn ich zu ermüden drohte, trieb mich die Erinnerung an Thorbens Augen weiter. So schaffte ich es, nicht mit einem Messer im Bauch aufzuwachen, bis ich das Dorf erreichte.

Ein Schleier aus roten Herbstblättern hing über den Häusern. Erste Schneeflocken, die nicht liegen bleiben würden, vermischten sich mit Schornsteinrauch. Es wäre ein schöner Anblick gewesen, hätte es nicht diesen Wall gegeben. Aus abweisend spitzen Holzpflöcken und Steinen war er gebaut.

»Den gab es zu unserer Zeit noch nicht«, hörte ich eine vertraute Stimme.

Ich wandte den Kopf und sah in leuchtende Augen, von zerzaustem blondem Haar und einem verlotterten Bart umgeben. »Hallo, alter Sultan«, sagte Edvard mit seinem Schurkengrinsen. »Du siehst echt scheiße aus.«

Ich grinste zurück und stieg ab. »Und du immer noch wie ein Hurenbock.«

Sultan. So nannte man mich, seit ich mir als Gutsverwalter einen Namen gemacht hatte. Es war ein hart erarbeiteter Titel, für den ich nicht nur schlaflose Nächte, sondern auch jede Menge Zähne, einige Haare und Lebenszeit geopfert hatte.

Edvard lachte, bevor er mich in die Arme schloss. »Was habe ich dich vermisst, Henrick.«

Gerne wäre ich mit meinem Bruder auf ein Bier in der Dorfschenke eingekehrt. Wie ich ihn kannte, hatte er tausend Frauen- und Abenteuergeschichten zu erzählen. Doch es gab Dringenderes.

Als wir den Verteidigungswall passierten, folgten uns die Blicke der Dorfbewohner. Alte und neue Bekannte, nicht neugierig schauend, sondern wund und verängstigt.

»Wir wollen zu Thorben Jägerssohn!«, rief Edvard.

Grabesstille breitete sich aus. Ich wollte meinem Bruder für seine Unverblümtheit schon eine überbürsten, als ein Mann auf uns zutrat: »Wer seid ihr?«

Seine lederne Kluft und die Flinte, die an einem Riemen über seinem Rücken hing, wiesen ihn als Jäger aus. Beim Betrachten seiner scharfen Züge hatte ich keinen Zweifel, dass dies Thorbens Sohn war. Skandar, den ich nur durch Mutters Briefe kennengelernt hatte. Er besaß viel zu traurige Augen für sein junges Gesicht.

»Wir sind Thorbens Stiefbrüder«, antwortete ich.

Skandar nickte. »Ich verstehe. Folgt mir.« Er führte uns fort, während die Dorfbewohner uns schweigend nachsahen. »Mein Vater liegt im Wald begraben.«

Skandar erzählte uns von Morden. Vielen bestialischen Morden.

Zuerst hatte es den Jagdherrn getroffen. Dann unseren Stiefvater, den alten Falken. Pater Gottwalt. Mehrere Dorfbewohner. Ein Mensch in dem Leib eines Bären hatte sie gerissen – ein Gestaltwandler.

Meine Kehle wurde trocken. Das Lächeln, mit dem Edvard gegen die düstere Stimmung angekämpft hatte, erstarb.

Ich musste nicht hören, wer der Mörder war.

Ich hatte immer gewusst, dass etwas Blutdürstiges in Thorben lauerte. Seine Augen hatten es verraten.

Umso erstaunter war ich, als Skandar sagte: »Es war meine Mutter Elfriede. Ich habe noch gesehen, wie sie Vater das Messer ins Herz rammte. Da habe ich sie erschossen, bevor sie sich wieder in einen Bären verwandeln konnte.«

Edvard sah mich mit hochgezogener Augenbraue an. Anscheinend hatte er ebenfalls erwartet, dass Thorben der Mörder war.

»Hier liegt er«, sagte Skandar. »Nehmt euch alle Zeit zum Trauern, die ihr braucht.«

Mit schnellen, schmerzgetriebenen Schritten entfernte er sich. Mitten im Wald an einem hölzernen Kreuz ließ er uns zurück.

»Dein Feensinn lag wieder richtig«, meinte Edvard. »Und jetzt?«

Ich wusste es nicht.

Er atmete schwer aus. »Lass uns eine Nacht bleiben und Totenwache halten, wenn wir schon hier sind.«

Wir trugen Holz zusammen und entzündeten ein Lagerfeuer. Mein Pferd band ich an einen nahen Baum. Die Nacht rollte bald über uns hinweg, sternenlos und dunkel wie meine Gedanken.

»Du glaubst nicht, dass Thorbens Frau alle getötet hat, oder?«, fragte Edvard, während er an seiner Kette mit dem Holzwolf zupfte.

»Nein. Aber wenn die Dorfbewohner das glauben, ist das ihre Sache.«

Edvard schaute zu mir auf. »Willst du nicht Gewissheit haben?«

»Gewissheit worüber?«

Er antwortete nicht sofort. Stattdessen sah er zu dem langen Schatten, den das Holzkreuz warf.

»Lass ihn uns ausgraben, Henrick.«

Ich brauchte einen Moment, um seine Worte zu begreifen.

»Lass ihn uns ausgraben und nachsehen, ob er wirklich ein Gestaltwandler war. Willst du das nicht auch wissen?«

Ich starrte ihn entsetzt an. »Edvard, das ist gottlos!«

»Und? Du weißt, dass ich nicht an Gott glaube.«

Das stimmte nicht. Edvard glaubte sehr wohl an den Gott der Freuden. Glücksspiel, Alkohol, Fleischeslust, für keine Sünde war er sich zu schade. Er empfing sie mit offenen Armen.

»Tu das nicht, Bruder.«

Ungerührt nahm Edvard eine Holzschüssel aus seinem Reisebeutel und fing an zu graben. »Du hast keinen Anstoß daran genommen, eine andere wahnsinnige Idee von mir zu verfolgen.«

Ich biss mir auf die Lippe, wissend, was er meinte. Vor vielen Jahren hatte Edvard mir aus dem Elend geholfen. Es war eine dumme Idee, so dumm, doch wirksam. Er entführte ein adeliges Mädchen. Danach gab ich vor, sie todesmutig zu retten. Ihre Familie war so froh, sie warf mir das Gold geradezu nach. Lügengeld, mit dem ich mein Daunenbett gekauft und den Grundstein für meine Geschäfte gelegt hatte.

»Du schuldest mir etwas, also grab.«

Seufzend nahm ich die Schüssel, die Edvard mir reichte.

Wir sprachen kein Wort, als wir mühevoll die herbstnasse Erde schaufelten. Irgendwann brach Edvard das Schweigen: »Ich habe Mutter vor kurzem getroffen.«

Vor Erstaunen entglitt mir beinahe die Schüssel. »Das sagst du erst jetzt?«

»Irgendwie war noch nicht der richtige Zeitpunkt. Es war so seltsam, Henrick. Ich war noch einige Tagesreisen vom Dorf entfernt, da stolperte sie mir über den Weg. Sie sah verstört und müde aus, wollte nicht mit mir gehen. Ich konnte sie nur überreden, kurz mit mir zu rasten. Die Dinge, die sie dabei erzählte –«

Er unterbrach sich, als die Schüssel klackend auf etwas stieß. Ich sah hinab. Das, was ich erblickte, schnürte mir die Kehle zu. Ich war auf eine Hand gestoßen. Und sie war nicht verwest.

Wie in Trance schaufelte ich weiter. Auch Edvard bewegte sich, als zwänge ihn ein böser Zauber dazu.

Schließlich hatten wir den Körper freigelegt. Getrocknetes Blut und rosige Haut unter Kleiderfetzen. Die Gliedmaßen waren schrecklich verformt, wie von einem Erdrutsch zerquetscht. Waren sie unmenschlich groß oder wirkten sie nur so? Doch am schlimmsten war, wie frisch alles aussah. Als wäre Thorben noch am Leben und nicht tagelang tot.

Edvard fragte leise: »Hat Mutter dir auch geschrieben, dass sie General Wrangel verlassen hat? Sie erzählte mir, sie sei vor ihm geflohen, weil er sich mit Schwarzen Künsten beschäftige.«

Geflohen, wahrhaftig. Mutter hatte es nur ein paar

Monate mit ihm ausgehalten. Sie, die sich unerschrocken unter noch so viele Hauben und in fremde Betten begab, um zu überleben.

»Er war besessen davon, einen Gestaltwandler zu erlegen«, murmelte Edvard. »Ihr Fleisch könne nicht verrotten, und wer davon isst, soll unsterblich werden.«

Würgend schlug ich die Hand vor den Mund.

»Kannst du dir das vorstellen, Henrick? Unsterblichkeit ... Man müsste sich nie mehr sorgen, wie man den nächsten Tag überstehen soll.«

Nein. Das konnten wir nicht tun.

»Er war ja kein Mensch. Es wäre nicht anders, als ein Tier zu essen.«

Ich kniff die Augen zusammen. Doch vor der Dunkelheit in mir konnte ich nicht wegsehen.

Nichts als ein Tier.

Wie ich.

Was hatte ich armer Hund gebuckelt, nur um Trost im Geld zu suchen. Ich konnte nicht wie Edvard mit anderen sündigen, weil überall böse Ahnungen auf mich lauerten. Wer tiefer empfand, litt auch mehr Schmerz.

Unsterblichkeit hieß, all das zu besiegen. Dem Tod die Macht zu nehmen, meine Augen mit Angst auszubrennen. Kein Münzenzählen mehr im Wettlauf gegen die Zeit.

Ich hielt Edvard nicht auf, als er ein Stück abschnitt, es übers Feuer hielt und die Zähne ins Fleisch schlug.

»Verrückt.« Er lachte gestellt. »Es schmeckt sogar.«

Auch als er mir selbst etwas reichte, wehrte ich mich nicht. Und er hatte recht. Es schmeckte unwahrscheinlich gut, brannte sich von meiner Zunge bis in meinen Schädel.

Speiend fand ich mich neben dem Holzkreuz wieder.

Die Flamme in meinem Kopf blieb. Mit nur einem Bissen hatte Thorben mich gebrandmarkt. Zittrig saß ich da, als Edvard das Grab zuschüttete.

»Es war Schicksal, Henrick. Deine Ahnung hat uns nicht umsonst hierhergebracht.«

An Schicksal glaubte mein Bruder, aber nicht an Gott und seine Strafen? Ich sah ihm nicht in die Augen, als wir uns trennten.

»Ich werde Mutter suchen und ihr etwas abgeben«, sagte er. »Mach es gut, Sultan.«

Ich ritt nicht aus dem Wald. Ich floh.

Wie im Wahn trieb ich mein Pferd zurück, wollte mich in meinem Bett verkriechen und vergessen. Aber mein Körper erinnerte mich an das Geschehene. Er fror kaum noch vom Herbstwind und spürte keinen Hunger mehr. Und da war ein unaufhörliches Flüstern, als flehte Thorben in meiner Brust: Hilf mir!

Selbst die Zeit spielte verrückt. Die Rückreise war so kurz, als liefe mir die Sonne davon. Aus Stunden, Tagen, Wochen wurden Momente. Bedeutungsloses Blinzeln.

Meine Geschäfte brachen zusammen. Ich fiel bei meiner Fürstin in Ungnade, wurde von ihr entlassen. So lag ich aufgebettet in der Wohnhütte, die mir als Einziges geblieben war, und starrte an die Decke. Ohne Chance, je wieder zu schlafen und aufzuwachen.

Ich träumte nicht. Dies war meine neue Wirklichkeit.

Ich machte meinen Frieden damit, indem ich die Zahlen vergaß, die mein Leben bestimmt hatten, und genauer hinschaute. Nicht nur aus den Augen von Menschen, auch aus der Natur ließen sich viele, oft tröstlichere Geschichten lesen. Manchmal lenkte mich Thorbens Flüstern ab, doch sonst war es gut, für lange Zeit.

Bis es eines Tages an meiner Tür klopfte.

»Henrick!«

Es war Edvards Stimme, schrill vor Panik.

Ich wusste nicht, wie lange wir uns nicht gesehen hatten. Als ich zur Tür stürzte, um sie zu öffnen, bemerkte ich, dass sie schimmelte.

Edvard sah so abgerissen aus wie bei unserer letzten Begegnung. Sein Gesicht schien schmaler geworden, wölfisch. Er zog einen Karren hinter sich her. Schlimmste Ahnungen strahlten aus seinen Augen.

»Was ist passiert?«, fragte ich.

Edvard sah auf den Karren. Darin lagen ein paar fleckige Fetzen auf einem fleischigen, miefenden Haufen. Erst auf den zweiten Blick bemerkte ich den Kettenanhänger, der aus dem Stoff hervorlugte. Eine hölzerne Katze, von der ein Bein abgebrochen war.

»Das ist Mutter«, brachte Edvard hervor.

Ich erstarrte, unfähig, den Blick abzuwenden. Etwas Schlimmeres als der Tod fraß unsere Mutter auf – die Schwarze Seuche.

Das also war auch Unsterblichkeit? Ewig dahinzusiechen, weil man nicht sterben konnte?

Mit schwachen Knien trat ich vor Edvard. »Wir werden einen Weg finden, das rückgängig zu machen. Hörst du?«

Er schluchzte.

Ich wollte nicht gelähmt sein. Durfte es nicht sein, wenn Edvard und ich nicht auch Mutters Schicksal erleiden sollten. Das Böse, das wir blind in uns aufgenommen hatten, musste sterben, bevor es uns selbst zugrunde richtete.

Ich ließ Edvard stehen und zählte die Schätze, die ich als Sultan angehäuft hatte. Meine Hütte mochte vermodern, doch hatte ich genug Gold in einigen Verstecken zurückgelegt, das uns nun helfen könnte.

Ich stopfte die Taschen meines gammeligen Filzmantels voll, lief zu Edvard und fragte: »Weißt du, wo wir General Wrangel finden?«

»In Bregenz.« Er schluchzte immer noch. »Die Leute sagen, dass er mit den schwedischen Truppen gegen die Stadt ziehen will.«

Ausgerechnet. Bregenz, wo wir unsere Kindheit verbracht hatten, bevor Mutter mit uns aufs Land geflohen war.

»Ein General, der sich auf dunkle Mächte versteht, weiß vielleicht auch, wie man sie aufheben kann«, meinte ich.

Zumindest war das unsere einzige Hoffnung.

Wir zogen los, Mutters schwärendes Fleisch in einer Kiste, die wir mit uns trugen. Die schnellsten Pferde und Kutschen kaufte ich, um uns unbeschadet durch die Kriegswirren zu schaffen. Mit den Hufen raste die Zeit davon – Tage voller Ungewissheit, Schüsse in der Ferne und feuergefärbte Horizonte.

Ich konnte zusehen, wie Edvard sich veränderte.

Versunken starrte er vor sich hin, sein Gesicht immer ausgemergelter und von Schatten gezeichnet, aus denen Thorben flüsterte.

Hilf mir, hilf mir …

As wir endlich die Verteidigungsschanzen von Bregenz erreichten, war Edvards Stimme nur noch ein Hauch. »Ich treffe den General allein. Damals habe ich dich zum … *Essen* gedrängt. Es ist meine Schuld, also muss ich es auch wiedergutmachen.«

Ich wusste, es nützte nichts, zu widersprechen. Also füllte ich mein letztes Gold in seine Taschen. »Setze es gut ein. Und pass auf dich auf.«

Edvards Mundwinkel hoben sich kraftlos. Es tat mir weh, kein Leuchten mehr in seinen Augen zu sehen. Eine Hand zum Abschied erhoben, die Kiste unterm Arm, ließ er mich an den Stadtmauern zurück.

Ich sah ihm nach, bis er in der Dämmerung verschwand. Dann setzte ich mich in den Staub. Ich schloss die Augen und wartete.

Es dauerte nicht lange, bis mich ein schlimmes Gefühl im Nacken packte. In mir stieg ein Bild auf von einem Mann in einer prächtig verzierten Rüstung. Harte, massive Züge verliehen ihm die Ausstrahlung eines Keilers. Mit einem grausamen Grinsen sah der General auf die umgeworfenen Kegel zu seinen Füßen.

Du hast verloren, Junge!

Ich riss die Augen auf. Mein Herz raste. Noch ehe ich die heranreitende Kavallerie mit den schwedischen Flaggen erblickte, wusste ich, dass Edvard in Gefahr war.

Ich musste ihn finden. Schnell!

Kriegshörner erschallten, und ich schlug mich in die

nächstbesten Büsche. Auf allen Vieren, um nicht entdeckt zu werden, kroch ich über Wurzeln und Dornen.

Bitte lass Edvard sicher sein. Bitte ...

Ich zog mich von den Büschen in die Schatten des nahen Waldes. Aas-Gestank schlug mir entgegen. Mutters Kiste, wie ich sah, lag zerschmettert auf dem Waldboden. Eine riesige, wolfshundähnliche Kreatur kauerte schmatzend zwischen den Bruchstücken. Pestbeulen platzten durch dolchlange Zähne auf. Wundwasser sickerte in schwarzes Fell. Aber am schlimmsten war der Anblick der Wolfskette, die mit dem zottigen Haar verknotet war.

»Edvard?«, krächzte ich.

Das Untier hielt inne. Keine Augen saßen in seinem Kopf, nur krankheitsverweste Knochenhöhlen. Meine eigenen Augen juckten plötzlich, als spränge die Seuche auf mich über.

»Edvard«, fragte eine böse Ahnung in mir, »bist du das?«

Die Stille war eindeutig.

Verzeih mir, Henrick, sprach das Wesen. Seine Stimme war unmenschlich hallend und tief. *General Wrangel sagte, dass er Mutter und uns mit seinen Kräften retten könne, doch wollte er kein Gold dafür. Er brannte darauf, sich um einen Einsatz zu duellieren. Wenn er gewänne, sollte ich verraten, wo sich Bregenz am besten angreifen lässt. Ich sollte die Form unseres Duells wählen, und ich entschied mich fürs Kegeln, weil ich Tunichtgut nichts anderes kann. Tatsächlich lief es gut für mich. Doch kurz vor dem Sieg hatte ich keine Kraft mehr. Das Biest, das ich mit Thorben in mich aufnahm, gewann die Überhand.*

Zu wissen, dass dieses Ding mein Bruder war, ließ mich aufschreien. »Nein ... Warum ... Oh Gott, Mutter! Du hast Mutter gefressen! Wie konntest du nur?«

Speichel rann von einer Lefze.

Ich hatte damals wesentlich mehr von Thorben als du. Zuerst er, nun Mutter ... Alles, was ich verschlinge, wird ein Teil von mir. Hörst du Thorbens Stimme auch?

Tränen stiegen mir in die geschwollenen Augen.

Plötzlich wollte ich die Seelen, die jetzt in mir wohnen, behalten. Also verlor ich freiwillig das Kegelspiel.

Mit einem Mal lag meine Hand in schwarzem verseuchtem Fell. Edvard, oder das, was einst Edvard gewesen war, schmiegte sich an mich.

Unsterblichkeit.

Meine Augen spannten von seiner Nähe, wollten mir schier aus dem Kopf springen.

Doch diesmal rennst du nicht alleine mit deinem Schmerz davon. Wir teilen ihn als Familie.

Familie.

Das, was wir nie ganz besessen hatten vor lauter Überleben – Mutter, Edvard, Thorben und ich. Obwohl ich es mir gewünscht und Zeit meines Lebens zu kaufen versucht hatte. Ich wollte weinen. Nicht wegen meiner Angst, nicht wegen meines Ekels, sondern weil ich unglücklich genug war, um Edvard zu verstehen.

»Für immer?«, fragte ich.

Für immer, Sultan.

Da schwand die Furcht, als sein Geist in meine Hände fuhr. Gefühllos griff ich nach meinen berstenden Augäpfeln. Ein Ruck und sie lagen in meinen Händen. Meine Seele, ein Geschenk für die leeren Knochenhöhlen der Kreatur.

Ich lächelte, als die Wolfszähne sich hungrig in mein blindes Gesicht bohrten.

Nun gibt es mich nicht mehr, sondern nur noch uns. Hund, Wolf, Katze, Bär, alles eins. Mit glühenden Augen laufen wir durch das Land, und wohin wir gehen, fallen Seuche und Unglück aus unserem Fell. Die Leute erzählen, dass wir der Mann sind, der Bregenz für ein Kegelspiel verriet. Bestraft für die Ewigkeit, sagen sie … Wenn sie nur wüssten.

Wir sind der Klushund.

Die Autorin

Geschrieben hat die 1994 geborene Nora Bendzko von Kindheit an. Der Wunsch, Literatur zu einem festen Bestandteil ihres Lebens zu machen, brachte sie nach Wien, wo sie seither die Deutsche Philologie studiert. Nebenbei arbeitet sie als Lektorin und ist als Rocksängerin unterwegs. Die Bücher ihrer »Galgenmärchen«-Reihe – düstere Adaptionen der Brüder Grimm zur Zeit des 30-jährigen Krieges – wurden mehrfach preisnominiert, unter anderem für den Deutschen Phantastik Preis und den Seraph.

Mehr zur Autorin:
norabendzko.com
facebook.com/norabendzkooffiziell
instagram.com/nora_bendzko
twitter.com/NoraBendzko

GOLDFISCH

WOLFGANG LAMAR

»Was gibst du für einen Dünnpfiff von dir? Gold klauen, echt ey. Nach hundert Jahren rufst du mal an und dann kommst du mir mit so einem Scheiß? Mann, lass mich in Ruhe mit so was.«

Verärgert warf Hilke das Smartphone aufs Bett. Sie goss sich ein Glas exotisches Mineralwasser ein, das ihr Sommelier für diese Woche herausgesucht hatte. Schluckweise trank sie, um sich zu beruhigen.

Boy Hamken, der Drecksack, der Präsident der *MC Whaleriders* und ihre große Liebe, bis Boy, dieses amoralische Stück Walscheiße, sein Ding in eine andere gesteckt hatte. Und dieser Hirni suchte jetzt ihre Hilfe für einen Bruch, um sich zu sanieren. Na ja, Boys Hirn war nie der reizvolle Teil an ihm gewesen. Seufzend schlug Hilke die Decke zurück und griff nach ihrem Morgenmantel.

Am Abend ging Hilke durch die Räume ihrer IT-Firma, kontrollierte den Serverraum und begrüßte die Nachtschicht. Sie konnte es kaum erwarten, mit dem Aufzug in ihr Penthouse zu fahren. Endlich die Businessklamotten ausziehen und in Musik baden.

Die Aufzugtüren schlossen sich hinter ihr. Sie rief ihre digitale Assistentin.

»Alberta, starte *Group Therapy Radio*!«

Mit dem Bass der Trancemusik klirrten die Gläser in den

Vitrinen. Hilke legte sich vor den Subwoofer und ließ sich vom Luftdruck ihre Schultern massieren. Ihre Gedanken trieben ziellos umher, bis sie bei Boy schmerzhaft auf Grund liefen.

»Alberta, verbinde mich mit Cassy.«

Das Haussystem fuhr die Lautstärke herunter, das Rufzeichen ertönte.

»Hi Hilke-Maus, was gibt es?«

»Freundinnenalarm!«

»Oh. Ist es schlimm?«

»Ich brauche deinen Durchblick.«

»Das trifft sich gut, ich brauche deinen, ich will an meinem Blog ein paar Sachen ändern. Außerdem habe ich einen Tisch bei *Kevin's Table* bekommen. Der Artikel über das Restaurant wird mir hoffentlich ordentlich Klicks einbringen.«

»Wer bitte ist Kevin?«

»Liebelein, im wahren Leben betreibt er das beste Restaurant in Hamburg. Du musst öfter raus aus deiner Firma. Schaffst du es bis neun zur Hafen City?«

»Ja sicher, ich freu mich, Cassy.«

Neun Uhr? Nur zwei Stunden zum Anziehen und Schminken, das war knapp. Hilke schaute an den Kleiderstangen und Regalen in ihrem Schrankzimmer entlang. Schwarze Kleider, sehr schwarze Pullover und noch schwärzere Hosen, die Auswahl fiel ihr nicht leicht.

Hilke stieg aus dem Taxi. Cassy erwartete sie vor der glitzernden Glasfassade des alten Lagerhauses.

»Liebelein, du siehst unglaublich schick aus. Ist das Kashmir?«

Cassy beugte sich zu Hilkes Ohr: »Ich bring' dich um, wenn du mir nicht endlich beibringst, wie du auf den Absätzen läufst.«

Hilke winkte ab. »Du weißt ja, wie ich darüber denke. Du bist auch ohne Tricks unglaublich sexy.«

»Danke, aber wenn der Artikel auf meinem Blog online geht, werden alle nur fragen, wer die dunkle Schönheit auf den Bildern ist.«

»Mensch, Cassy, das ist so lecker. Wie ergatterst du bloß immer einen Tisch in den angesagtesten Restaurants?«

»Großes Bloggergeheimnis!« Cassy beugte sich zu Hilke herüber. »Selbst das angesagteste Restaurant braucht Blogger und stylishe Gäste, um angesagt zu bleiben.« Sie strich ihr blondes Haar zurück in den Nacken.

Hilke fasste sich ein Herz für ihr Anliegen. »Heute bekam ich einen Anruf von den Jungs aus Eiderstedt.«

»Was? In der Firma? Oder hatten die noch deine Handynummer?«

»Auf dem Handy.«

»Du hast erzählt, dass du alle Brücken hinter dir abgebrochen hast. Aber wenn du deine alte Telefonnummer behalten hast, war das wohl nicht dein voller Ernst.«

»Muss wohl.«

In Schleswig an der Ostsee war es furchtbar für Hilke und ihre Eltern gewesen. Hilke, das kleine zarte Mädchen mit den rabenschwarzen Haaren, der bleichen Haut und den seltsamen grünen Augen war die Ausnahme unter all den blonden blauäugigen Wikingerkindern gewesen. Die Alten tuschelten hinter dem Rücken ihrer Eltern, die Kinder schrien es ihr ins Gesicht.

»Hexe, Fischbraut, Schwarze Greet!«

An der Nordseeküste, auf der anderen Seite der Halbinsel, war es für ihre Eltern besser geworden, in der Schule war Hilke jedoch die Außenseiterin geblieben. Nur Boy und seine Freunde spielten mit ihr. Sie kletterte im Apfelbaum am höchsten und im Schwimmbad blieb sie am längsten unter Wasser. Das beeindruckte den Häuptling. Die Bande nahm sie auf. Eher als Maskottchen denn als vollwertiges Mitglied, aber sie hatte sich nicht beklagt.

»Was meinst du als beste Freundin?« Hilke versteckte ihr Gesicht hinter ihrem Glas und schaute Cassy über den Rand in die Augen.

»Es wird Zeit für dich mit der Vergangenheit abzuschließen. Mit einem Ex-Lover kann Frau nicht befreundet bleiben. Das funktioniert nie. Fahr doch hin und verbring' einige Tage bei den Schlickrutschern[1]. Wetten, dass du ganz schnell nach Hamburg zurückwillst?«

Der Koch unterbrach sie mit zwei Tellerkunstwerken. »Meine Damen, Ihr Dessert: Waldbeeren mit grünem Pfeffer, Pistazie, Estragoneis und einer Grand Marnier Zabaione. Guten Appetit.«

Darauf gab es nichts mehr zu sagen, nur die Löffel in die Hand zu nehmen.

Hilke studierte ihre Post. Nachrichten von Betrügern, die an ihr Geld wollten, Werbung und Grüße vom Finanzamt. Bevor der Spam ihr die Laune verdarb, fand sie zwei lukrative Vortragsangebote im E-Mail-Postfach. IT-Veranstaltungen in Kopenhagen und Tallin, zwei zauberhafte Städte, um nach den Vorträgen einen Urlaub anzuhängen.

»Hey, warum nicht mit dem Moped hinfahren?«

Der Gedanke elektrisierte Hilke. Mit dem Motorrad nach Nordfriesland und die Jungs treffen. Ein für alle Mal klarmachen, was Sache war. Dann weiter nach Kopenhagen. Den Vortrag halten, schick ausgehen und zurückfliegen.

»Alberta, Cassy anrufen.«

»Hi Hilke-Maus, gut, dass du dich meldest, kannst du mir bei dem Datenschutzdrama noch einmal helfen?«

»Klar kann ich, aber vorher ich muss dir unbedingt von meiner Idee erzählen.«

Hilke sah geistig das Kopfschütteln von Cassy, während sie ihre Idee ausbreitete.

»Liebe Hilke, das Beste an der Idee ist, dass ich in Kopenhagen mit dir essen gehen kann. Ich habe ohnehin vor, eine Restaurantkritik dort zu schreiben, dann können wir uns treffen. Den Rest halte ich für, na ja, nicht besonders klug. Du willst doch nicht mit der Motorradfahrt die Vergangenheit wiederbeleben, oder? Du wolltest dein heutiges Ich vorstellen. Aber du machst ja eh, was du willst.«

»Genau, besorg du deinen Restauranttermin in Kopenhagen, den Rest bekomme ich allein hin.«

Hilke fluchte vor sich hin. Die beiden winzigen Packtaschen für das Motorrad trieben sie in den Wahnsinn. Entnervt beschloss sie, nur ihre T-Shirts und den Lippenstift hineinzuwerfen. Und die Kutte, die Weste mit dem Club-Logo, ohne die ging nichts. Der Rest kam in die Koffer und per Kurierdienst nach Kopenhagen. Wenigstens passte der alte Rennanzug perfekt. Die Protektoren hatte sie ersetzt und einen neuen Helm gekauft. Sicherheit war ihr wichtig geworden, sie hatte jetzt etwas zu verlieren. Zeit, ein Taxi zu bestellen und die Maschine abzuholen.

An der Kaffeetheke beim Händler saßen Typen in Motorradkluft. Ihre Anmachsprüche und dämlichen Kommentare zu ihren Fahrkünsten, quittierte Hilke mit dem Stinkefinger.

Sie erledigte die Formalitäten und dann sah sie ihren neuen Schatz: ihre *Super Duke*, schwarz, mit orangenen Gitterrahmen und einem Motor, der eine Mondrakete antreiben könnte.

Hilke zog sich ihre Clubkutte über. Die Schaulustigen von der Kaffeetheke johlten. Sie konnten es vermutlich kaum erwarten, Hilke mit der Maschine stürzen zu sehen. Mit dem Hinterreifen malte sie einen Donut auf den Hof und schoss mit schrillem Motorkreischen auf die Straßen Hamburgs.

Hilke rutschte auf dem Motorradsitz hin und her. Sie hatte ganz vergessen, wie anstrengend es war, 180 PS zu kontrollieren. Doch die Freude am Fahren, den Rausch der Geschwindigkeit, das genoss sie wie früher. Sie hielt auf einem Rastplatz, um die verkrampften Arme zu lockern und sich mit Kaffee aufzuwärmen. Das Zittern im Bauch vertrieb er allerdings nicht. Wie würde ihre Rückkehr ausfallen?

Die Bundesstraße Fünf, die sich an die Autobahn anschloss, wirkte schmal, die Höfe abseits der Straße schienen geschrumpft. Wo war die Weite Frieslands geblieben? Die Brücke über der Eider kam in Sicht. Fast da.

Sie rollte über die geborstene Betonpiste auf Boys Warft zu. Alt, vergammelt und hoffnungslos wartete die Warft auf ihr Ende. Warum war sie hierhergefahren?

Mitleid und Neugier, beantwortete sie sich die Frage selbst.

»Klopf, klopf!«

Durch die Türzarge drang ein schimmelig-scharfer Geruch. Hilke roch die Botschaft von Bier, Zigaretten und Maschinen.

Ein paar der Jungs hockten zwischen Tischen aus Altreifen. Vor einem Pfeiler thronte Boy Hamken, Rudelführer, Häuptling und oberster Charmebolzen der Gang. Die Blicke der Jungs wanderten von Hilke zu Boy. Niemand schien überrascht sie hier zu sehen. Sie griff fester um den Kinnschutz ihres Helmes. Boy würde nicht lange drum herumreden, eine seiner guten Seiten.

Boy grinste Hilke an. Ihr fiel das Grübchen an seinem Kinn auf, der Bierbauch, der über die Gürtelschnalle hing, der abgebrochene Schneidezahn. Was war aus dem athletischen Wikinger geworden?

Er hielt ihr eine Bügelflasche Bier hin und ploppte seine Flasche einhändig auf. »Da ist ja unser schwarzes Hexchen. Wir haben dich eher erwartet. Bist aus der Übung mit dem Fahren? Ist dein Höschen feucht geworden, nachdem ich dich angerufen habe?«

Ein Adrenalinstoß verdunkelte Hilkes Sicht. Ihre Hand verkrampfte um den Kinnschutz ihres Helms, bis der Schmerz ihren Höllenzorn durchdrang. »Was bist du nur für ein selbstherrliches Ober-Erdarschloch!«

Sie nahm die letzten zwei Schritte, holte dabei mit dem Helm aus und schlug ihn in hohem Bogen auf Boys Schädel. Boy sackte wortlos in sich zusammen. Der Rückschlag in ihrem Arm, das Klirren der Bierflaschen und die entsetzten Gesichter von Boys Freunden, verdammt, das war eine Genugtuung.

»*Davon* krieg ich ein feuchtes Höschen.« Sie zog ein Springmesser aus dem Ärmel. Herausfordernd drehte sie sich zu den anderen Männern um, wirbelte die Klinge über ihre Handfläche. »Er hält sich verflucht noch mal für Gottes Geschenk an die Frauen. Ich hab' das mal zurechtgedengelt. Ach, warum reden, ich krieg' das Kotzen von euren blöden Gesichtern.«

Hilke stapfte mit durchgedrücktem Kreuz zur Tür hinaus.

War ja klar, wie es ausgeht, dachte Hilke, *der Blödmann hätte dazulernen können. Hat er leider nicht.*

Sie fegte die letzten Splitter in ihrem Herzen zusammen. Etwas stieg ihr in die Nase. Staub. Oder kitzelte sie eine Träne?

»He, warte, das kannst du doch nicht machen, einfach wegfahren.«

Hilke drehte sich im Motorradsattel um. »Ach, der kleine Bruder Lewe, du räumst immer noch hinter Boy her?«

»Nein, ja, hab' dich doch nicht so. *Whaleriders* für immer, für immer *Whalerider*. Das haben wir geschworen. Es ist echt schwer hier. Der Hof ist zu klein, das Material zu alt, das deprimiert ihn eben.«

»Dann sollte er zum Arzt gehen. Und dieses verfluchte Machogehabe ablegen. Glaubst du denn, es würde euch helfen, wenn ihr mit meiner Hilfe einen Bruch begeht? Das ist doch Irrsinn.«

»Ist sowieso alles Irrsinn hier, wir brauchen die Kohle. Du musst doch nicht viel machen. Du bist doch *Black Gretel*, die Hackerin. Schalte den Alarm aus und wir erledigen den Rest.«

Klackend legte Hilke einen Gang ein. »Ihr habt den Schuss doch nicht gehört. Bin dann mal weg.«

Vor der Bundesstraße hielt Hilke an. Die Party mit dem Club heute Abend war gestrichen. Wenn sie schon mit der Vergangenheit aufräumte, warum nicht nach Schleswig fahren? Sie erinnerte sich undeutlich an den Schleswiger Holm und das Haus, in dem sie geboren worden war. Ob heute noch jemand dort mit dem Finger auf sie zeigte und »Hexe!« rief?

Es kam ihr vor, als hätte sie auf der Landstraße nur zweimal Vollgas gegeben, schon näherte sie sich den Hügeln vor Schleswig. Der Ausblick über die Stadt und die Schlei wirkte vertraut, erzeugte Vorfreude. Hilke suchte nach einer Erklärung dafür. Es fiel ihr nichts ein.

Hilke folgte der Uferpromenade entlang der Schlei. Sie drehte kurz am Gashebel, um bummelnde Touristen zu überholen. Am Ende einer Kurve rutsche ihr Hinterrad über den Sand. Verblüfft sah sie, wie das Heck ihrer Maschine sie überholte. Das herumschleudernde Motorrad riss ihr den Lenker aus den Händen. Hilke schlug mit ihrem Rückenprotektor auf den Asphalt. Hilflos mit den Armen rudernd, rutschte sie weiter auf den Grünstreifen und glitt wie auf einer Gepäckrutsche ins Wasser der Schlei.

Luftbläschen blubberten unter Hilkes Helm hervor. Orientierungslos und verzweifelt trieb Hilke durch die trübe Schlei. Sie war doch langsam gefahren. Mit all den eingebauten elektronischen Helfern konnte das Motorrad nicht den Halt verlieren.

»Hier, mien Deern!«

Vor ihrem Helmvisier schwebte ein Fisch im Wasser. Das Maul öffnete und schloss sich im gemeinsamen Rhythmus mit den Kiemendeckeln. Ein Fisch sprach zu ihr? Sie musste heftig mit dem Kopf aufgeschlagen sein.

»Schwarze Grete, wir müssen wirklich reden. Euer Reich will verwaltet werden.«

Im Film wäre es jetzt Zeit, panisch zu kreischen. Sie versuchte es, doch ihre Kehle füllte sich mit Wasser.

»Du weißt gar nichts über dich, öffne dein Gewand und lass mich ein. Wenn wir vereint sind, wirst du wieder wissen.«

»Iiih, ist das ein eindeutiges Angebot? Ich möchte die Stopptaste für dieses Horrorvideo drücken.« Sprach sie unter Wasser oder dachte sie das nur? Kraftlos versuchte sie einen Schwimmzug.

»Warum versuchst du es nicht, Schwarze Grete? Wenn

du Hilke bleiben willst, dann bleibst du auch die Frau, die nach einem Unfall in der Schlei ertrank.«

Sie zog den Reißverschluss ihres Rennanzugs auf.

Wäscheduft stieg ihr in Nase. Hilke fasste in ein weiches Oberbett.

»Noch so ein Alptraum, dann geh ich zum Arzt«, beschloss sie.

Schwungvoll schob sie ihre Beine aus dem Bett und setzte sich auf. Ihr Gesicht landete in einem kratzigen Lappen. Überrascht blinzelte sie heftig. Das war kein Lappen, ein roter goldbestickter Brokatvorhang bildete einen Baldachin um ihr Bett.

Sie teilte den Vorhang, um hinauszusehen. Ein weißer Raum umgab sie. Die Wände waren mit vergoldeten Stuckornamenten auf weißem Untergrund verziert. Eine Kuppel überwölbte den Raum, ausgemalt in grellem Blau und allegorischen Figuren darin.[2] In einer Ecke saß eine kleine Frau, gehüllt in einen schwarzen Reifrock, in dem sie fast versank. In der höfischen Frisur steckte ein edelsteinbesetztes Diadem, dessen Reflektionen einen Sternenhimmel an den Baldachin über ihr warfen. Das Gesicht der Frau erschien Hilke wie ein älteres Abbild ihrer selbst.

»Das ist wirklich zu schräg hier. Bin ich vollkommen irre?«

»Nein, sorge dich nicht. Du bist im Palast der Schwarzen Grete. Die Schwarze Grete bin ich. Königin in diesem Palast, Dienerin und Fürstin der Natur, Geist und Hexe und ein Mensch.«

»So ein Unsinn, Geister und Hexen, das ist doch Aberglauben. Wie bin ich hierhergekommen?«

»Der Butt hat dich hergebracht, mein treuer Begleiter durch die Jahrhunderte. Du warst kurz vorm Tod durch Ertrinken.«

Hilke näherte sich der alten Frau vorsichtig. Beinahe hypnotisiert durch den Singsang der Stimme und dem grünen Widerschein des Lichts in ihren Augen. »Willst du etwas von mir?«

»Ich will dir etwas geben. Zu lange schon dauert meine Regentschaft. Du bist wie eine Wiedergeburt von mir. Führe die Sage fort.«

»Wie soll das funktionieren, wenn ich nicht an den Unsinn glaube?«

»Das weiß ich nicht. Dies ist ein sagenhafter Ort, ein sagenhafter Butt hat dich gerettet, ich bin eine Sagengestalt, die zu dir spricht. Nimm dieses Amulett zum Zeichen deines neuen Standes und die Sage wird weitergehen.«

Das Amulett in der Hand der alten Grete leuchtete warm und vielversprechend.

»Ich bin nicht mehr auf dem Weg nach Kopenhagen, nehme ich an.« Hilke streckte ihr die Handflächen entgegen.

Kalt serviert

»Bitte sehr, meine Damen.« Zwischen Cassy und Hilke landete ein Dessertraum aus Eis und Früchten.

»Er war tatsächlich k. o.?« Cassy schien über Hilkes Neuigkeiten vom Motorradclub begeistert. »Das hatte der Mistkerl längst nötig. Aber diese Fischsache, das ist nichts

Sexuelles oder irgendein Fetischding zwischen dir und dem Butt?«

Cassy deutete auf die Kette an Hilkes Hals. Eine stilisierte Flunder aus Weißgold mit einem Muster aus Gelbgold, Perlen und einem Auge aus Smaragd. Der Edelstein schimmerte im gleichen Grün wie Hilkes Augen.

»Eifersüchtig? Nein, mit Sex hat das nichts zu tun. Der Butt ist wie mein Großwesir. Ich lerne eine Menge von ihm. Über die Ostsee, den Fischfang und die Hexerei.«

»Echt? Was hext du denn so? Kannst du Milch in Schokoladeneis verwandeln?«

Hilke lachte befreit. Cassy hatte einen Sinn fürs Praktische. Eine echte Hilfe in den sagenhaften Zeiten, die vor ihr lagen. Ihr Gespräch drehte sich vom Eis zu Männern. Bis Cassy abwesend die Haare um ihre Finger drehte.

»Was ist los?«

»Ich habe eine Idee, wie wir deine neuen Fähigkeiten für eine Lektion einsetzen. Du willst doch sicher nicht, dass Boy eines Tages vor deiner Tür steht und Rache will?«

»Da hast du recht, das will ich ganz bestimmt nicht. Was schwebt dir vor?«

Hilke presste sich einen frischen Orangensaft. Der gestrige Abend mit Cassy war genau das Richtige gewesen, um wieder mit der Welt klarzukommen. Sie rief ihr Handy vom Tisch herbei. In elegantem Bogen landete es auf ihrer Hand. Sie tippte Lewes Telefonnummer von einem Zettel ab und wartete auf die Verbindung.

»Wir sind fertig mit dir. Wieso du dich noch traust, mich

anzurufen, wie blöd bist du eigentlich? Boy schlitzt dich auf wie 'ne Makrele, wenn er dir begegnet.«

»Bilde dir bloß nichts ein. Ich habe einen Job für euch. Mein Abschiedsgeschenk für die *Whaleriders*. Danach will ich nie wieder was von euch hören. Ihr grabt ein bisschen für mich in der Erde herum und alles bis auf ein einzelnes Stück könnt ihr behalten. Alles ohne Alarm und Polizei. Mit Dreckwühlen kennt ihr euch doch aus.«

»Hmm, ich kann es mir ja anhören. Vielleicht kommt Boy von seiner Wut wieder runter, wenn er Geld sieht.«

Hilke las Lewe eine Liste von Werkzeugen vor und den GPS-Tag der Grabung.

»Was werden wir da finden, du Hexe?«

»Den Palast der Schwarzen Grete, du kennst die Sage doch aus der Schule. Im Margarethenwall bei Busdorf.«

»Das ist doch Unsinn, da ist alles dreimal umgegraben.«

»Aber es grub nie jemand, wenn eine Schwarze Hexe wie ich dabei war.«

»Okay, aber ich sag' nur: aufschlitzen. Verstanden?«

»Macht hinne und setzt eure Ärsche in Bewegung.« Hilke legte auf und rieb nachdenklich über ihren Fischanhänger. »Min Butt, ist das wirklich eine gute Idee, die Cassy und ich da ausgeheckt haben?«

»Min Greet, ech ben bloß een Butt, aber ich liebe eure Idee.«

Liebevoll strich Hilke über den Gitterrahmen ihrer *Super Duke*. Das Motorrad hatte eine Schleifspur im Lack, mehr war vom Sturz in die Schlei nicht zurückgeblieben. Sie schob die Maschine vom Parkplatz am Margarethenwall[3] hinter einen Holzstapel. Nicht, dass jemand mit ihrem treuen Pferd Schindluder trieb, während sie im Wald war.

Der Wanderweg führte am Wall entlang. Hilke schloss ihre Augen, um zu sehen. Ihr erwachter Hexensinn zeigte ihr die Spuren des Lebens. Die Baumwurzeln zogen sich glimmend durch den Boden, Lichter strahlten, wo Mäuse huschten und Würmer krochen.

Ein Schatten aus totem Sand entpuppte sich als der verschüttete Eingang ihres Palastes. Wie ein Windhauch glitt sie durch den Boden. In einem Hohlraum deponierte sie eine Stofftasche mit altem Besteck und Geschirr. Sie rieb mit ihrem Butt daran und bald glitzerte das ehemals wertlose Zeug golden. Hilke zog sich zurück, am verschütteten Eingang legte sie einen GPS-Tracker ab. Die Jungs fänden sonst im Dunkeln ja nicht mal ihren eigenen Arsch.

Hilke wartete auf dem Parkplatz bis zur Dämmerung.

Motorenlärm dröhnte durch den Wald. Drei Chopper mit Kuttenträgern[4] eskortierten einen klapprigen Transporter auf den Parkplatz. Das erste Motorrad hielt nur Millimeter vor Hilkes Stiefeln. Der Fahrer nahm den Helm ab.

Boy starrte sie an. Den Mund grimmig verzogen, eine rot leuchtende Narbe an der Schläfe. »Wenn du hier irgendeine Scheiße durchziehst, bist du tot. Verstehen wir uns, du Miststück?«

»Aber sicher, ich habe dich schon länger verstanden.«

»Bindet die Schlampe da hinten an einen Baum und stopft ihr das Maul.«

Widerstandslos ließ Hilke sich ergreifen. Boy zog das Springmesser aus ihrem Ärmel. Zwei der Jungs schleiften sie ein Stück zwischen die Bäume und fesselten sie mit

Transportgurten. Aus ihrem Halstuch formten sie einen Knebel und banden ein zweites Tuch über Mund und Hals, damit Hilke ihn nicht ausspucken konnte. Die Männer luden Werkzeug aus dem Transporter, dann folgten sie dem Signal des Trackers in den Wald.

Hilke beschloss, zu schlafen.

Ein Zittern des Butts an ihrer Halskette weckte sie. Die Morgendämmerung zeigte sich und aus dem Wald drangen Geräusche. Die Schatzgräber kamen zurück. Boy warf ihr die Stofftasche vor Füße und baute sich herausfordernd vor ihr auf.

»In der Tasche steckt wirklich Gold. Verrätst du mir, woher du davon wusstest? Vor allem will ich wissen, wie eine Stofftasche aus dem 21. Jahrhundert metertief im Wall stecken kann. Für wie dämlich hältst du mich eigentlich?« Er stemmte die Arme in die Hüften. »Verdammt, nimm ihr einer den Knebel raus. Muss ich alles selbst erledigen?«

Erleichtert spuckte Hilke dem Knebel ein paar Flusen hinterher. »Das willst du nicht wissen!« Ihr wurde mulmig im Magen. Ab hier kam eine Menge Improvisation in den Plan. »Gib mir meinen Anteil. Du hast eine fette Entschädigung für deine Beule, und ich werde dir nie mehr auf die Nerven gehen.«

»Drauf geschissen, was glänzt denn da so hübsch?« Boy griff nach ihrer Halskette und riss den Butt ab. »Weißt du, ich habe beschlossen, mir ist Gold nicht genug. Du bist eine Abtrünnige. Du lässt mich vor meinen Leuten scheiße aussehen, damit ist Schluss. Ich lass‘ dir ein Geschenk hier. Mal sehen, ob dir das gefällt.«

Boy holte einen Blechkanister aus dem Transporter. Er

schritt mehrmals im Kreis um Hilke herum und ließ das Benzin auslaufen. Grinsend schüttete Boy die letzten Liter über ihren Kopf. Er holte ein paar Kerzenstummel aus der Jackentasche und steckte sie in den Boden. Gestenreich entzündete er ein Streichholz und hielt es nacheinander an die Dochte.

»Was soll das denn werden? Der Wind bläst die doch gleich wieder aus.« Hilke unterdrückte mühsam die Panik in ihrer Stimme. An eine Hexenverbrennung hatten Cassy und sie nicht gedacht.

Boy lächelte schelmisch. Ein Gesichtsausdruck, den Hilke früher an ihm gemocht hatte. »Kann sein, dass die Kerzen ausgehen, kann auch nicht sein. Vielleicht schnippt ein Raucher seine Kippe in den Wald, vielleicht komme ich zurück. Knebelt sie wieder und dann weg hier, bevor wir auffallen.«

Hilkes Nase schwoll unter den Benzindämpfen zu.

»Jetzt ist es Zeit, die Schwarze Grete zu sein.« Die Stimme des Butts.

Sie griff im Geist dorthin, wo sie mit dem Butt sprach. Die Quelle ihrer Hexenkraft. Höflich bat sie ein paar Krähen in den Bäumen, die Kerzen zu löschen. Ein Trupp Krähen flatterte aus den Baumwipfeln zu ihr herunter. Mit dem Wind unter ihren Flügeln bliesen sie die Kerzen aus, mit ihren Schnäbeln pickten sie die Fesseln auf. Hilke sandte ihnen ein Bild vom Schleiufer. Dort zappelten Fischleiber in der Morgensonne.

»Fliegt, meine Schönen, schlagt euch den Bauch voll.«

Ihr Motorrad stand unberührt hinter dem Holzstapel. Während der Fahrt rief sie bei der Polizei an.

»Die Bande hat wie angekündigt gegraben. So aufgeregt, wie die waren, haben sie etwas gefunden. Bauen Sie jetzt die Straßensperre auf! Die Bande fährt Richtung Hollingstedt. Ich bin mit Abstand dahinter und behalte sie im Auge.«

Auf ihrer Maschine holte sie Boys Vorsprung schnell auf. Hilke konzentrierte sich auf den Butt.

»Mach es jetzt.«

Der Sack, in dem der Butt steckte, und alles um ihn herum wurde zu Gold. Knackend brach die Hinterachse von Boys Transporter. Funkensprühend schlingerte das Heck hin und her über die Straße, bis das Wrack am Grünstreifen stehen blieb. Polizeisirenen heulten. Das Timing passte perfekt.

Die drei Motorradfahrer, die dem Transporter voranfuhren, flüchteten angesichts der blauen Warnlichter.

Hilke gesellte sich zu den Beamten von der Straßensperre. Zwei von ihnen brachen mit einem Stemmeisen die Hecktür auf. Das Innere des Laderaums glänzte golden in der Morgensonne. Die beiden sahen nicht den Fisch, der hinausglitt und im Gras des Grabens verschwand. Hilke bückte sich und fühlte, wie er in ihrer Hand wieder zu dem Anhänger wurde.

»Sie sind die Ermittlerin aus der Szene, die uns informiert hat?«, fragte sie einer der Beamten.

Hilke zauberte das Bild eines Ausweises auf ihre Handfläche. »Ja, bin ich. Und, haben die Kerle Dreck am Stecken?«

»Reichlich, diese Antiquitäten gehören sicher nicht dem

Bauernlümmel da vorne. Die Karre ist dermaßen überladen, dass die Achse brechen musste.«

Hilke umrundete den Transporter und blickte ins Führerhaus. Boy hatte es sich nicht nehmen lassen, die Beute selbst zu fahren. Sein Kopf lag überm Lenkrad.

Mit der Hand formte sie spielerisch eine Pistole. »Hexe, weißt du noch?«

Dann drückte sie ab. Eine Stichflamme schlug aus dem Transporter.

Fußnoten

Kapitel 1

1. Schlickrutscher: abwertende Bezeichnung für die Anrainer des Wattenmeers.
2. Kommt ihr nach Schleswig, besucht Schloss Gottorf.
3. Teil des historischen Dannewerks, mit dem die Dänen ihren Teil der kimbrischen Halbinsel verteidigten.
4. Kutten werden die verzierten Westen mit Club-Logo genannt.

Der Autor

Wolfgang Lamar wurde 1956 in Essen/Ruhr geboren. Seine Jugend roch nach Kohle. Mit der Familie verschlug es ihn an den Niederrhein. Dort arbeitete er als Offsetdrucker. Seine Freizeit verbrachte er mit dem Kinderhospizverein, Büchern und Rollenspielen. Eines folgenschweren Tages schickte seine Frau ihn in eine Schreibwerkstatt. Seitdem spielt Schreiben eine Hauptrolle bei ihm. Er veröffentlicht Kurzgeschichten und arbeitet an einer Romanveröffentlichung.

twitter.com/LamarEtHenry

DER GETREIDEWOLF

ANDRÉ MILEWSKI

Holstein, 1813

Das erste Mal wurde er im Spätsommer gesichtet. Es war der alte Kaspar, der davon berichtete, dass ein Schatten durch die Felder lief. Niemand aus dem Dorf nahm die Geschichte ernst, schließlich liefen andauernd Tiere durch das Feld: Hirsche, Wildschweine, streunende Hunde. Auch als Kaspar darauf beharrte, dass es etwas anderes gewesen sei und ihn ein Kälteschauer überkam, als er den Schatten durch das Getreide streifen sah.

»Der alte Gelbzahn geht im Korn«, wisperte er. Doch die jüngeren Männer des Dorfes lachten ihn aus, während die alten Frauen sich mit einem Schaudern abwandten. In den folgenden Tagen sichtete niemand mehr etwas auf den Feldern.

Als der Sommer sich dem Ende neigte, hatten die Ähren auf den Getreidefeldern die richtige Höhe erreicht und die Ernte konnte eingefahren werden. Als Erstes war das Roggenfeld des Großbauern Adalbert an der Reihe. Wie es im Dorf schon seit Generationen Brauch war, halfen alle Männer bei der Ernte mit, und auch einige der Frauen waren dabei. Dankward war nun bereits zum zweiten Mal mit, trotz seines jugendlichen Alters, aber bei der letzten Ernte durfte er nur gemeinsam mit seiner Mutter und anderen Frauen arbeiten. Diesmal war er bei den Männern.

Mit Sensen, Sicheln, Mahdhaken und Sichten gingen sie ans Werk. Bis zum Mittag hatten sie einen Großteil des

Feldes abgeerntet, zahlreiche zu Puppen aufgestellte Garben standen bereits auf dem Acker. Die Stimmung unter den Feldarbeitern war bestens, bis am späten Nachmittag der letzte Schnitt anstand. Sie versammelten sich um den kleinen, fast kreisrunden Teil des noch aufrecht stehenden Getreides, während sich einige der älteren Frauen mit ängstlichen Blicken auf Abstand hielten.

»Wer macht den letzten Schnitt?«, rief Adalbert, der zuvorderst stand und sich zu den anderen Männern umgewandt hatte. Sein Blick wanderte weiter zu den Knaben, in deren Mitte auch Dankward stand. »Wer von euch Jünglingen ist Manns genug? Aber seid gewarnt, sollte noch ein Dämon im Korn sitzen, so müsst ihr ihn fangen, ansonsten wird er euch holen kommen.«

Lautes Gelächter folgte den Worten des Bauern. Doch niemand machte einen Schritt nach vorn, denn obwohl alle lachten, so hatte doch jeder Respekt vor den alten Sagen, nach denen sich Korndämonen in den Feldern aufhielten, wenn es zur Ernte kam. Der letzte Schnitt eines Feldes war immer etwas Besonderes, weil es galt, den Dämon nicht entwischen zu lassen.

Mitten im Gelächter wurde Dankward von Ansgar, dem fast achtzehnjährigen Sohn von Adalbert, nach vorne gestoßen, sodass er einige Schritte voraus torkelte. Das Lachen wandelte sich in Gejohle.

»Ah, da haben wir einen mutigen Kandidaten!« Der Bauer legte seine rechte Pranke mit den vielen Schwielen auf Dankwards Schulter. »Du bist der Sohn von Diethard, nicht wahr?«

Dankward stand da, wie vom Donner gerührt, und nickte nur.

»Dieser Bengel ist fast so dürr wie die Halme«, brüllte einer der älteren Männer.

»Kann er überhaupt die Sense schwingen?«, rief ein anderer. »Mit seiner kümmerlichen Sichel darf er den letzten Schnitt nicht begehen!«

Adalbert streckte die Hand aus und ließ sich von Dankward seine Sichel geben, die mit zahlreichen Kerben versehen und nach der Arbeit des Tages schon beinahe stumpf war. Dann drückte er ihm seine Sense in die Hand.

»Weißt du damit umzugehen?«

»J-Ja. Aber ...«

Weiter kam Dankward nicht, denn schon schob der Bauer ihn direkt vor das letzte Getreide des Feldes.

»Gut. Dann schwing die Sense mit aller Kraft, die du in deinen schmächtigen Armen hast, und halte nicht inne, bis der letzte Halm gefällt ist. Hast du mich verstanden?«

Dankward nickte stumm. Sein Mund war zu ausgetrocknet, um etwas zu erwidern, weil die Angst in ihm aufstieg. Er umklammerte den Stiel der Sense, so fest er konnte. Bevor er zum Schlag ausholte, drehte er sich noch einmal um und warf Ansgar einen bösen Blick zu, den dieser mit einem gehässigen Grinsen erwiderte. Dann führte er den ersten Schnitt. Die Halme fielen fast wie von selbst, kein Vergleich zu der mühseligen Arbeit mit seiner Sichel. Hinter ihm johlten die anderen, was ihn dazu veranlasste, mit noch mehr Schwung zu arbeiten. Auch beim zweiten Mal gelang ihm ein sauberer Schnitt.

»Gar nicht so schlecht, der Bengel. Hätte ich ihm nicht zugetraut«, hörte er jemanden hinter sich sagen.

Mit stolzgeschwellter Brust holte er abermals aus und erstarrte, als die Sense plötzlich stecken blieb. Er hatte nicht in den Boden geschlagen. Ein unmenschlicher Klageschrei ertönte und Dankwards Augen weiteten sich, als er vor sich im Korn ein Rehkitz liegen sah, dessen Leib die Sense aufgeschlitzt hatte. Eingeweide quollen aus dem sterbenden Tier, Blut tränkte den trockenen Feldboden tiefrot.

»Ein Halmbock! Er hat einen Halmbock erwischt«, rief einer der Männer hinter ihm mit sich vor Begeisterung überschlagender Stimme.

Aus der Kehle des Kitzes drang ein weiterer Laut des Schmerzes, als Dankward die Klinge der Sense herauszog. Zitternd blickte er auf das zierliche Tier, das verzweifelt versuchte, sich zu erheben. Es schaffte es, sich auf die Vorderläufe zu stellen, während aus der geöffneten Bauchhöhle die Darmschlingen zu Boden fielen.

»Erledige es! Es darf nicht entkommen, in dem Tier steckt der Dämon!«

Aber Dankward stand nur da und blickte auf das Tier in seinem Todeskampf.

Adalberts Hand legte sich erneut auf seine Schulter.

»Du musst es zu Ende bringen, Junge«, raunte er ihm zu. »Lass das arme Tier nicht unnötig leiden.«

Dankward sah, wie die Sense in seiner Hand sich wie von selbst bewegte. Die scharfe Klinge durchtrennte den Hals des Kitzes und damit den Kopf vom Rumpf. Abermals brandete lauter Jubel der Umstehenden auf.

Als der letzte Halm gefallen war, machten sich einige der Männer daran, daraus eine Puppe in Gestalt eines Rehs zu binden. Diese reichten sie Dankward und rühmten ihn für seine Tat. Anschließend fuhren sie mit dem voll beladenen Erntewagen unter lautem Gejauchze zurück ins Dorf.

In der Nacht fand Dankward keinen Schlaf. Der Todesschrei des Rehkitzes in seinem Kopf wollte nicht verstummen, wie fest er sich das Kissen auch auf die Ohren presste. Tränen liefen seine Wangen hinab und tränkten das Bettlaken. Nachdem er sich über zwei Stunden hin- und hergewälzt hatte, stand er auf, zog sich an und schlich leise aus dem Haus, in dem er alleine mit seiner Mutter lebte. Als er auf den kleinen Austritt trat, empfing ihn die lauwarme Luft der Sommernacht und der fast volle Mond stand hoch am Himmel.

Ihr Haus war eines der ältesten im Dorf, Dankwards Vater hatte es mit seinen eigenen Händen erbaut, wie seine Mutter bei jeder sich bietenden Gelegenheit betonte und dessen sie niemals müde wurde. Aber sein Vater Diethard war früh gestorben, viel zu früh, als dass er selbst noch Erinnerungen an den Mann haben konnte, von dem seine Mutter stets in höchsten Tönen sprach und der auch bei den älteren Männern im Dorf wohlgelitten war. Er starb während der Ernte vor sechzehn Jahren, das wusste Dankward.

Seine Mutter fand danach keinen anderen Mann, niemand freite sie mit dem Balg eines anderen. So kam es, dass Dankward das einzige Kind im Dorf war, das ohne Vater und ohne Geschwister aufwuchs. Mit den Jahren verfiel das Haus immer mehr. Dankward hatte nicht das handwerkliche Geschick seines Vaters geerbt. Er war ein schmächtiger Junge, der von den anderen seines Alters stets mit Verachtung gestraft wurde. Doch das hatte sich heute geändert.

Nach der Rückkehr von der Ernte hatten ihn die Männer des Dorfes hochleben lassen, ihn gefeiert und laut seinen Namen gerufen. Er bekam das erste Bier des Abends vom Großbauern persönlich gereicht. Seine Mutter hatte mit Tränen in den Augen zugesehen, so stolz war sie auf ihn. Niemals zuvor in seinem Leben fühlte er sich so großartig – und gleichzeitig so schuldig.

Abermals hörte er den Todesschrei des Rehkitzes in seinem Kopf, begleitet von den schrecklichen Bildern des aufgeschlitzten Tieres.

Plötzlich erklang ein anderes Geräusch. Ein Rascheln, das aus dem nahen Wäldchen unweit ihres Hauses kam. Dankward kniff die Augen zusammen und spähte ins Gehölz.

Erst konnte er nichts entdecken, doch dann sah er den Schatten, der am Waldrand entlangschlich und den Kopf zu ihm wandte. Zwei leuchtende Augen starrten ihn an und Dankward spürte einen Stich im Herzen. Es war eine Ricke, wahrscheinlich die Mutter des Kitzes, das er mit der Sense erlegt hatte. Mit kraftvollen Sprüngen huschte das Tier wieder in den Wald.

Dankward folgte ihm. Er wusste nicht, warum, er wusste nur, dass er ihr folgen musste. Mit nackten Füßen lief er in den Wald hinein. Das Reh stand in der Nähe, als ob es auf ihn gewartet hätte, dann lief es weiter. Zügig nahm er die Verfolgung auf, auch als die Ricke den Wald verließ und in einem weiteren Feld davonlief. Dem Feld, das als nächstes für die Ernte vorgesehen war.

Sein Herz pochte immer schneller, immer lauter, während er durch das hochstehende Getreide ging. Das Reh war aus seinem Sichtfeld verschwunden, obwohl das Feld unter dem fahlen Mondlicht hell dalag. Er hörte ein Knistern neben sich, gefolgt von einem leisen Schnaufen. Vorsichtig wandte er sich um, teilte die Getreidehalme mit den Händen. Er entdeckte ein weiteres Rehkitz, das ihn mit großen Augen anblickte.

»Du musst keine Angst haben«, flüsterte Dankward und erneut liefen ihm Tränen übers Gesicht. »Ich werde dich retten. Versprochen.«

Langsam ging er in die Knie und streckte die Hände aus, um nach dem verängstigt dreinblickenden Tier zu greifen. Doch ehe er es berühren konnte, wurde es ruckartig nach hinten gerissen und verschwand zwischen den dicht stehenden Ähren. Erschrocken fiel Dankward nach hinten und setzte sich auf sein Hinterteil. Das Blut in seinen Adern gefror, als er ein Knurren hörte. Der Sommerwind, der über das Feld strich und die Halme hin- und herwiegte, schien seinen Namen zu wispern.

»Dankward«, säuselte die Stimme. »Wir sind gekommen, um dich zu holen.«

Das Knurren wurde lauter, die Halme vor ihm raschelten, während sich etwas Großes auf ihn zubewegte. Er war vor Angst wie gelähmt und nicht imstande, aufzustehen und wegzulaufen.

Plötzlich brach ein schwarzes Tier hervor. Mit gefletschten Zähnen und Geifer vorm Maul wollte sich der riesige Hund auf ihn stürzen, wurde im letzten Moment jedoch von der Leine zurückgehalten, die an seinem Halsband befestigt war. Dankward schrie vor Entsetzen auf. Erst nachfolgend wurde ihm gewahr, dass am Ende der Leine Ansgar stand, der hämisch auflachte. In der rechten Hand hielt er einen Knüppel.

»Na, wenn das nicht der Held des Tages ist!« Der Sohn des Großbauern lachte niederträchtig. »Ich hoffe, Beißer hat dich nicht zu sehr erschreckt?«

Dankward starrte auf die Lefzen des Hofhundes. Er wusste nur zu gut, warum alle im Dorf diesen Köter Beißer nannten. Der Koloss von einem Hund hatte schon mehrere Tiere totgebissen, sogar ein Wildschwein sollte seinen Fängen schon zum Opfer gefallen sein.

»Es ... es geht schon.« Dankward robbte noch ein Stück zurück und rappelte sich auf.

»Was hast du in unserem Feld zu suchen?«, fragte Ansgar mit harter Stimme. »Beißer hat etwas gewittert und sofort angeschlagen.«

»Ich ... ich bin ...« Dankward verstummte und überlegte, was er sagen sollte. »Ich bin einem Tier gefolgt.«

Ansgar sah ihn prüfend an, während der Hund unablässig knurrte.

»Du hast geheult! Ich seh's doch genau!« Ein gehässiges Lachen folgte. »Hat Beißer dich so sehr erschreckt, dass du flennst wie ein Baby?«

»Nein, ich ...«

»Ich frage dich noch einmal: Was hast du nachts in unserem Feld zu suchen?« Ansgars Augenbrauen verengten sich und der Ton seiner Stimme wurde rauer. »Ah, ich verstehe. Du hast versucht, hier irgendein Tier zu verstecken! Du möchtest morgen noch einmal als Held dastehen und ein Tier töten!«

»Das ist nicht wahr«, protestierte Dankward.

»Lügner! Gib es einfach zu. Wahrscheinlich hast du das Kitz auch gestern Nacht in dem Feld platziert!«

»Nein! Du hast mich gestoßen! Sonst wäre ich doch

niemals …«

Dankwards Stimme erstarb, als Beißer erneut zu knurren begann. Aber diesmal galt es nicht ihm.

»Was ist los, was hast du?«, fragte Ansgar, aber da riss sich der Hund auch schon los und verschwand im Feld.

Stille.

Plötzlich hörten sie ein Winseln.

»Beißer?« In Ansgars Stimme war Verwunderung zu hören. »Beißer!«

Es folgte ein lang gezogenes Heulen. Aber es war kein Hund, den sie da hörten. Im Anschluss daran erklang ein letztes Fiepen, das plötzlich erstarb.

Dankward blickte zu Ansgar, aus dessen Gesicht nun jegliche Überheblichkeit gewichen war. Aus dem Augenwinkel nahm er eine schattenhafte Gestalt wahr, die sich durch die Halme auf sie zubewegte.

»Wir müssen raus aus dem Feld«, hauchte er und machte einen Schritt zurück.

Ansgar reagierte sofort, drehte sich um und rannte los. Dankward folgte ihm. Nicht weit entfernt konnte er das große Wohnhaus von Ansgars Familie sehen. Er blickte zurück, konnte aber nichts erkennen, was ihnen folgen würde. Plötzlich prallte er gegen Ansgars Rücken, als dieser unvermittelt stehen blieb, und beide stürzten zu Boden.

»Was soll das, warum …?« Dankward verstummte, als er den panischen Blick von Ansgar bemerkte und wie dieser von Panik ergriffen stoßweise atmete.

Langsam drehte er seinen Kopf in Richtung des vor ihnen liegenden Feldrands. Dort erhob sich eine hagere Gestalt. Sie trug einen langen Mantel und einen breitkrempigen Hut, das Gesicht in der Dunkelheit verborgen. Nur die

Augen waren deutlich zu sehen, sie leuchteten feuerrot. Der Unheimliche hob seinen rechten Arm und streckte lange knochige Finger in ihre Richtung aus. Ihm folgte lautes Geheul aus dem Feld hinter ihnen. Wolfsgeheul.

Dankward sprang wieder auf die Beine und zog Ansgar mit sich hoch. »Wir müssen weg von hier!«

Er packte den sprachlosen Ansgar am Arm und zog ihn hinter sich her, während er nach Osten lief, zu dem Wäldchen, durch das er in das Feld gelangt war. Das hagere Wesen am Feldrand machte keine Anstalten ihnen zu folgen, dafür hörte Dankward ein Grollen und sah einen grauen Schatten, der ihnen auf den Fersen war. Nur noch wenige Meter bis zum Waldrand.

»Schneller! Im Wald sind wir sicher, wenn wir auf die Bäume klettern.«

Ein Schatten flog über ihre Köpfe hinweg und landete wenige Meter vor ihnen, dort, wo das Feld in den Wald überging. Dankward und Ansgar stoppten. Ungläubig blickten sie auf den riesigen Wolf, der ihnen mit leicht geöffnetem Maul den Weg versperrte. Aus der Kehle des Tieres drang unheilvolles Knurren. Die Augen des Wolfes glommen in demselben Rot wie die des hageren Unheimlichen. Scharfe Zähne blitzten auf und einige Tropfen Blut träufelten aus dem Maul zu Boden. Doch das Untier kam nicht näher.

Ansgar riss seinen Arm aus Dankwards Umklammerung und machte einen Schritt zurück. Dabei hob er den Knüppel, den er noch immer in der rechten Hand hielt, in die Höhe. Der Wolf knurrte lauter, rührte sich aber nicht.

»Der Getreidewolf! Mach ihn nicht wütend«, mahnte Dankward mit vor Angst bebender Stimme.

»Das ist alles deine Schuld! Du hast die Korndämonen

erzürnt, sie sind deinetwegen hier«, murmelte Ansgar.

Dankward wollte etwas erwidern, bekam aber einen Stoß von Ansgar in den Rücken, stolperte nach vorne und landete nur wenige Zentimeter von der Schnauze des Wolfes entfernt.

»Pack ihn, er gehört dir!«, schrie Ansgar und rannte davon, in Richtung seines Wohnhauses.

Der Wolf schnüffelte an Dankwards Gesicht. Dann riss er das Maul auf und ließ ein schauerliches Geheul folgen, als er mit einem großen Satz über Dankward hinwegsprang. Nach drei mächtigen Sprüngen hatte er Ansgar eingeholt. Ein gellender Schrei hallte durch die Nacht, als sich der Kiefer des Wolfes um das linke Bein des Bauernsohnes schloss.

»Nein! Geh weg von mir!« Verzweifelt schlug Ansgar mit dem Knüppel auf den Wolf ein. Der ließ tatsächlich von dem Bein ab und schnappte stattdessen nach seinem Handgelenk.

Dankward lag nur wenige Meter entfernt auf dem Boden. Er konnte hören, wie Knochen brachen und Sehnen rissen, als der Wolf Ansgars Unterarm mit einem Biss durchtrennte. Fassungslos sah er, wie Blut aus dem Stumpf sprudelte.

»Hilf mir«, wimmerte Ansgar und blickte flehend in Dankwards Richtung.

Schließlich sprang der Wolf blitzschnell auf ihn zu und vergrub die Zähne tief in seinem Hals. Ersticktes Gurgeln war zu hören, als der Dämon die Kehle seines Opfers aufriss. Mit seinen krallenbewehrten Vorderpfoten scharrte er auf dem Bauch seines Opfers, zerfetzte es und begann, die Eingeweide zu verschlingen.

Dankward sah es wie gelähmt mit an. Schließlich stand er langsam auf und machte vorsichtig einige Schritte zurück. Der Wolf beachtete ihn nicht, sondern fraß schmatzend an seiner Beute.

In einiger Entfernung glaubte Dankward, die glühenden Augen des Unheimlichen zu sehen. Er drehte sich um und lief durch das Unterholz zurück zu seinem Zuhause. Erst als er aus dem Wäldchen heraustrat und sein Haus sehen konnte, bemerkte er seine eigenen blutigen, nackten Füße. Er humpelte auf das Haus zu – und erstarrte.

Um die Hausecke herum sah er die Ricke mit ihrem Kitz laufen. Beide warfen ihm einen Blick zu, bevor sie dem Weg aus dem Dorf hinaus folgten.

Brennende Tränen liefen ihm übers Gesicht.

Hinter sich hörte er das Knurren.

Die Beerdigung der beiden Toten ging schnell vonstatten. Es waren nur kleine Särge erforderlich, weil bloß wenig von ihren Körpern übrig geblieben war. Einzig die Köpfe waren unversehrt, mit weit aufgerissenen Augen, die sich nicht schließen ließen.

Nachdem die Ernte eingebracht worden war und die ersten Herbststürme übers Land zogen, hatten sich die Bewohner des Dorfes erleichtert darüber gezeigt, dass es keine weiteren Opfer zu beklagen gab. Die Tradition des letzten Schnittes wurde nicht fortgeführt. Auf sämtlichen Feldern ließen die Bauern fortan einen kleinen Teil der Ernte stehen.

Der Autor

André Milewski wurde 1978 im Land zwischen den Meeren geboren. Obwohl er schon immer eine lebhafte Fantasie hatte, war das Schreiben nicht sein primärer Berufswunsch. Eher ungeplant entschloss er sich 2010 dazu, seinen ersten Roman zu schreiben, welcher im Dezember 2012 unter dem Titel »Geheimakte Labrador« schließlich veröffentlicht wurde. Danach folgten in regelmäßigen Abständen weitere Romane. Seit 2017 ist der Schleswig-Holsteiner ausschließlich als freier Autor tätig.

Mehr zum Autor:

www.andre-milewski.de

facebook.com/AutorAndreMilewski

instagram.com/andre_milewski

twitter.com/Andre_Milewski

DIE ROGGENMUHME 2.0

STEFANIE FAHLTEICH

Die Roggenmuhme hat es schwer,
der Husten ärgert sie grad sehr.
So kommt sie langsam nicht drum rum
und schaut sich nach 'nem Hausarzt um.
Der arme Mann schaut schon nicht schlecht:
Die Roggenmuhme gibt's ja echt!
Und lässt sich auch nicht zweimal bitten,
gleich entblößt sie ihre Titten.
Sie hängen bis zum Boden tief,
drum ist ihr Rücken auch ganz schief.
Beim Abhör'n brodelt's in den Lungen.
»Das kommt von diesem letzten Jungen!
Der schmeckte schon ganz widerlich.
Ich glaub', den Knab vertrug ich nicht.
Und auch das Mädel letzte Woche,
hängt mir ganz schön in dem Knoche.«
Ach, was wundert's einen?
So ist das mit den Kinderkeimen.
Wahrscheinlich sind ihr Pneumokokken
in die Lunge reingekrochen.
So sagt der Arzt: »Nimm diese Pillen.
Und nicht so viele Kinder grillen!«
Die Muhme will es nicht versprechen.
Ei, das wird sich noch fein rächen.
'ne Woche später kommt sie wieder,
jetzt schüttelt sie auch hohes Fieber.
Der Arzt zapft schwarzes Blut ihr ab.
Die Muhme fühlt sich gar so schlapp.
Der Abstrich zeigt – ihr glaubt es nicht –,
die Antibiotika, sie wirken nicht!

Der Doktor am Befund erkennt,
die Keime sind jetzt resistent.
Es hilft kein Mittel, hilft kein Flehen,
Muhme wird nun untergehen.

Und die Moral von der Geschicht'?
Kinderfleisch, das isst man nicht.
Durch Kinders viele Arznei
ist 's mit Roggenmuhme nun vorbei.

DIE SAAT DES ZORNS

CLAUS R. KULLAK

23. Juni 178x

Das war der letzte Moment des Friedens, wurde Abel plötzlich bewusst, den er heute haben würde. Vielleicht mochte er den Anblick der Felder deshalb so gerne, wenn sie im Schimmer des frühen Morgens dalagen. Sobald er an den Tag dachte, wollte er sich am liebsten zusammenrollen und gar nicht aufstehen. Aber das würde alles nur wesentlich schlimmer machen. Also atmete er noch einmal tief durch und kroch zur Leiter.

Der Vater stand vor der Waschschüssel und war damit beschäftigt, seinen obersten Hemdknopf zu schließen.

»Guten Morgen, Herr Vater«, sagte Abel.

»Du bist fast zu spät. Ich erwarte, dass du zeitiger aufstehst!«

»Ja, Herr Vater.« Abel senkte den Blick.

Nachdem er sich erleichtert und kurz gewaschen hatte, beeilte er sich, Tragjoch, zwei Eimer und Fett aus der Milchkammer zu holen.

»Ich ...«

»Ja?« Sein Vater würdigte ihn keines Blickes.

»Ich gehe jetzt los.«

»Wird auch Zeit!«, sagte der Alte und fuhr fort, einige Schleifsteine zu prüfen.

Wie er die alte Dorfstraße hinunterrannte, wurde Abel ein bisschen fröhlicher. Als er dann rechts in den Feldweg zwischen ihrer Hufe und der vom Oertel einbog, ging der Junge sogar etwas langsamer. Der Himmel war schon hell, aber bis zum Sonnenaufgang dauerte es noch eine Weile. Bald müsste die Kirchenglocke ... ja, sie schlug. Viertel vor fünf. Er mochte es, zwischen den Feldern zu sein. Doch sein Vater hatte ihm eingebläut, nicht links oder rechts zu sehen, sondern schnurstracks zur Weide zu eilen. Nur einmal blieb er stehen und besah sich die Gerstenähren am rechten Feldrand. Sie waren schon schwer und neigten sich, ihre langen Grannen wie Finger ausgestreckt. Kein Halm rührte sich im klaren Morgenlicht. Schade, dass sie bald abgeerntet wurden. Sein Blick schweifte über die Felder bis zum Fluss. Er würde das beruhigende Rauschen des Getreides im Wind vermissen.

Jetzt aber auf, ermahnte er sich, als spürte er den Blick des Vaters im Nacken, und marschierte die letzten Schritte bis zur Kreuzung, wo er durch das Gatter zur Kuhweide schlüpfte und es wieder sorgsam hinter sich schloss. Frida, Agate, Bärbel und Lotte – so hatte noch die Mutter die Kühe getauft – kamen schon auf ihn zu. Seit er zur Schule ging, molk er die Tiere immer nach dem Alphabet. Bald saß er neben der riesenhaften Agate auf einem alten Schemel, prüfte die Milch, so gut er konnte, rieb das Euter mit Fett ein und machte sich ans Werk.

Nach dem Rückmarsch unter dem Tragjoch mit zwei schwingenden Milcheimern waren die Schulbücher ein Leichtes. Gälte das nur für die Schule selbst! Doch mit dem Herrn Lehrer war es noch schlimmer als mit dem Vater, denn der Herr Lehrer sagte ihm wenigstens ab und zu etwas Nettes. Und die anderen Kinder? Die hörte er jetzt schon von Weitem lachen, sodass seine Schritte zögerlicher wurden.

Vor dem Schulhaus hatte sich ein kleiner Pulk aus Schülern gebildet, in dessen Mitte, wie der Junge im Herankommen erkannte, der kleine Kemper stand, der ... Er hatte Stelzen bekommen! Abel blieb der Mund offen stehen. Oh, wie traumhaft wäre es, einmal so ein Spielzeug sein Eigen nennen zu können! Dann könnte er die neue Dorfstraße am Bach entlang stelzengehen – und vielleicht sogar im Bach selbst. Mann, wäre das schön!

Eben stieg der kleine Kemper wieder auf die Fußtritte und schickte sich nach einigen Schritten im Kreis an, unter lautem Johlen der Schüler die drei Stufen zum Schulhaus hinaufzustelzen. Oben angekommen, sprang er direkt von seinem Spielzeug über die Schwelle. Die anderen Kinder drängten lachend hinterher, doch mit einem Mal wurde es sehr still.

Herr Lippmann, der Lehrer, war ihnen im Gang zum Schulzimmer entgegengetreten. »Kemper«, knurrte er, »so etwas hätte ich niemals von dir gedacht!«

Dann packte er den Jungen im Nacken und stieß ihn vor sich her ins Klassenzimmer, wo er ihn auf seine Bank niederdrückte. Die anderen Kinder folgten wortlos und mit gesenkten Köpfen.

»Dass ihr mich«, sagte der Lehrer mit leiser, überbetonter Stimme, »schon am Morgen so betrüben müsst. Wie oft habe ich euch schon gesagt, ihr sollt dieses Kreischen unterlassen, das die Ohren jedes zivilisierten Menschen beleidigen muss? Und du, Kemper, sollte ich an dir gefehlt und dir nicht beigebracht haben, dass du nicht hoffärtig sein sollst?«

»Nein, Herr Lehrer«, sagte der Knirps, indem er sich erhob.

»Also! Und habe ich euch nicht gesagt, wie wenig ich es schätze, gezwungen zu sein, euch auf den rechten Weg zurückzuführen?«

»Doch, Herr Lehrer.«

»Dann verstehe ich nicht, wie du mir das antun kannst, mich zu zwingen, die Hand gegen dich zu erheben, um dich zum Guten zu führen. Das verletzt mich sehr!«

»Bitte entschuldigen Sie, Herr Lehrer«, brachte der kleine Kemper mit zunehmend erstickter Stimme hervor.

»Du wirst nach der Stunde fünfzehn Streiche mit dem Zollstock bekommen. Danach werde ich mir überlegen, ob ich dir verzeihen kann. Bist du damit einverstanden?«

»Ja, Herr Lehrer.«

»Nun denn«, fuhr der Lehrer mit seiner üblichen lauten Stimme fort, »wir werden jetzt die Bauernregeln für die laufende Woche lernen, denn sie hat zwei Lostage: Morgen ist Johannis und in fünf Tagen Siebenschläfer. Wie das Wetter an den Lostagen ist, so wird heuer der Sommer werden.« Herr Lippmann blickte zum Fenster hinaus. »Und mit diesem Sonnenschein haben wir schon ein erstes gutes Omen.«

So begann die Stunde, in der Abel viel Glück hatte, denn einmal wusste er eine Antwort und einmal wurde er sogar mit einem vom Lehrer gebellten »Rauschmann!« aufgefordert, eine Regel vorzulesen.

»Regnet es am Siebenschläfertag«, buchstabierte er, »es noch sieben Wochen regnen mag.«

Dass er so sein Können zeigen durfte, freute ihn sehr. Nur den Spruch selbst empfand der Junge als bedrückend, sprach er doch von einer kommenden Bedrohung wie den

Schlägen, welche den armen kleinen Kemper am Ende der Stunde erwarteten.

Als es dann so weit war, sagte der Lehrer kein Wort. Langsam knöpfte er sich die Manschetten auf und rollte erst den linken, dann den rechten Ärmel seines Hemdes hoch. Er stand auf, schwang zur Probe den Stock und bedeutete dem Sträfling, vorzutreten und sich am Katheder abgestützt vornüberzubeugen. Dann fiel laut klatschend Schlag um Schlag auf das Gesäß des Kindes, bis Herrn Lippmann der Schweiß auf der Stirn stand und Abel vom schieren Mitgefühl die Knie zitterten.

»Ich hoffe doch sehr«, sagte der Lehrer schließlich, »dass dies das letzte Mal war, dass ich gezwungen bin, ein Kind zu schlagen, um ihm Gutes zu tun!«

Streng blickte er den kleinen Kemper an, bis dieser sagte: »Danke, Herr Lehrer.«

Und so entließ er den Jungen, der mit verbissenen Lippen und bebendem Kinn der Klasse voraus aus dem Schulzimmer humpelte, ohne einen Mucks gemacht zu haben.

Draußen half Abel dem Gebeugten, die Stelzen aufzuheben, die vor der Stunde achtlos liegen geblieben waren. Noch ehe er sie jedoch dem Jungen weitergeben konnte, traf ihn eine Backpfeife, die ihn beinahe von den Beinen riss. Mit Tränen in den Augen blickte er den großen Kemper verständnislos an.

»Du jämmerlicher Häusler fasst die Sachen von meinem Bruder nicht an!«

»Wir haben auch eine Hufe«, wehrte sich Abel.

»Ihr habt gar nichts!«, fuhr ihn der Ältere an. »Mein Vater hat deinem fast alles abgekauft, du Säuferspross.« Und damit schob ihn der große Kemper beiseite und ließ ihn stehen.

»Säuferspross!«, echote der kleine Richter.

»Rauschmann!«, zischte der Zänker-Sohn und stieß den Beschimpften vor die Brust.

Lautlos und ihn scheu anblickend, folgte der Rest der Gefolgschaft des großen Kemper – der Winkler-Junge und die kleine Opitzerin. Abel trottete als Letzter heimwärts.

24. Juni 178x

Gähnend zählte Abel die Glockenschläge. Halb fünf. Es war Zeit aufzustehen, doch er fror. Über Nacht war Wind aufgekommen und zog durch alle Ritzen. Machte er sich auf seiner Schlafstatt ganz flach, konnte der Junge zwischen den Dachbalken hinaus auf die Felder sehen. Die Ähren bewegten sich im Wind. Vor Johanni bitt um Regen, nachher kommt er ungelegen, ging es ihm durch den Kopf, wie er es gestern gelernt hatte. Hoffentlich gab es keinen, jetzt, da das Korn kurz vor der Ernte stand.

»Wird das heute noch was, du fauler Lümmel?«, brüllte der Vater von unten.

Seine Wange schmerzte noch, als er mit schlackernden Eimern die Felder entlangrannte. Gerade bremste er, um rechts in den Weg einzubiegen, da wurde er von einer Stimme angerufen: »Der Mann geht im Korn!«

Abel sah sich um, konnte aber niemanden entdecken.

»Ja, ja, der Mann geht im Korn!«, erscholl es wieder.

Der Junge blickte suchend über die Felder. Er erschrak, als sich zwei lange Arme aus dem Getreide erhoben.

»Der Mann geht im Korn!«, überschlug sich die Stimme.

Als sich die Figur erhob, atmete Abel durch. Es war nur die Enungermutter, die unten im Armenhaus wohnte und irgendwie nicht ganz richtig im Kopf war.

»Was sagen Sie?«

»Der Mann!«, rief sie und trampelte geradewegs über die Halme hinweg auf den Jungen zu. »Siehst du es nicht?«, fragte sie, als sie ihn erreicht hatte. Ihre Augen waren aufgerissen und der Kopf seitlich auf die Schulter gekippt. »Da!« Sie wies unbestimmt ins Feld. »Siehst du die Wellen? Der Mann geht im Korn!«

Tatsächlich zogen lange Wellen durch die Felder. Abel hatte sich nie viel dabei gedacht. Das war doch der Wind. Er mochte den Anblick.

»Der Wind …«, begann er.

»Der Wind!« Ihr Lachen fuhr auf. »Das ist der Kornmann. Er sitzt im Korn und zieht die Kinder hinein.«

Davon hatte ihm die Mutter nie etwas erzählt.

»Er drückt sie an sich und erwürgt sie.«

Stimmte das? War das der Grund, warum die Mutter ihm gesagt hatte, er solle nicht in die Felder gehen?

»Er haut ihnen die Köpfe ab und steckt sie in seinen Sack. Butz!«

Abel stolperte zurück, als ihm die Alte plötzlich mit einem Sack vor dem Gesicht herumwedelte.

»Ist da wirklich ein Mann?«, fragte er zaghaft.

»Butz! Der Mann sitzt im Korn und zieht dich aus.« Sie hatte sich abgewandt und starrte über den zum Fluss hin abfallenden Hügel. Anscheinend wahllos zupfte sie Gräser vom Feldrand ab und stopfte sie in ihren Sack. Plötzlich fuhr sie herum, streckte Abel ihre Hand voll abgerupften Vergissmeinnichts entgegen und sagte in zuckersüßem Singsang: »Ich habe Eisenhut. Er ist giftig. Ich werde ihn verkaufen.«

Da ergriff der Junge seine Eimer und rannte zur Weide, so schnell er konnte.

Als er später mit von den vollen Milcheimern beschwerten Schritten auf dem unebenen Pfad nach Hause ging, flatterte sein Blick immer wieder über die rauschenden Felder. Was hatte die Enungermutter gemeint? Versteckte sich dort wirklich ein Mann? Er musste unbedingt die anderen Kinder fragen, ob ihnen schon einmal von ihm erzählt worden war.

Doch wie lange die erstjährigen Schüler auch untereinander tuschelten, keiner hatte jemals etwas vom Mann im Korn gehört. Nicht einmal die Opitzerin, deren Vater – der Dorfpfarrer – ihr von vielem erzählte, kannte ihn oder einen Butz. Der junge Winkler war ernsthaft besorgt. Und so tuschelten sie noch, als Lehrer Lippmann erschien.

»Was ist das für ein Getöse?«, fuhr er sie an.

»Bitte, Herr Lehrer«, nahm Abel seinen Mut zusammen, »gibt es einen Mann, der im Korn umgeht und einen an sich drückt, bis man erstickt?«

»Das sind Ammenmärchen«, bellte der Lehrer, anscheinend wenig gewillt, sich auf das Thema einzulassen. »Wer hat dir so etwas erzählt?«

»Die Enungerin ...«, begann Abel, doch ehe er ein weiteres Wort sagen konnte, war der Lehrer aufgesprungen, die zwei Schritte zu ihm herübergeflogen und verpasste ihm eine deftige Maulschelle.

»Genug davon!«, schrie er. »Dich werde ich …«, setzte er an, unterbrach sich dann aber. Langsam drehte er sich um und biss sich in die Hand, mit welcher er den Jungen geschlagen hatte. Ein Raunen ging durch die Klasse. Solch einen Ausbruch hatte es noch nie gegeben.

Den Rest des Tages war es, als wäre Abel Luft für den Lehrer. So sehr er sich auch mühte, seinen Fehler wiedergutzumachen – Herr Lippmann sprach mit allen anderen, sah ihn jedoch nicht mehr an. Sein Vergehen schien sehr, sehr schlimm zu sein, wenn der Herr Lehrer so reagierte, dachte Abel. Dabei ging es doch nur um die Geschichte der Enungermutter. Wieso war er da so unwirsch?

Und mit einem Mal wurde es ihm klar: Das war gar keine Geschichte. Den Mann musste es wirklich geben! Und die Erwachsenen wollten, dass die Kinder nichts davon wussten.

Die Maulschelle war nichts gewesen gegen den Spott, der nach der Stunde aus den Mündern der anderen Kinder auf ihn einprasselte – zumal, als er seinen erhärteten Verdacht noch einmal äußerte.

»Der Rauschmann ist besoffen«, lachte der große Kemper. »Der kriegt Albträume vom Kornmann. Kein Wunder, dass dein Vater nur Gerste zieht. Erst Bier, dann Korn, das schütt ma' rein.« Und damit gab er dem viel kleineren Jungen eine Kopfnuss. Da lachten der Zenker und der Richterjunge wie auf Kommando.

»Aber vielleicht hat er recht«, setzte die Tochter von Pfarrer Opitz an.

»Halt du dich da raus«, sagte der Lulatsch. »Weiber haben gar nichts zu sagen!«

Immerhin einen Freund gab es, auf den Abel sich verlassen konnte. Deshalb ging er an diesem Abend zum Steirer, einem alten Bauern, der in seinem Ausgedinge auf der anderen Seite der Striegis lebte. Das Häuschen lag unweit von Kempers Gut, weshalb Abel immer Angst hatte, einem der Brüder zu begegnen.

Er musste nicht lange warten, bis der Mann langsam und auf seinen Stock gestützt aus der Tür schlurfte und sich neben ihn auf eine Bank setzte. Mit raspelnder Stimme befragte er den Jungen zu seinen jüngsten Abenteuern. Die Hände hatte er auf dem Knauf seiner Gehhilfe gefaltet und lauschte aufmerksam. Nur um ihn zu ermahnen, für sich einzustehen und sich gegen die anderen Kinder zu wehren, erhob er einen zitternden Zeigefinger.

Vom Kornmann allerdings hatte der Steirer noch nie etwas gehört. »Ich kenne diesen Aberglauben nicht. Aber weißt du«, begann er zu erzählen, »die Enungermutter ist halt auch nicht mehr ganz richtig im Kopf. Vielleicht war sie das nie. Auf jeden Fall sagt man das, seit sie – da war sie selbst noch fast ein Kind – geschwängert wurde. Die Frucht hat sie dann aber verloren.«

»Was für eine Frucht?«

»Ach, dafür bist du noch zu klein. In jedem Fall nennt man die Enungerin seither die Enungermutter. Sie hat es immer mit Kindern wie dir, als hätte sie Sehnsucht. Früher hat sie sie immer in den Arm genommen, aber das haben die Leute ihr ausgetrieben. Grausam.« Der Blick des Mannes verfing sich irgendwo in den Baumwipfeln. »Doch das Schlimmste ist nicht das, was dir angetan wird, sondern das, was du selbst zu Unrecht getan hast.« Und mit leeren Augen fuhr er fort: »Den Geschmack des Blutes, das du vergossen hast, wirst du niemals wieder los.«

Abel sah betreten auf seine Finger, mit denen er nicht einmal eine Schabe zerquetschen wollte, wie es der Vater immer tat, der ihn deshalb einen Schwächling nannte.

»Wobei sie auch damals schon immer wieder von einem Mann im Korn gesprochen hat«, kam der Steirer auf das Thema zurück.

»Sie hat Butz gesagt«, fiel dem Jungen plötzlich ein.

»Butz? Wie ein Hausgeist?« Er überlegte. »Ich glaube, die Enungerin meint den Tattermann, nicht den Kornmann!«

»Wer ist der Tattermann?«

»So sagt man in meiner Heimat zur Vogelscheuche«, erklärte er lachend und deutete mit seinem Stock auf eine Strohfigur, die mit halb heruntergerutschter eckiger Kappe im knietiefen Gras hinter dem Gemüsebeet stand.

25. Juni 178x

Am nächsten Tag war das Rauschen der Felder noch stärker geworden. Abel hörte es schon, während er im Traum Männer sah, die mit Sensen durchs Getreide gingen, aber nicht mähten. Aus dem ruhelosen Schlaf erwacht, sah er zu, dass er aus dem Haus kam, bevor der Vater aufstand. Über

Nacht hatte es geregnet, und das würde ihn nicht glücklich machen.

»Vor dem Johannistag man Gerst' und Hafer nicht loben mag«, sagte der Junge vor sich hin und hoffte inständig, dass der Regen aufhören und man das Getreide noch würde loben können, sonst wäre der Vater wochenlang unerträglich.

Wolkenfetzen eilten über den Himmel und Schatten über die Felder. Abel richtete seinen Blick stur geradeaus, bis er die Weide erreicht hatte, wohl gewillt, keinen Mann oder sonst etwas im Korn gehen zu sehen. Dort war das Gras so nass, dass er beim Melken beinahe mit seinem Schemel einsank. Die Kühe waren ebenso unruhig wie er selbst, was seine eigene Anspannung noch verstärkte. Immer wieder musste er unterbrechen und die Tiere beruhigen, damit diese sich nicht bewegten. Verstohlen sah er sich von Zeit zu Zeit um, doch er war allein.

Nachdem er beide Eimer gefüllt und am Joch eingehängt hatte, stemmte er sich auf seine dünnen Beine und stakste durch das Weidegatter auf den Feldweg. Dort mied er sorgsam das rutschige Gras in der Wegmitte und versuchte, sich in den Spurrillen der wenigen Wagen zu halten, die hier entlanggefahren waren. Es hatte wieder zu regnen begonnen, und der Wind drückte eigentümlich ins Getreide. Und dann, kurz vor der Weggabelung am Ende von Oertels Felddreieck, geschah es:

Abel sah aus dem Augenwinkel, wie sich eine dürre Gestalt aus dem Hafer erhob. Nur für eine Sekunde blickte er in ihre Richtung – gerade lang genug, um zu sehen, dass sich ihre Kopfbedeckung scharf wie ein Dreieck gegen den Himmel abhob und ihr weiter, grauer Mantel um einen ungewöhnlich ausgemergelten Körper und einen noch größeren Stab wehte.

Abel rannte los. Mehr schlitternd als die Füße setzend, hetzte er den Weg hinunter in Richtung Dorf. War das der Kornmann gewesen? In diesem Moment rutschte ihm der Fuß weg, und er schlug mit dem rechten Knie auf. Mit aller Kraft zerrte er an seinem Joch, um die Eimer unter Kontrolle zu halten, die gefährlich pendelten. Oh Gott, jetzt würde der Mann ihn erwischen! Indem er sich hochrappelte, drehte er sich nach seinem Verfolger um.

Doch in diesem Moment verlor Abel das Gleichgewicht und schlug flach auf dem Rücken auf. Die Eimer stürzten zu Boden und vergossen ihren warmen Inhalt über den Jungen, den Weg und die Feldränder.

Panisch stellte er sie wieder auf, doch es war zu spät: Sie waren leer. Sein Blick folgte dem Weg zurück, den er gekommen war, in Erwartung, den Mann zu sehen. Doch er war allein.

Und so ließ er seinen Kopf zurück auf den Boden sinken und weinte. Er weinte wegen seiner Angst. Er weinte wegen der Milch. Er weinte wegen der Schmerzen in seinem Rücken – wegen derjenigen, die er schon hatte, und wegen derjenigen, die er noch bekommen würde.

Als er die Stube betrat, räusperte er sich leise und sagte: »Herr Vater, ich …«

Doch der Vater wusste sofort, was geschehen war. Die Faust traf Abel nicht unerwartet. Und auch die nächste nicht. Und die übernächste. Und für jedes Wort eine:

»Eines Tages erschlage ich dich. Du bist eine wertlose Plage!«

»Ich hatte Angst«, brachte der Junge in einer Atempause des Vaters hervor.

»Angst?« Der alte Rauschmann packte ihn beim Haar und hob seinen Kopf vom Boden. »Wovor könntest du wohl Angst gehabt haben! Ich weiß schon: Das ist das Werk deiner Frau Mutter. Die hat dich verzärtelt mit ihrer Affenliebe! Gut, dass sie tot ist!« Er ließ den Schopf des Jungen los, sodass dieser stumpf auf den Boden zurückfiel. »Geh mir aus den Augen, du Nichtsnutz«, fauchte er und schritt aus der Stube. Dann streckte er noch einmal den Kopf herein und sagte mit nicht minder kalter Stimme: »Und wage es ja nicht zu heulen!«

Schwer wog die Enttäuschung in der Stimme des Lehrers, als Abel viel zu spät ins Schulzimmer humpelte und sich auf seinen Platz kauerte. »Gut, dann wirst eben auch du fünfzehn Streiche bekommen«, sagte er nur und ging dann wieder dazu über, den Jungen zu ignorieren.

Der Vater liebte es, Abel auf den Kopf und vor allem auf die Außenseiten der Oberarme und der Oberschenkel zu schlagen, wo die Haut dünn und sein kleiner Körper knochig war. Das tat viel mehr weh als Schläge in die Rippen. Seinen Hintern rührte der Vater nie an; das war Sache des Herrn Lehrers und seines Lineals.

Abel hatte es oft genug gespürt, dieses scharfe Ziehen des Schlages, erst in einem Streifen und sich dann über die ganzen Pobacken ausbreitend. Und dann Streich für Streich dasselbe, bis sich am Ende ein Muster aus fingerbreiten rot geschwollenen Striemen kreuz und quer über seine Haut zog. Er wusste genau, dass er danach nicht mehr auf der einzigen Stelle würde sitzen können, die ihm jetzt noch nicht wehtat. Doch selbst das Warten auf den Schmerz war schon ein Schmerz für sich.

Als Herr Lippmann Abel am Ende der Stunde anblickte und ausdruckslos mit dem Kopf in Richtung des Katheders nickte, stand er auf, ging nach vorne, beugte sich der Gewalt und wartete, bis es vorbei war.

Alles, was danach geschah, erlebte Abel wie durch einen Schleier: dass auch der kleine Kemper-Junge wieder geschlagen wurde; dass dieser sich anschließend mit seinem Bruder stritt, bevor er weinend mit seinen Stelzen abzog, von denen er, wie es schien, wider besseres Wissen nicht lassen konnte; dass sich Richter und Zenker wie immer königlich amüsierten; dass der alte Kemper den Winklerjungen dazu zwang, seine Bücher und noch mehr Zeug in einem großen Bündel für ihn heimzutragen, obwohl der sich dem Kemper und seinen Freunden sonst vergeblich anbiederte; und dass die Opitzerin ihm mitleidig nachsah. Doch all das berührte ihn nicht. Er schleppte sich nach Hause, fand den Vater betrunken in der Stube schlafend und rollte sich schließlich auf seinem Lager zusammen, um in dumpfen Schlaf zu fallen.

Später schlich sich Abel mit schmerzenden Gliedern an seinem Vater vorbei. Er wollte zum Steirer. Und vorher wollte er noch die Enungermutter aufsuchen, um sie etwas zu dem Mann im Korn zu fragen.

Im Inneren des Armenhauses, einer winzigen Kate, stank es nach Urin und nasser Kleidung. Offensichtlich war die Alte lange im Regen unterwegs gewesen, der inzwischen aufgehört hatte. Er wollte sich nicht setzen, so blieb er in der Türe stehen.

»Können Sie mir sagen, Frau Enunger, wie der Kornmann aussieht?«

»Hast du Angst?«, fragte sie. »Du hast nicht genug Angst!« Sie dachte nach, bevor sie ergänzte: »Man sagt, er hat einen Dreispitz auf wie der Preuße. Einen grauen Mantel hat er und einen gewaltigen Krückenstab.«

Dem Jungen kräuselte sich die Haut bis in den Nacken. Das war genau die Gestalt, die er gesehen hatte!

»Danke, Frau Enunger«, brachte er hervor.

Doch gerade als er sich umdrehen wollte, sagte sie: »Warte! Das ist nicht, wie ich ihn gesehen habe. Da hatte er auch einen Stab, aber der war ganz klein und stach, bis es blutete. Und dann machte es butz, butz, butz.« Bei diesen Worten klatschte sie rhythmisch in die Hände und starrte den Jungen mit weit aufgerissenen Augen an.

Er hatte genug gehört. Die Enungermutter war wirklich nicht ganz richtig im Kopf. Eiligen Schritts folgte er dem gewundenen Dorfweg zum Haus des Steirers.

Doch was er dort fragen wollte, hatte gar nichts mit dem

Mann im Korn zu tun, obwohl er sich nun sicher war, dass es ihn gab und er ihn gesehen hatte. Vielmehr war es ein Gedanke, der sich mit jedem Schlag des Herrn Lehrers mehr in ihm verfestigt hatte.

»Ich bin unwichtig und niem…«, sagte Abel.

»Ja, das bist du«, fiel ihm der Steirer ins Wort, »wenngleich nicht mir. Aber wir, wir sind alle unwichtig. Das habe ich in Freiberg gelernt und in den anderen Schlachten. Deswegen habe ich sie da hingehängt und mit Stroh ausgestopft – meine alte Uniform.« Der Alte wies vage auf die Vogelscheuche. »Wir sind alle nur Strohmänner und Kugelfänger.«

Mühsam kam er auf die Beine und wackelte zu der Puppe hinüber.

»Da!« Er deutete auf ein ausgefranstes Loch in dem verwitterten Stoff. »Da hat mich eine preußische Kugel erwischt.« Und indem er den zerdrückten Hut vom Strohkopf nahm und damit in Abels Richtung wedelte, fügte er hinzu: »Beinahe hätten sie den Hut für mich ziehen müssen. Beinahe. Aber ich bin noch einmal davongekommen und kann, wenn Gott will, in Frieden sterben.«

Ein Gefühl schwoll in Abels Brust, aber er wusste nicht, wie er es ausdrücken sollte. Er konnte überhaupt nicht gut über das reden, was in seiner Brust war, weil niemand mehr hören wollte, was in seiner Brust war, seit der Mutter Tod. Er wollte nicht, dass der Steirer auch starb.

»Na, da habe ich dich wohl erschreckt«, sagte der Alte und klopfte Abel dabei freundschaftlich auf die Schulter. Er musste eine Schnute gezogen haben. Unbeholfen schaute er zu Boden, während der Steirer sich wieder auf seiner Bank niederließ.

26. Juni 178x

Das Plätschern des Regens weckte Abel noch vor der Kirchenglocke. Auch der Wind schien aufgefrischt zu haben. Wollte es denn nicht endlich aufhören? Das Getreide war reif, es musste eingebracht werden. So würde es doch nur verderben und verfaulen. Wie war das noch mal? Peter und Paul macht dem Korn die Wurzel faul? Das durfte nicht passieren! Sosehr er sich jedoch zu erinnern suchte, ihm fiel nicht ein, wann Peter und Paul war.

Als die Glocke schlug, machte er den unvorsichtigen Versuch, sich zu strecken. Die kühle Luft dagegen tat seinen Gliedern ein bisschen gut.

So schnell er konnte, huschte er die Leiter hinab und am Vater vorbei in die Milchkammer.

Während er sich das Joch über die Schulter legte, machte der ihm klar, was ihm bevorstehe, falls er wieder die Morgenmilch verschüttete: »Ich breche dir jeden Knochen. Und davor«, sagte er, indem er Abel harsch am Unterkiefer griff und zu sich heranzog, bis dieser seinen üblen Atem riechen konnte, »solltest du mehr Angst haben als vor irgendetwas da draußen.«

»Ja, Herr Vater.«

Tatsächlich hatte sich der Junge darüber Gedanken gemacht. Und in Erinnerung an das, was die Enungermutter gesagt hatte, war er auf die Idee gekommen, einen langen spitzen Stock mitzunehmen, um sich den Kornmann gegebenenfalls vom Leib halten zu können. So bewaffnet, eilte er hinaus in den Regen und erreichte, sich häufig umblickend, die Weide.

Sorgfältig deckte er nach getaner Arbeit die Eimer gegen

den Regen ab und schulterte die Last. Sofort erkannte er, dass er so auf keinen Fall den Stock würde mitnehmen können. Das Gewicht und die Schwingung der Eimer machten das schlicht unmöglich. Abel ließ sich wieder auf den Schemel sinken und lehnte den Kopf an die Flanke von Lotte, die immer noch neben ihm stand und graste. Die Wärme und der Duft des Tieres beruhigten ihn nach einiger Zeit, sodass er sich entschied, es ohne Stock zu probieren. Sollte der Mann im Korn wiederauftauchen, würde er einfach die Eimer abstellen und sie verteidigen.

Stramm wehte der Wind ihm den Regen ins Gesicht, nun da er ihm nicht mehr den Rücken zudrehte. Zum Glück hatte er gelernt, sich jedem Wetter, ohne sein kleines Leben zu achten, entgegenzustellen. So bewegte er sich also langsam voran und balancierte die Eimer vorsichtig längs des Felddreiecks, aus dem gestern der Mann gekommen war. Mit jedem Schritt wanderte sein wachsamer Blick über das Haferfeld zur Rechten. Dabei zählte er bis fünf und drehte dann den Kopf flugs nach links, um das eigene Gerstenfeld zu taxieren. In dieser Weise ging es Meter um Meter vorwärts, während ihm der Regen in die Augen rann.

Und wie er gerade wieder nach links blickte, war ihm, als schösse rechts eine Gestalt in die Höhe. Augenblicklich ging er in die Knie und stellte die Eimer sicher ab. Dann streifte er das Joch von den Schultern und sprang auf. Doch da war niemand. Eilig rannte er einige Meter am Feld entlang und sprang immer wieder hoch, um besser sehen zu können. Gerade noch hatte er gemeint, ein leises Wimmern zu hören. Trotzdem blieb es dabei: Da war niemand. Lediglich entlang des Weges in der Richtung, aus welcher er gekommen war, glaubte er, einen Hut davonfliegen zu sehen. Erst als er sich wieder sicher fühlte, setzte er seinen Weg fort.

Das Knirschen der Eimer auf dem Boden der Milchkammer schließlich löste die Anspannung. Abel hatte es geschafft! Ein Lachen entrang sich seiner Brust, und er stützte sich auf den Milchzuber, um durchzuatmen.

»Willst du mich auslachen?«, fauchte ihn da der Vater an.

»Nein, Herr Vater!«, fuhr Abel herum.

»Gut, denn einen anständigen Knaben hört man nicht. Man sieht nur, dass seine Arbeit getan ist. Los: durchsieben, entrahmen! Muss man dir denn alles erklären?«

»Nein, Herr Vater. Selbstverständlich, Herr Vater«, dienerte der Junge und tat, wie ihm geheißen.

Nachdem sein Plan, wie er sich gegen den Kornmann zur Wehr setzen konnte, gescheitert war, wollte Abel nun doch den Steirer nach einer neuen Idee fragen. Als sie abends wegen des Regens in seinem engen Häuschen saßen, erzählte er alles – alles, bis auf die Prügel, die er bezogen hatte.

»Haben sie dich wieder geschlagen?«, musterte ihn der alte Mann. Und noch bevor der Junge lügen konnte: »Wer war es? Der große Kemper?«

»Ja, der«, sagte Abel erleichtert. Dabei schämte er sich wenigstens nicht so sehr.

»Du musst dich wehren«, sagte der Steirer mit raspelnder Stimme. »Ja?«

»Ja«, antwortete Abel und blickte zu Boden.

»Und heute hast du den Mann wiedergesehen?«

»Ich bin mir nicht sicher.«

»Wie kannst du dir nicht sicher sein?«

»Ich habe ihn gesehen, aber dann war er weg. Nur den Hut sah ich wegfliegen.«

Mit zwei schnellen Schritten, die Abel ihm gar nicht zugetraut hätte, war der Steirer am Fenster, hielt sich am Rahmen fest und blickte hinaus. »Der Hut, hm?«

»Ja.«

Es verging eine ganze Weile, wobei der Alte mehrmals mit dem Fingernagel an die Scheibe tippte, durch welche er noch immer hinausblickte. Als er sich schließlich umdrehte, sagte er nur: »Überlass das mal mir.«

Und damit schob er den protestierenden Jungen zur Tür hinaus, der sich ohne Rat um das Recht, sich zu verteidigen, ja beinahe um das Lebensrecht selbst betrogen fühlte.

27. Juni 178x

Am Siebenschläfertag schüttete es in Strömen, und der Sturm ging so stark, dass Abel nicht wusste, ob sein Gesicht daher oder noch von den nächtlichen Tränen feucht war. Er wusste, dass Siebenschläfer wichtig war, doch er hatte die Bauernregel vergessen. Gestern meinte er sie noch gewusst zu haben. Wenn nass und kalt der Juni war, verdirbt er gleich das ganze Jahr? Nein, das war es nicht; darin kam kein Siebenschläfer vor.

Und überhaupt hatte er Wichtigeres zu überlegen. Die halbe Nacht hatte er wach gelegen, weil er nicht wusste, wie er sich gegen den Kornmann wehren sollte, falls der wiederkam – Hut oder nicht. Er könnte sich vielleicht mit dem Joch verteidigen, wenn es ihm gelänge, dieses hoch genug zu schwingen, grübelte er wieder, während er Melkfett und Eimer zusammensuchte. Beinahe hatte er sich schon in seiner Ratlosigkeit auf den Weg gemacht, als ihm Vaters Messer einfiel. Und als der gerade nicht hinsah, schob er sich die Waffe flink in den Hosenbund.

Auf dem Weg die alte Dorfstraße hinunter merkte Abel, dass ihm das Messer in die Leiste stach. Er musste aufpassen, dass er sich damit nicht selbst aufspießte.

Der Regen peitschte ihm in den Rücken, doch das war nicht der Grund für seine Gänsehaut: Vor seinem inneren Auge sah er die dürre Gestalt aufragen. Wie in seinen Träumen zuvor spürte er die langen Arme nach ihm greifen und ihn würgen. Er glaubte, beinahe die Klinge im Nacken zu fühlen, mit der ihm der Kopf abgehauen werden sollte.

Bald kam er an die Stelle, an welcher er den Kornmann zuletzt gesehen hatte. Jedoch drückte der Wind den Hafer nieder – und dort war niemand. Bald war er an dem Felddreieck vorbei, in welchem er die Bedrohung wähnte. Jedoch trieb ihm der Wind Regen in die Augen, sodass er nichts mehr sah. Bald war er an der Kreuzung, wo er rechts durch das Gatter der Weide schlüpfen konnte und links der Weg zum Fluss abfiel. Jedoch rauschte der Wind lauter in seinen Ohren als im Getreide.

Mit einem Mal erhob sich ein fürchterliches Geschrei aus vielen Stimmen. Ein ungeheuerlich wütendes Tier, wie Abel es noch nie gehört hatte, brüllte aus tiefster Kehle lauter als alles andere. Dazwischen kreischten Kinder. Das musste der Kornmann sein! Er war auf der Jagd nach Kindern!

Abel ging mitten auf dem Feldweg in die Knie und klammerte sich mit beiden Händen an sein Messer.

Da machte er im Schreien des Tieres menschliche Worte aus: »Habe ich euch! Ihr kommt mir nicht davon!«

Ja, das ist er. Das ist der Kornmann!, dachte der Junge.

»Ich hole Abel!«

Oh, nein, nein! Was sollte er nur tun?

Und als der Kornmann in weitem Mantel aus dem Ackergraben gestiegen kam, sprang Abel – blind vor Angst und Regen – auf und rammte das Messer so fest in die dürre Figur, wie er nur konnte. Der Kornmann warf sich über ihn und umklammerte mit scharfen Fingern seine Schultern. Und Abel stach zu und stach zu, bis es warm über seine Hände sprudelte und die Gestalt ihn zu Boden drückte, sodass er das Messer nicht mehr herausziehen konnte.

Mühsam wälzte er sie von seinem kleinen Körper auf ihren Rücken. Er versuchte, sich den Regen aus den Augen zu wischen. Ein letztes Mal griff eine Hand nach dem Jungen. Der Mann versuchte, sich ein Stück aufzurichten. Dabei rutschte ihm seine Mütze vom Kopf.

Und so konnte Abel ihn erkennen: seinen einzigen Freund, den Steirer. Das Blut warf Bläschen auf den alten Lippen, die sich bewegten.

»Dich schützen ...«, formten sie.

Doch die Lippen hörten auf, sich zu bewegen. Und der Regen wusch das Blut fort.

Was hatte er getan? Wo kam der Steirer jetzt her? Wieso? Abel wischte sich den Regen aus dem Gesicht und sah auf seine Hände, die schlammig und rot waren. Sein Gehirn konnte keine Worte mehr formen, kannte keine Gedanken mehr außer: Ich habe meinen Freund getötet.

Und Abel schmeckte das Blut.

Der Autor

Claus R. Kullak hat das Glück, Schüler*innen unter anderem in Kreativem Schreiben und Journalismus zu unterrichten. Davor hat er auch als Journalist, Redakteur und Verleger gearbeitet. Sein Studium schloss er in Rhetorik ab, wobei er sich auf Erzähltheorie spezialisierte. Er ist ein Plotter und Recherchefanatiker. Seit den 1990ern hatte er hin und wieder Lesungen und Veröffentlichungen. Geboren wurde er 1975.

Mehr zum Autor:
prepon.de
facebook.com/Claus.Kullak
instagram.com/claus.kullak
twitter.com/ClausKullak

NICHTS WIE RAUS AUS MÄRCHENSTADT

THOMAS WILLIAMS

Wir hatten gerade zu Abend gegessen, als der Fuß durch die Decke unseres Verstecks krachte und drei von uns unter sich zermalmte. Es ging so schnell, dass ich nicht einmal mitbekam, um welche meiner Brüder es sich handelte. In dem gleich darauffolgenden Durcheinander war es außerdem unmöglich, nach jemandem Ausschau zu halten.

Kein Einziger von uns dachte an den wohlüberlegten Notfallplan. Aber es hatte wohl auch niemand geglaubt, dass der Angriff so plötzlich erfolgen würde. Selbst unsere Verfolger waren überrascht, wie ich als Einziger mitbekam. Während meine Brüder um mich herum in Panik umherrannten, blieb ich wie angewurzelt stehen und sah, wie der Fuß wieder emporstieg. So schnell, dass er einen weiteren Teil der Decke zerstörte. Eigentlich war sie nur der morsche, von Käfern zerfressene Fußboden einer Wohnung, in der sich gleich mehrere Riesen aufhielten und nach uns suchten. Nachdem der gigantische Fuß verschwunden war, glotzte ein blutunterlaufenes Auge durch das Loch. Darunter sah ich eine klobige Nase und ein fast zahnloses, breiter werdendes Grinsen.

»Daaa sind süüü!«, lallte der Riese.

Sofort fassten mehrere Hände in das Loch hinein und gemeinsam begannen sie den Fußboden auseinanderzureißen. Einer konnte es gar nicht abwarten, griff nach uns und bereute es sofort, als er eine unserer Fallen auslöste.

Wir Heinzelmännchen mögen klein sein, aber wir sind nicht umsonst für unseren Fleiß und unser Geschick bekannt. Ein gespanntes Gummiband katapultierte eine Gabel in den Handrücken des gierigen Riesen und ließ ihn mit einem ohrenbetäubenden Schreien zurückweichen.

Trotzdem versuchte es gleich darauf ein anderer und es gelang ihm, zwei von meinen Brüdern zu packen. Für einen Moment glaubte ich, ihre erstickten Schreie in der geschlossenen Faust zu hören, dann zog diese sich auch schon zurück.

Jemand zerrte an meiner Schulter und brüllte: »Jetzt beweg deinen mickrigen Arsch! Oder es ergeht dir wie den Schlappschwänzen da oben!«

Nummer 90 hatte recht. Die meisten von uns waren schon in diverse Richtungen geflüchtet. Es blieben nur noch wir beide, Nummer 12 und Nummer 34. Meine treusten Brüder. Nie wären sie ohne mich geflohen. Und ich wollte nicht schuld an ihrem Untergang sein, also rannten wir gemeinsam los.

Der Plan war gewesen, die Nacht in dem Zwischenraum unter dem Fußboden der alten Crackbude zu verbringen. Genau unter unseren Verfolgern, denn dort würden sie ganz bestimmt nicht nach uns suchen. Und außerdem befanden wir uns in der Nähe unseres eigentlichen Ziels: dem Hafen. In wenigen Stunden sollte ein Schiff auslaufen und auch die letzten unserer Art aus Märchenstadt fortbringen. Doch die morschen Dielen machten uns einen Strich durch die Rechnung.

Jetzt mussten wir wieder um unsere Leben rennen. Wie schon seit Wochen.

»Wir werden alle sterben!«, schrie Nummer 12.

Trotz seiner niedrigen Ziffer war er der Jüngste von uns vieren. Es hatte schon vor ihm viele weitere Wichtel mit der Nummer gegeben. Wenn einer von uns starb, wurde seine Nummer an den Wichtel weitergereicht, welcher als nächstes geboren wurde. Auch vor mir hatte es schon viele mit der Nummer 4 gegeben. Und ich hatte bereits viele Wichtel kommen und gehen sehen.

In den letzten Tagen waren die meisten meiner Brüder ausgelöscht worden. Nummer 90 würde alles tun, damit es uns nicht auch so erging. Er riss Nummer 12 mit sich, sodass dieser heulend hinter ihm her stolpern musste.

Wir hielten auf das Loch in der Wand zu. Es war nur einer von vielen Fluchtwegen und ausgerechnet der gefährlichste, aber auch der am schnellsten erreichbare. Um ihn benutzen zu können, mussten wir uns selbst gebastelte Fallschirme umlegen.

»Ich kann das nihihihihiiiicht!«, heulte Nummer 12, während er den Rucksack schulterte.

Nummer 90 gab ihm eine schallende Ohrfeige. Er war schon immer ein ziemlicher Grobian gewesen, aber der Schlag ins Gesicht ging definitiv zu weit.

Das sah auch Nummer 34 so. Er packte Nummer 90 am Arm und riss ihn zu sich herum. »Wenn du ihn noch einmal anfasst …«

Unser hitzköpfiger Bruder stieß ihn von sich und somit fast in das hinter ihm liegende Loch. Mit wedelnden Armen hielt Nummer 34 sein Gleichgewicht. Während er kreidebleich dreinblickte, schrie Nummer 90 ihn an: »Wag es, *mich* noch einmal anzupacken, und ich werfe dich den Großmäulern zum Fraß vor.«

Unsere eigentlichen Feinde waren Katzen, Hunde und Vögel. Da wir ihnen nützlich sein konnten, verhielten sich Menschen uns gegenüber immer wohlgesonnen. Ich sehnte mich nach der Zeit zurück, als man uns Milch und Kekse hingestellt hatte, um sich für unsere Dienste zu bedanken. So gut wie nie ließen wir uns blicken. Wir arbeiteten im

Verborgenen, deswegen fiel es unseren Häschern auch so schwer, uns zu finden. Als sich herausstellte, dass unser Blut eine berauschende, schnell abhängig machende Wirkung auf Menschen hatte, machten diese plötzlich Jagd auf uns.

Schon bald fingen sie an, ihre Häuser auseinanderzunehmen, um uns zu finden. Einer von ihnen galt als besonders gefährlich. Er schreckte vor nichts zurück. Nicht einmal davor, andere Menschen aus dem Weg zu räumen, um ein paar von uns in die Finger zu kriegen. Wegen des Gerüchts, dass er uns am liebsten mit Müsli verspeiste, nannten wir ihn *den Hafermann*.

Ich hatte ihn noch nie gesehen, kannte aber Geschichten über ihn. Es hieß, er sei größer als ein normaler Mensch. Andere behaupteten, er sei ein Hexer. Und wieder andere sagten, er sei unsterblich. Dass er schon mehrmals gestorben war, aber immer wiederkäme. Und niemand konnte beschreiben, wie er aussah. Aber ich schweife ab.

Nummer 90 stieß Nummer 12 in das Loch und ließ ihm somit keine andere Wahl, als seine Künste im Fallschirmspringen zu testen. Nummer 34 sprang unserem Bruder hinterher. Ich wollte Nummer 90 zurechtweisen, aber sein Blick ließ mir das Blut in den Adern gefrieren. Noch nie hatte ich so viel Zorn und Hass in den Augen eines Wichtelmännchens gesehen.

Wie schon erwähnt, besaß er ohnehin keine sehr umgängliche Art, aber sein aggressives Verhalten musste mit dem zu tun haben, was wir in letzter Zeit erlebt und gesehen hatten. Die meisten versetze es in Angst, aber Nummer 90 machte es einfach nur wütend.

Schon immer hatte er eine gewisse Abneigung gegenüber Menschen gehabt, bezeichnete sie als faul und undankbar. Dennoch ging er seinen Pflichten nach, denn das lag nun mal in unserer Natur.

Er gab mir einen Stoß zwischen die Rippen. »Spring, du Armleuchter.« Er konnte niemanden ansprechen, ohne ihn zu beleidigen oder ihm zu drohen.

Nur wenige Schritte neben uns krachte ein weiterer Fuß durch die Bodendielen. Schon längst hatten wir das sich stetig wiederholende Trampeln gehört. Ein großes Gesicht schob sich vor das Loch. Nicht das gleiche wie eben. Dieses trug eine Brille mit den dicksten Gläsern, die ich je gesehen hatte. Das linke war gesprungen. Im Gegensatz zum Ersten begann er nicht zu grinsen. Sein Ausdruck blieb vollkommen leer, als er plötzlich eine Hand in das Loch schob. In ihr hielt er einen silbernen, dreckigen Löffel.

»Der beschissene Hafermann!«, knurrte Nummer 90 und krempelte seine Ärmel hoch. »Na, dem werde ich …«

Diesmal war ich es, der grob wurde. Um meinen Bruder vor dem sicheren Selbstmord zu bewahren, packte ich ihn an den Schultern und riss ihn mit aller Kraft durch das Loch in der Wand.

Dass wir gemeinsam in die Tiefe stürzten, ermöglichte es ihm, mir ins Gesicht zu brüllen. »Dafür trete ich dir in die Eier, du Feigling!«

Er wurde eins mit der Dunkelheit, während wir blind herabfielen. Zum ersten Mal wurde mir bewusst, dass ich weder wusste, wie lange wir fallen würden, noch wie viel Platz um uns herum war. Was, wenn unsere Fallschirme von rostigen Nägeln aufgeschlitzt würden? Oder wenn wir hängen blieben und nicht herunterkämen? Schon jetzt konnten wir zu nahe am Boden sein und Gefahr laufen, jede Sekunde aufzuschlagen.

Ich riss an der Leine meines Fallschirms. Nur eine Sekunde später gab es einen Ruck und ich befürchtete, der Aufwind könne mich in die Fänge meiner Verfolger treiben, aber dann begann ich zu sinken. Langsam und immer noch vollkommen blind. Aber nicht taub, denn Nummer 90 fluchte immer noch aus vollem Halse. Schon bald konnte ich Nummer 12 heulen hören, dass er das nie, nie, nie, nie wieder machen würde.

Schließlich war fester Boden unter meinen Füßen.

»Wir hätten uns irgendwie um Licht kümmern sollen«, merkte ich an.

»Hier sind Kabel, an denen wir uns entlangtasten können«, sprach Nummer 34 überraschend nahe rechts von mir.

»Na, dann los. Der Hafermann hat uns gerade fast den Arsch aufgerissen!«, keifte Nummer 90, lief blind in mich hinein und fügte mit sich fast überschlagender Stimme hinzu: »Pass doch auf, wo du hinläufst!«

Bis zu diesem Augenblick hatte ich nie darüber nachgedacht, einem meiner Brüder Gewalt anzutun, aber für einen klitzekleinen Moment überlegte ich, ihm auf die Nase zu hauen. Und bei den Wichtelgöttern, hätten wir mehr Licht gehabt, ich hätte es getan.

»Los jetzt. Bevor sie hier unten sind«, hörten wir Nummer 34 sagen.

Ich musste nur einen Arm in seine Richtung ausstrecken, da spürte ich schon die Plastikverkleidung der dicken Kabel unter meiner Hand. Ohne sie loszulassen, gingen wir tiefer ins Dunkel hinein. Es kam mir wie eine Ewigkeit vor, bis wir Licht entdeckten.

Nummer 34 begann zu lachen, und auch ich konnte

meine Freude nicht verbergen. Doch Nummer 12 schrie immer noch Rotz und Wasser heulend: »Das ist eine Faaalleee!«

»Erinnert mich daran ihn umzubringen, wenn wir das hier überleben!«, sagte Nummer 90.

»Nummer 4, du gehst voran«, befahl Nummer 34.

»Aber wieso denn ich?« Meine Stimme war ein heiseres Kieksen. Und ehe Nummer 34 etwas erwidern konnte, begann Nummer 90 mir in den Rücken zu stoßen.

»Jetzt mach dich mal nützlich, du Penner! Wir riskieren schließlich Kopf und Kragen, um deinen müden Hintern zu retten. Da kannst du auch mal was für uns tun.«

Das Licht lag hinter einer Kurve und war eindeutig künstlich. Der Tunnel führte in eine Küche. In all den Jahren, die ich nun schon lebte, hatte ich mich an den Anblick der gigantischen Menschenmöbel gewohnt. Besonders sauber war es hier nicht. Ich musste klebrigen Flecken ausweichen. Auf einer Arbeitsplatte weit über meinem Kopf neigte sich ein Stapel dreckigen Geschirrs bedrohlich in meine Richtung. Es stank nach faulen Eiern, Bier und Zigaretten. Irgendwo lief ein Fernseher.

» ... steht bereits halb Märchenstadt in Flammen. Die Einsatzkräfte warten verzweifelt auf Verstärkung aus umliegenden Städten, gleichzeitig steigt die Anzahl der Vandalen stetig an. Die Ausmaße der Zerstörung sind unbeschreiblich.«

In dem Moment, als der Nachrichtensprecher aufhörte zu reden, trat ich ins Wohnzimmer und sah, was er meinte. Es wurde eine Straße mit brennenden Häusern gezeigt. Menschen rannten durcheinander, und an einer Straßenlaterne hing ein lebloser Körper. Es war schlimmer als alles, was ich mir vorgestellt hatte. Die Gerüchte, dass Blut von einem unserer Brüder ins Trinkwasser geraten war und den Großteil der Bewohner von Märchenstadt in Wahnsinnige verwandelte, stimmte also.

»Bei den Zipfelmützen …«, hauchte Nummer 34 neben mir. Ich hatte meine Brüder gar nicht kommen hören.

Nummer 90s Begrüßung bestand darin, mir gegen den Hinterkopf zu schlagen und zu sagen: »Du hast uns eine Scheißangst eingejagt. Das nächste Mal gibst du uns ein Zeichen, Arschloch! Wir standen da wie bestellt und nicht abgeholt, weil du …«

Das Nächste, was ich wusste, war, dass ich Nummer 90 mit der einen Hand in den langen Bart fasste und ihm mit der anderen ins Gesicht drosch, bis Nummer 12 und 34 mich von ihm wegzerrten.

Während ich nun wehrlos war, legte Nummer 90 seine Hände um meinen Hals und brüllte: »Ich bring dich um, Schwanzlutscher!«

Er meinte es ernst. Bis eben hätte er alles getan, um mich zu retten, ganz egal, ob er mich dazu vorwärtsprügeln oder hinter sich her schleifen musste. Aber jetzt wollte er mich töten. Und da Nummer 23 und 34 ihn nicht von mir losbekamen, wäre es ihm gelungen, wäre der Hafermann nicht ins Zimmer gekommen.

Er trug eine schwarze, viel zu weite Hose und einen schwarzen Kapuzenpullover. Kein Wunder, dass er von vielen als Schatten beschrieben wurde. Völlig lautlos kam er auf uns zu.

Nummer 90 ließ mich nur los, damit er dem Hafermann beide Mittelfinger entgegenstrecken konnte. »Du hättest dich lieber mit jemandem in deiner Größe anlegen sollen.

Wenn ich mit dir fertig bin, wird deine eigene Mutter dich nicht wiedererkennen!«

Kurz bevor sich die riesige Hand des Hafermanns um ihn schloss, hörte ich Nummer 90 sagen: »Ich beiß dir die Finger ab, mach mir ’nen Handschuh draus und verprügle dich damit!«

Der Hafermann hob ihn hoch und richtete gleichzeitig seinen Blick auf uns.

»Wir müssen hier raus!«, schrie Nummer 34 in einem weinerlichen Ton, der Nummer 12 alle Ehre machte. Und plötzlich sah ich mich in der Verantwortung, meine Brüder zu retten. Ich hatte schon zu viele von ihnen sterben sehen.

»Folgt mir!«, rief ich, auf den Hafermann zu laufend.

Ich rechnete fest damit, dass dieser mich angreifen würde. Stattdessen warf er sich Nummer 90 wie einen Pfefferminzdrops in den Mund, schluckte und schloss mit einem zufriedenen Gesichtsausdruck die Augen. Wegen unserer geringen Größe dauerte es eine gefühlte Ewigkeit, an ihm vorbeizurennen. Doch der Anblick der offen stehenden Wohnungstür gab mir zusätzliche Kraft, meine Schritte zu beschleunigen.

Nur einmal warf ich einen Blick zurück, um zu sehen, ob meine Brüder noch folgten. Nummer 34s Augen waren weit aufgerissen. Die von Nummer 12 zwar fest zusammengekniffen, aber dafür rannte er, als wäre eine ganze Armee von Hafermännern hinter uns her. Er überholte mich sogar, schrie dabei ununterbrochen und ohne Luft zu holen.

Ich war mir sicher, dass wir es schaffen würden. Im Hausflur angekommen, entdeckten wir eingeschlagene Wände und Löcher im Fußboden. Um uns zu finden, nahmen die Menschen sprichwörtlich das ganze Haus auseinander.

Ich bedeutete den anderen weiterzulaufen, was sie auch taten. Draußen herrschte bereits Nacht, doch die Straßenbeleuchtung und brennenden Häuser schenkten uns genügend Licht.

Auf der obersten Stufe vor der Haustür fiel mir etwas ein. »Ich weiß überhaupt nicht, wie wir zum Hafen kommen.«

»Ich weiß eees! Mir naaach!«, schrie Nummer 12 vom Gehweg aus und lief voran, ohne darauf warten, ob Nummer 34 und ich ihm folgten.

Ich wusste nur wenig über menschliche Religionen, hatte aber von diesem schrecklichen Ort namens Hölle gehört. Sollte es eine solche geben, dann konnte sie nicht schlimmer aussehen als Märchenstadt in dieser Nacht. Überall lagen Leichen, und ich wurde fast taub von den Schreien, Schüssen und Sirenen.

Zum Glück waren wir zu klein, um von den umherrennenden Wahnsinnigen gesehen zu werden, und so erreichten wir unversehrt den Hafen.

Unser Schiff erkannte ich sofort.

Einem Menschen wäre es vermutlich gar nicht aufgefallen, handelte es sich doch um eines in Spielzeuggröße für sie. Es lag zwischen zwei riesigen Frachtern, und obwohl es erst viel später ablegen sollte, wurden bereits die Leinen gelöst.

»Nein, wartet auf uns!«, schrie ich. Aber sie hörten mich nicht. Wir waren einfach noch zu weit entfernt.

»Heeey!«, versuchte Nummer 34 es.

Noch stand eine Person neben der zum Schiff führenden

Brücke. Als sie sich umsah, blickte sie auch in unsere Richtung. Im Laufen begannen wir zu winken und zu schreien, aber der Wichtel ging an Deck, als bemerkte er uns gar nicht.

Wir hielten dennoch drauf zu. Dieses Schiff war unsere letzte Hoffnung. Plötzlich quietschten hinter uns Reifen und wir wurden von riesigen Lichtkegeln erfasst. Das schnell näherkommende Auto wurde von den Menschen als Mini bezeichnet, aber auf uns wirkte es wie ein haushohes Monster.

Es hielt nur wenige Zentimeter entfernt an. Die Tür flog auf und heraus kam der Hafermann. Als hätte er Schwierigkeiten das Gleichgewicht zu halten, schwankte er zur Seite. Ich wagte schon zu hoffen, er würde in seinem Rausch hinfallen und nicht wieder hochkommen, aber dann fing er sich und richtete seinen Blick auf das Schiff.

»Bei allem, was fleißig ist, er darf das Schiff nicht erreichen!«, sagte Nummer 34 neben mir.

Er hatte ja recht, aber ich wusste nicht, wie wir drei ihn aufhalten sollten. Sogar Nummer 12 hielt endlich den Mund. Vielleicht in der Hoffnung, der Hafermann würde uns verschonen und sich auf das Schiff stürzen.

Immerhin ging er drauf zu. Doch irgendetwas stimmte nicht mit ihm. Er ließ sich nach jedem Schritt etwas Zeit, bevor er den nächsten machte. Bei seiner Größe würde er nicht viele bis zum Schiff brauchen, weswegen meine Sorge kaum weniger wurde. Dann fasste er sich an den Hals, warf den Kopf zur Seite, sodass er uns ansah. Die Hände immer noch um die Kehle gelegt änderte er die Richtung.

»Oh … Scheiße!«, hörte ich Nummer 12 hinter mir sagen.

Wir Wichtel fluchten wirklich selten, aber mein Bruder traf es auf den Punkt.

Die Erde unter unseren Füßen begann zu beben, als der Hafermann seine Schritte beschleunigte.

»Lauft!«, schrie ich, und noch während ich mich umdrehte, kippte der Hafermann nach vorne. Ich rannte, befürchtete, unter ihm begraben zu werden.

Als er aufschlug, wurden wir von einer Druckwelle erfasst und durch die Luft geschleudert. Irgendwie gelang es mir, mich abzurollen und mit ein paar Schürfungen davonzukommen. Nummer 34 lag wenige Schritte entfernt bewusstlos am Boden und Nummer 12 tat, was er am besten konnte. Er schrie sich die Seele aus dem Leib.

Auf dem Rücken liegend hob ich den Kopf. Gleichzeitig mit dem Hafermann, der in meine Richtung sah und die Zähne bleckte. Gerade stützte er sich auf seine Arme, um aufzustehen, als sein linker Augapfel explodierte. Schreiend riss er eine Hand vor seine verschmierte Brille. Gleich darauf schoss Blut aus seiner Nase und über seine Lippen. Er begann sich auf dem Boden zu wälzen, schlug die Hände vors Gesicht, was seine Schreie kaum dämpfte. Seine Haut begann an mehreren Stellen zu reißen, dass klaffende Wunden entstanden.

Schnell war sein ganzer Kopf mit Blut beschmiert. Auch in seinem Mund musste sich welches gesammelt haben, denn er spuckte einen ganzen Schwall davon aus. Doch alle Bemühungen waren umsonst. Nach nicht einmal einer Minute wurden seine Bewegungen schwächer. Ich glaube sogar, dass es nur noch Zuckungen waren, während er starb, und keine verzweifelte Gegenwehr mehr.

Als er schließlich dalag, die Arme neben seinem Körper,

dass ich sein geschundenes Gesicht mit den leeren Augenhöhlen und aufgerissenen Stellen sehen konnte, streckte plötzlich Nummer 90 seinen Kopf aus einem der Krater und rief: »Hidiho, ihr Arschkrampen. Hättet mir ruhig mal etwas helfen können. Aber dass ich mir alleine die Hände schmutzig machen darf, bin ich ja gewohnt.«

Von oben bis unten mit Blut beschmiert sprang er auf den Boden und kam auf uns zu, als wäre nichts weiter passiert.

»Was steht ihr hier noch so rum? Wir müssen das Schiff erwischen, sonst hauen die Feiglinge ohne uns ab.« Sofort drehte er sich zum Wasser, legte die Hände wie einen Trichter um den Mund und brüllte: »Hey, wartet gefälligst!«

Ob er gehört wurde, konnte ich zuerst nicht sagen. Mein Blick blieb an ihm haften, als er einen mit Fleischfetzen bedeckten Arm um meine Schultern legte und sagte: »Du warst schon immer mein Lieblingsbruder. Wollte ich dir mal sagen. Aber wenn du mich noch einmal schlägst, zieh ich dir die Haut vom Gesicht und nagele sie dir an den Arsch.«

Ich wusste, dass er es todernst meinte. Danach ging er alleine weiter, um das Schiff noch dann anzubrüllen, als einer der Wichtel auf dem Deck uns mit einem Handzeichen zu verstehen gab, dass sie uns gesehen hatten.

Nummer 12 und 34 gesellten sich zu mir.

»Bin ich der Einzige, der überlegt, ob von Menschen gefressen zu werden so viel schlimmer sein kann als eine Schiffsfahrt mit Nummer 90?«, hörte ich Nummer 34 fragen.

Weder Nummer 12 noch ich gaben eine Antwort. Aber wir alle drei zögerten einen Augenblick, bevor wir unserem Bruder folgten und Märchenstadt für immer hinter uns ließen.

Der Autor

Thomas Williams konnte sich schon früh für Horrorfilme und Comics begeistern. Noch heute bezieht er aus beidem seine Inspiration. Mit dem Schreiben begann er in seiner Kindheit und ist inzwischen in über 30 Anthologien veröffentlicht worden. 2017 wurde seine Geschichte »Clown-Syndrom« beim Vincent Preis mit dem zweiten Platz ausgezeichnet. 2018 wurde seine Geschichte »Die Mitternachtstür« als Kurzfilm umgesetzt. Er lebt mit seiner Frau in Bielefeld.

DIE BLUTLESE

BRUNO E. THYKE

Der leitende Kriminaldirektor Böhmer musterte Constanzes Bericht und streichelte seinen Schnurrbart, als wäre ein Hamster unter seiner Nase eingeklemmt.

»Mhm …« Er legte die DIN A4-Blätter auf den Tisch und hob den Kopf. Seine Augenringe ließen die Vermutung zu, dass auch die letzte Nacht dem Sorgerechtsstreit um seinen kleinen Sohn zum Opfer gefallen war.

»Gute Arbeit, Constanze.« Er nahm die Brille ab und rieb sich mit Daumen und Zeigefinger über die Augenlider.

»Dann können wir ja noch einmal über meine Gehaltserhöhung sprechen.«

Böhmer winkte ab. »Nicht jetzt, wirklich. Ich sehe, dass du gute Arbeit leistest.«

»Ich leiste die *beste* Arbeit. Meine Aufklärungsquote liegt bei 93 Prozent und das auch nur, weil Jurvic im Stiepermannfall die Beweise verschlampt hat.«

»Ja, ja. Aber es gibt Regeln und eine Regel besagt, dass man nicht einfach Polizeioberkommissarin wird, nur weil man ein paar Fälle gelöst hat.«

»Und dass man einen Schwanz haben muss.« Sie verschränkte die Arme vor der Brust.

»Ach, hör mit diesem Emanzenkram auf.« Böhmer suchte in den Schubladen nach etwas, fand es nicht und griff stattdessen zu einem Stift, der auf dem Schreibtisch lag. Er tippte ihn gegen die Fingerkuppen seiner Hand, ehe er die Stiftspitze auf Constanze richtete. »Nächsten Monat. Ich werde mich für dich einsetzen. Versprochen.«

Constanze nickte. Sie glaubte ihm, ein wenig Druck schadete jedoch nicht. Jetzt war ein guter Zeitpunkt. Er hatte den Kopf voll mit anderen Dingen und wollte seine Ruhe, also war er bereit, Zugeständnisse zu machen.

Die Tür schwang auf und beide drehten sich um.

Jorgos lehnte sich durch die Tür. »Es gibt Arbeit.«

»Prima. Wir sind gerade fertig.« Böhmer sortierte erleichtert das Papier und winkte sie mit einer Handbewegung hinaus. Jorgos brachte sie im Vorbeigehen auf den Stand der Dinge.

»Ein Junge ist verschwunden. Ist ins Kornfeld zum Spielen und nicht wiederaufgetaucht. Hey, warum bleibst du stehen? Alles okay?«

Noch während Jorgos erzählte, hatte Constanzes Lunge sich verkrampft. Sie rang nach Atem, Schweiß rann ihren Nacken hinab, kitzelte sie an der Wirbelsäule, was ein seltsam deplatziertes Gefühl war. Die Worte *Kornfeld* und *Junge* hatten ihren Verstand wie in eine Seifenblase gehüllt. Eine finstere Seifenblase. Hoffentlich wirkte sie nicht so fahrig, wie sie sich fühlte.

»Alles in Ordnung. Lass uns fahren.« Sie rieb sich die Arme, um die plötzliche Kälte zu vertreiben, und hastete zum Fahrstuhl. Jorgos folgte ihr und drückte den Knopf für das Erdgeschoss. Sie wich seinem Blick aus.

Schweigen füllte den kleinen Raum, schien die Sekunden unerträglich auszudehnen. Hauptsache, er bemerkte nicht, wie sehr ihre Finger zitterten. Nach einer gefühlten Ewigkeit kam der Fahrstuhl zum Stehen. Constanze hastete der Freiheit von Dortmunds Straßen entgegen.

Sie ließen die Stadt hinter sich und bogen von der Autobahn ab, um eine Dreiviertelstunde lang der Bundesstraße Eins zu folgen. Felder säumten die Straße. Goldene Ähren reihten sich an gelbe Blüten und langstieligen Mais. Constanze blinzelte in die Sonnenstrahlen, die sich im Seitenspiegel reflektierten, und lauschte dem Radio.

»In den Abendstunden wird mit Gewittern und schweren, teils orkanartigen Unwettern gerechnet. Antenne Unna hält sie auf dem Laufenden.«

Sie drehte das Radio aus.

»Ich werde nie verstehen, wieso man in eine gottverlassene Gegend zieht, wo Dortmund so nah vor der Tür liegt. Das schlägt doch aufs Gemüt, wenn man tagelang keinen Menschen sieht«, sagte Jorgos und kaute geräuschvoll seinen Kaugummi.

»Ich bin in so einer Gegend aufgewachsen.«

»Nichts für ungut.«

Constanze lächelte. Das Zittern war verschwunden, aber jeder Meter Strecke, den sie zurücklegten, fühlte sich an wie ein weiterer Schritt auf einer Reise in ihre Kindheit. Sie trank einen Schluck Wasser, um den schalen Geschmack in ihrem Mund zu vertreiben.

»Das Navi sagt dort vorne rechts, aber da ist gar keine Straße.«

»Doch, ein Feldweg. Wahrscheinlich müssen wir noch eine Weile querfeldein.«

Nach weiteren zehn Minuten durch Felder und Alleen lenkte Jorgos den Wagen auf einen alten Bauernhof und parkte neben einem VW Golf, der aussah, als hielte ihn allein der Glaube noch zusammen. Über einen großen Hof gingen sie zur Haustür. Ein blumenverziertes Klingelschild zeigte den Namen *Schwarz*. Jorgos klingelte und trat einen Schritt zurück. Zunächst geschah nichts. Doch als Constanze noch einmal klingeln wollte, öffnete eine kleine Frau Mitte vierzig die Tür. Schatten lagen unter ihren Augen und auch die wild abstehenden Haare zeugten von wenig Schlaf.

»Ja?«, fragte sie mit dünner Stimme.

Jorgos und Constanze hoben ihre Ausweise. »Kriminalkommissar Papadakis und Kriminalkommissarin Arlmann.«

Frau Schwarz überflog flüchtig die Ausweise und trat zur Seite. »Parken Sie Ihr Auto lieber woanders. Da sind Marder, die beißen alles kaputt. Die gehen aber immer an die gleiche Stelle, Gott weiß wieso.«

»Danke für den Hinweis«, sagte Jorgos lächelnd, machte jedoch keine Anstalten, das Auto umzuparken, und trat ein.

Constanze folgte ihnen.

Die Wohnung war modern eingerichtet, mit weißen Wänden, grauen Möbeln und allerlei klugen Sprüchen, die Constanze von Instagram-Fotos kannte. *Genieße den Tag. Man muss das Leben tanzen. Carpe Diem.* Sie gingen ohne Umwege in die Küche, die so sauber war, dass man vom Boden hätte essen können. Am Tisch saß ein dunkelblondes Mädchen von vielleicht sechs Jahren und spielte mit Barbies.

»Setzten Sie sich. Antje, machst du bitte Platz?«

Das Mädchen rührte sich nicht.

»Antje!«

»Ach, das geht schon.« Constanze setzte sich an den Tisch, ohne die Barbies zur Seite zu schieben.

Jorgos blieb neben der Küchentür stehen und nahm sein Handy heraus, um sich Notizen zu machen. »Kein Netz«, stellte er fest.

Frau Schwarz zuckte entschuldigend die Schultern. »Wir nutzen das Internet kaum, wir haben nicht einmal einen Anschluss im Haus.«

»Seit wann ist Ihr Sohn verschwunden?«, fragte Constanze.

»Vierundzwanzig Stunden. So lange muss ich warten. Sagen die ja immer im Fernsehen.« In ihrer Stimme schwang ein Vorwurf mit.

Constanze seufzte. »Das Fernsehen stellt die Dinge manchmal anders da, als sie sind. Für eine Vermisstenanzeige muss Ihr Sohn nicht vierundzwanzig Stunden verschwunden sein.« Sie warf Jorgos einen Blick zu. Wertvolle Zeit verloren, *Polizeiruf* und *Tatort* sei Dank. »Wo haben Sie ihn zuletzt gesehen?«

»Er ist mit Antje zum Spielen raus. Wie jeden Tag eigentlich. Aber Antje kam völlig aufgelöst zurück. Sie sagte, ein Mann hätte Jasper mitgenommen.«

Constanze rutschte auf ihrem Stuhl hin und her. Sie räusperte sich, ihre Kehle war plötzlich wie ausgetrocknet. »Könnte ich ein Glas Wasser bekommen?«

»Natürlich, wie unhöflich von mir.« Frau Schwarz schien dankbar für die Ablenkung, die ihre Gäste boten. Sie schob Constanze einen prunkvollen Kristallglasbecher hin. »Kekse?«

Constanze trank so hastig, wie der Anstand es zuließ. »Danke, nein.«

Jorgos ging vor Antje auf die Knie. »Kannst du uns erzählen, was passiert ist?«

Das Mädchen spielte weiter, ohne zu reagieren.

»Sie ist nicht so gesprächig im Moment.« Frau Schwarz machte einen Schritt auf ihre Tochter zu, doch Jorgos hob die Hand und Frau Schwarz blieb stehen.

»Da war ein Mann«, sagte das Mädchen, ohne von ihren Puppen aufzusehen.

»Wie sah der Mann aus? Konntest du sein Gesicht sehen?«

Das Mädchen nickte. Jorgos warf Constanze seinen Jetzt-wird-es-wichtig-Blick zu.

»Wie sah er aus?«

»Er war ganz dunkel. Schwarz. Und er hatte einen riesigen Hut auf.«

Jorgos tippte in sein Handy.

»Und er hatte Augen wie Feuer.«

Ein fester Griff schien sich um Constanzes Hals zu legen und drückte ihr die Luft ab. Sie hustete und trank einen weiteren Schluck, um die aufkeimende Panik hinunterzuspülen, doch davon hustete sie noch mehr. Wasserspritzer befeuchteten ihr Hemd. Ein schwarzer Mann mit Feueraugen. Sie stand auf.

»Alles in Ordnung?«, rief Jorgos ihr hinterher, doch sie antwortete nicht.

Sie lief nach draußen, schnappte nach Luft und konzentrierte sich darauf, dass ihre puddingweichen Knie nicht wegknickten, während das Herz gegen ihre Brust schlug wie ein Preisboxer.

»Naumann.«

»Ähm, Arlmann. Hallo. Ich wollte Frau Dr. Niegel sprechen.« Constanzes Atem ging schwer.

»Die wohnt hier nicht mehr. Ist im Heim. Geht wohl zu Ende mit ihr.«

Constanze unterdrückte den Drang zu weinen. »Haben … haben Sie die Nummer oder einen Namen von dem Heim?«

»Wovon? Ich verstehe Sie schlecht. Dem Heim? Einen Moment.« Papier raschelte auf der anderen Seite der Leitung.

Jorgos kam aus dem Hauseingang, vor dem Constanze auf der Treppe saß. »Was ist los? Was machst du hier?«

Sie hielt die Hand vor den Hörer. »Das ist wichtig, okay? Ich komme gleich wieder.«

Jorgos zögerte. »Wie du meinst. Ich mach' solange weiter.«

Er drehte sich um und ging wieder hinein.

»Hören Sie?«, fragte die Stimme am Handy.

Constanze notierte die Angaben, legte auf und wählte die Nummer. Nachdem sie sich als Nichte von Dr. Niegel ausgegeben hatte, wurde sie endlich durchgestellt.

»Ja?« Die Stimme der Psychologin klang so kraftlos, wie Constanze sich fühlte.

Wie lange war die Behandlung jetzt her? Zig Jahre. Damals war sie erst sieben gewesen.

»Ich bin es. Constanze Arlmann. Erinnern Sie sich?«

Schweigen. »Natürlich. Constanze. Wie geht es dir?«

»Es geht wieder los«, sagte sie und merkte, dass eine Woge von Angst und Panik durchbrechen wollte.

»Atme ruhig.« Die Frau hatte sofort verstanden, auch wenn sie alt war.

Constanze holte tief Luft. »Ich … ich arbeite bei der Polizei. Hier ist ein Kind verschwunden. Ein Junge, so alt wie Daniel damals. Und ein Mädchen ist Zeugin.« Sie kämpfte die Tränen nieder. »Genau wie bei mir.«

»Was erzählt das Mädchen?«, fragte Dr. Niegel und hustete.

»Ein Mann. Ein dunkler Mann mit Hut und feurigen Augen. Er ist es.«

»Denk an das, was wir damals besprochen haben. Du hast dir die Schuld am Tod deines Bruders gegeben. Die Gehirne von Kindern arbeiten anders, aber jetzt bist du erwachsen. Du weißt, es gibt keine Geister.«

Constanze wischte sich die Tränen aus den Augen und nickte, obwohl Dr. Niegel das nicht sehen konnte. »Ja.« Sie zog die Nase hoch. »Wie geht es Ihnen?«

»Ich bin einundneunzig Jahre alt, was denkst du, wie es mir da geht?«

Sie wollte etwas sagen, blieb aber stumm.

»Bleib stark, Constanze. Kinder denken anders, denk daran.«

»Danke.«

Sie legte auf, nahm ein Taschentuch und einen Schminkspiegel aus ihrer Tasche. Es waren weniger die Worte. Allein die Stimme ihrer ehemaligen Therapeutin schien ihren Puls zu senken. Sie richtete sich her, so gut es möglich war. Es war Zeit, die Befragung zu beenden. Zeit, sich wie die beste Polizistin des Reviers zu verhalten und nachher mit einem starken Whisky und einem Schaumbad den Tag zu beenden.

»Und es schien, als würde nur Jasper hören, was er sagt?«, fragte Jorgos das Mädchen, als sie zurück in die Küche kam. Die Kleine hatte sich von ihm weggedreht und nickte gedankenverloren.

Constanze holte tief Luft und ging zu ihr. »Kannst du mir den Ort zeigen, wo du deinen Bruder zum letzten Mal gesehen hast?«, fragte sie.

Antje warf ihrer Mutter einen unsicheren Blick zu, ehe diese nickte.

»Ich würde in der Zeit gerne mit Ihnen einen Blick in Jaspers Zimmer werfen«, sagte Jorgos.

Frau Schwarz nickte abermals. Dann verschwand sie, holte Gummistiefel und eine Regenjacke und zog sie ihrer Tochter an. Als sie fertig war, ging die Kleine mit entschlossenen Schritten voraus.

»Passt auf euch auf«, rief Frau Schwarz ihnen nach, als wäre Constanze mit dem Mädchen zum Spielen verabredet.

Sie rannten zum Feld hinunter und blieben vor dem Hafer stehen, der ungewöhnlich hoch wuchs. Die Ähren reichten ihr bis ans Kinn.

»Hier sind wir rein.« Antje deutete auf eine Stelle, an der die Pflanzen niedergetreten waren.

Dann rannte das Mädchen los. Ehe Constanze »Halt!« rufen konnte, hatte das Feld sie verschluckt. Wind brauste den Hafer auf wie ein unruhiges Meer.

Constanze zögerte. Die Halme waren feindselige Stacheln, die sich ihr entgegen reckten. Ein unerwarteter Schmerz fuhr durch ihre Finger. Sie sah auf ihre Hand hinab, wo sie unbewusst den Nagel ihres Zeigefingers gegen den Daumennagel gerieben hatte. Eine Gewohnheit, die sie sich unter Mühen vor Jahren abtrainiert hatte.

»Lauf nicht so schnell, okay?« Sie trat einen unsicheren Schritt in das Feld hinein und schob den Hafer mit den Armen zur Seite.

Ähren schlugen ihr ins Gesicht, unter ihrer Kleidung juckte es. Etwas war in ihren Schuh gerutscht und schmerzte bei jedem Schritt. Gott, sie hasste diesen Ort.

Nach etwa zwanzig Metern blieb Antje stehen. Der Hafer war hier in alle Himmelsrichtungen niedergedrückt, als wäre ein riesiges Kreuz ins Feld gefallen.

»Wart ihr das?«

Antje schüttelte den Kopf. »Wir haben nur einen Kreis gemacht, das ist später dazugekommen.«

Constanze kniete sich hin und betastete den Boden. Der Hafer lag fein säuberlich zur Seite geknickt, Halm neben Halm, als hätte jemand ihn bewusst so angeordnet. »Und was habt ihr hier gemacht?«

Antje zuckte die Schultern. »Gespielt.«

»Verstecken?«

»Nein. Wir haben Geheimnisse erzählt.«

»Verrätst du sie mir?«

»Dann sind es ja keine Geheimnisse mehr.«

Gewitztes Kind.

Eine weitere Brise rauschte durch das Feld. Graue Wolken schoben sich vor die Sonne und verdunkelten den Tag.

»Vielleicht hat euer Geheimnis etwas mit Jaspers Verschwinden zu tun.«

Das Gesicht der Kleinen trug ihren inneren Widerstreit zur Schau. Bei Kindern war alles so ehrlich, so unverstellt.

»Jasper hat geklaut«, sagte Antje schließlich. »Bei Papa, weil der ihn gehauen hat. Da hat er ihm Geld geklaut.«

»Dein Papa hat Jasper gehauen?«

»Nur manchmal, wenn er Alkohol getrunken hat.«

Constanze massierte sich die Augenlider. Dann war es möglich, dass der Kleine einfach weggelaufen war.

»Sie dürfen es nicht Mama erzählen.« Antje senkte die Stimme zu einem Flüstern. »Es ist ja unser Geheimnis.«

»Wollte Jasper weglaufen?«

»Nein. Dieser Mann kam.«

Donner grollte. Constanze zuckte zusammen.

»Wo stand der Mann?«

Antje hob die Hand und deutete in eine Richtung. Es sah alles gleich aus. Constanze suchte nach einer Orientierung und entdeckte das Haus. Der Mann musste mitten im Feld gestanden haben. Ein Blitz zuckte über den Himmel, heftiger Wind fuhr über das Feld und trug ein Geräusch zu ihnen herüber. Ganz leise, aber sie war sich sicher, dass ...

»Sie hören das auch, oder?«, fragte Antje und sah sie mit weit aufgerissenen Augen an.

Constanze drehte den Kopf. Die Ähren wogten hin und her, rauschten und raschelten wie Millionen kleiner Käfer. Und mitten darin ein Lachen. Erst leise und heiser, dann immer lauter.

Antje packte ihre Hand und drückte fest zu. *Konzentriere dich! Du bist hier die Erwachsene.*

Aber die Kleine hörte es auch, also bildete sie es sich nicht ein. Das Lachen kam näher. Es schien überall zu sein, sogar im Korn selbst.

Constanze packte das Mädchen an der Schulter. »Komm, es wird gleich regnen.«

Die Kleine war blass wie der Blitz, der den Himmel durchzuckte. Sie gingen langsam los. Doch schon nach fünf Schritten rannten sie beide.

»Sie hat es auch gehört, Mama! Sie hat es auch gehört!« Antje fiel ihrer Mutter in die Arme und schmiegte sich an sie.

Frau Schwarz streichelte ihr Haar und sah Constanze wütend an. »Was hat sie gehört?«

»Die Stimmen und das Lachen. Wie ich es dir erzählt habe.«

»Schhhh«, machte Frau Schwarz und legte ihrer Tochter die Hand auf den Mund.

Jorgos, der in der Küche stand und seine Unterlagen sortierte, warf Constanze einen fragenden Blick zu. Constanzes Finger fanden die Stuhllehne. Zitternd klammerte sie sich daran fest. Antje starrte sie mit erwartungsvollem Blick an.

»Ich ... Der Wind. Ich meine, es klang wirklich wie Lachen, aber es war nur der Wind.«

Sie rang sich ein Lächeln ab. Doch Antjes Augen wurden schmal. Sie riss sich von ihrer Mutter los und stapfte ohne ein weiteres Wort aus dem Zimmer. Frau Schwarz stand auf, sah die Ermittler entschuldigend an und folgte ihrer Tochter.

Constanze fröstelte. Von Erwachsenen enttäuscht zu werden, hatte sie in diesem Alter ebenfalls lernen müssen. Wie sie jetzt merkte, fühlte es sich auch dann noch beschissen an, wenn man selbst groß war.

Jorgos legte seine Unterlagen weg, fuhr sich durch sein dunkles, lockiges Haar und seufzte. »Alles in Ordnung?«

»Dieser Ort erinnert mich an meine Kindheit.« Sie setzte sich auf den Stuhl, dessen Lehne sie malträtiert hatte.

Jorgos blieb in einem Achtungsabstand stehen, sagte jedoch nichts.

»Mein Bruder ist als Kind verschwunden. Ich habe ihn zuletzt in einem Maisfeld gesehen. Da war ich so alt wie Antje.« Den Rest behielt sie für sich. Sie wusste ohnehin nicht, wieso sie Jorgos das erzählte.

»Scheiße«, sagte ihr Kollege und lehnte sich an die Wand. »Willst du einen anderen Fall?«

Sie schüttelte den Kopf. »Der Vater hat den Jungen geschlagen.«

»Dachte ich mir schon. Die Mutter war ziemlich ausweichend mit ihren Antworten.«

»Die Kleine denkt, ihre Mama weiß das nicht.«

Jorgos senkte den Kopf. »Wir sollten uns den Vater vornehmen. Wo ist er?«

»Er ist Bauleiter und nur am Wochenende zu Hause. Arbeitet aber gerade auf einer Baustelle in Oberhausen.«

»Dann los. Holen wir ihn uns.«

»Drei Meter und ich bin klatschnass«, sagte Jorgos und wischte sich die Feuchtigkeit aus dem Gesicht. Dicke Tropfen prasselten auf die Autoscheibe.

»Wenn wir uns mit Schwarz beeilen, sitzen wir in zwei Stunden wieder im warmen Büro.«

»Vom Regen in die Traufe.« Jorgos lächelte schief und

drehte den Schlüssel herum. Nichts geschah. Er drehte noch einmal. Nichts. Mit beiden Händen schlug er auf das Lenkrad.

Constanze blickte durch das Seitenfenster auf den roten Golf. »Marderschaden«, sagte sie.

»Verdammt! Ich dachte, diese Scheißviecher sind nur nachts aktiv. Das muss das Zündkabel sein. Such mal nach einer Werkstatt.«

Constanze blickte auf ihr Smartphone. »Kein Internet.«

Er stöhnte genervt. »Also gut. Dann müssen wir Frau Schwarz noch einen Besuch abstatten.«

Constanze erwachte aus einem unklaren und bedrückenden Traum. Sie richtete sich auf und sah sich um. Vorsichtig tastete sie die Decke ab. Das hier war nicht ihr Bett. Die Erinnerung schälte sich aus den müden Gedanken. Marderschaden. Sie blickte auf das Fenster vor ihrem Bett. Der Mond leuchtete von einem wolkenlosen Himmel durch die Scheibe.

Auf dem Hof zu übernachten, war das Letzte, was sie wollte.

Frau Schwarz hatte zwar ein Telefonbuch, aber der einzige Abschleppdienst im Umkreis war nicht erreichbar. Vermutlich hatte das Unwetter die Leitungen beschädigt. Im Radio sagten sie, dass zu allem Überfluss der Orkan einige Bäume entwurzelt und die Straßen überschwemmt hatte. Weil auf den vielbefahrenen Straßen das Gleiche geschehen war, kam der Räumungsdienst frühestens am nächsten Mittag. Vielleicht noch später.

Jorgos war auf der Suche nach Handyempfang durch den strömenden Regen gelaufen, nur um von Böhmer zu hören, dass die zwei rund um die Uhr nach dem vermissten Kind suchen sollten und am nächsten Tag eine Sonderkommission den Weg freiräumen und sie unterstützen würde.

Constanze schob die Decke beiseite und quälte sich aus dem Gästebett. Es war unbequem und durchgelegen wie eine alte Hotelmatratze. Ihre Kehle war trocken und ihre Nase verstopft von den Milben, die in dem staubigen Stoff vermutlich eine ansehnliche Kolonie gegründet hatten. Langsam torkelte sie zum Fenster, schob es auf und beugte sich hinaus, die Hände auf den Fensterrahmen gestemmt. Der Strom kühler Nachtluft war eine Wohltat auf ihrer erhitzten Haut. Sie gähnte.

Das Haferfeld sah im blassen Mondlicht aus wie ein flauschiger Teppich. Eine einzelne Straßenlaterne spendete orangefarbenes Licht. Sie betrachtete die Schatten, die undeutlich und dunkel hin und her waberten. Langsam rieb sie sich die Augen und hielt mitten in der Bewegung inne. Hatte sie das gerade wirklich gesehen? Ihre Fingerknöchel pressten sich so fest gegen ihre Lider, dass es schmerzte.

Sieh hin!

Ihre Arme wurden schwer wie Blei.

Sieh hin!

Langsam ließ sie die Hände sinken und öffnete die verklebten Augen. Im Licht der Laterne stand Antje. Barfuß, nur in einen Bibi-und-Tina-Schlafanzug gekleidet. Wie in einem Tagtraum schlenderte sie über den matschigen Pfad auf einen Schatten zu. Constanze wollte nach ihr rufen, aber sie war wie gelähmt.

Dieser Schatten.

Sie wischte sich kalten Schweiß von der Stirn, spürte den Druck auf der Brust, der ihr langsam die Luft aus der Lunge presste. Der Schatten trug einen Hut.

Constanze hechtete zu ihrer Kleidung, die über einem Stuhl hing. Ihr Griff ging zu ihrem Telefon, dann wühlte sie nach ihrer Dienstwaffe. Ihre zitternden Finger berührten das Metall. Der Sicherheitsverschluss des Halfters öffnet sich und die Pistole polterte zu Boden.

»Scheiße!«

Sie hob die SIG Sauer auf, doch dann kam ihr eine andere Idee. Constanze eilte zurück ans Fenster und aktivierte die Videofunktion ihres Smartphones. Schmerzen pochten hinter ihrer Stirn. Es gab ihn wirklich! Oder war sie verrückt geworden? Vielleicht träumte sie noch.

Antje stand nun direkt vor dem Mann, der sich leicht zu ihr herunterbeugte. Plötzlich richtete er sich auf. Es sah aus, als witterte er etwas.

Constanze hielt die Luft an, unfähig einen klaren Gedanken zu fassen. Der Kopf mit dem Hut drehte sich langsam in ihre Richtung. Zwei feuerrote Augen starrten sie an. Ihr Blickfeld verengte sich zu einem dunklen Tunnel, an dessen Ende zwei Punkte glühten wie geschmolzener Stahl. In ihrem Kopf erklang eine Stimme, nah und doch weit entfernt. Sie war so dunkel und verzerrt, als spräche die Düsternis selbst zu ihr. Nur ein Wort.

»Du!«

Constanze ließ das Handy fallen, das Display zersprang. Aller Sauerstoff schien aus dem Raum gesogen worden zu sein. Sie hustete und rang nach Luft. Ein Lachen hallte von irgendwo her. Kam es von draußen oder existierte es bloß in ihrem Kopf?

Sie musste zu Jorgos, sofort! Und dann? Ihm sagen, dass Antje von einem Mann mit Hut und feuerroten Augen geholt wurde? Er würde sie für verrückt halten. Womöglich hätte er damit sogar recht. Was, wenn die Geister ihrer Kindheit wieder da waren?

Bilder schossen durch ihren Kopf. Ein Stempel auf einem Formular. Menschen, die auf sie einredeten, weiße Pillen. Das helle Flackern und die Enge der Röhre, in die sie geschoben wurde. Sie spürte das Kontrastmittel durch ihre Adern fließen. Die drei schlimmsten Jahre ihrer Kindheit.

Hektisch wischte sie sich mit dem Schlafanzugärmel übers Gesicht, stand auf und griff nach ihrer Pistole. Dann eilte sie hinaus in die Dunkelheit.

Sie hatte keine Zeit, Schuhe anzuziehen, und lief wie Antje barfuß und im Schlafanzug hinaus. Der Wind biss kalt in ihre Haut, als sie vor dem Feld zum Stehen kam. Nichts rührte sich. Nur ein paar dicke Motten ließen das Licht der Straßenlaterne flackern. Der kalte Matsch unter ihren Füßen schien sie festhalten zu wollen, aber sie kämpfte sich vorwärts, die Waffe im Anschlag. Irgendwo im Feld erklang eine Melodie. Gesang.

Kinderstimmen riefen und lachten, wurden vom brausenden Getöse des Hafers unterbrochen, nur um neu aufzubranden. Es klang, als befände sich ein Spielplatz mitten im Feld. Dorthin musste sie gehen. Sie musste es wissen. Sie musste ihn sehen. Und sie musste Antje finden.

»Constanze!«, rief jemand aus dem Nichts. Sie verlangsamte ihren Lauf. »Tanzi«, wiederholte die Stimme, die jetzt eindeutig nach einem Kind klang.

Ihr Magen zog sich zusammen. Das war ihr Spitzname gewesen. Der, den Daniel ihr gegeben hatte. Und es war seine Stimme.

»Komm her! Wir spielen.«

Der bittere Geschmack von Galle füllte ihren Mund, doch sie ging weiter. Haferhalme stachen ihr in die nackten Füße, während sie durch das vom Regen durchgeweichte Feld stakste. Quälend langsam setzte sie Schritt um Schritt vorwärts, bis sie zu der Stelle kam, die Antje ihr gezeigt hatte. Das Korn war noch immer säuberlich zur Seite gedrückt. Dicke Tropfen färbten es an einigen Stellen in blassem Rot. War das Blut? Schwefelgeruch kribbelte in ihrer Nase.

»Du bist verrückt.« Wieder Daniels Stimme.

Der Daniel, an den sie sich erinnerte, hätte nie so mit ihr gesprochen. Vielleicht war sie wirklich verrückt. Aber war das besser?

Constanze rang um Atmen, aus Angst davor, verrückt zu sein. Sie nahm einen tiefen Atemzug, wie Dr. Niegel es ihr beigebracht hatte.

»Ich bin weggelaufen. Vor dir. Weil du verrückt bist. Verschwinde!«

Seine Worte drückten ihre Seele in den Schlamm. Wie in einem zähen Traum hörte sie sich selbst leise wimmern. Alles um sie herum sah gleich aus. Den Hof konnte sie nicht mehr sehen, auch die Laterne nicht. Da waren nur Hafer, schlammiger Boden und Würmer und Spinnen, die unter ihren Fußsohlen umherkrochen. Aus einem mondlosen Himmel peitschten Regentropfen auf ihre Haut. Sie zuckte unter ihnen zusammen wie unter Nadelstichen. Ein erstickter Laut drang aus ihrer Kehle. Sie schrie, so laut es ihre Stimmbänder zuließen, und ihr Kopf leerte sich. Bis nur noch ein Gedanke übrig blieb.

»Antje?«, rief sie. Immer wieder: »Antje?«

Der Regen schluckte ihre Stimme, dennoch schob Constanze sich vorwärts. Die Tropfen verfärbten sich, wurden dick und rot. Es half nichts, die Hände an ihrem Schlafanzug abzuwischen, sie blieben besudelt.

Sie stolperte, rappelte sich auf, stürzte erneut. Direkt vor ihr klaffte ein großes schwarzes Loch. Ihr war nicht klar, ob sie hineinkroch oder das Loch sie hineinzog, aber sie fiel. Endlos.

Schließlich schlug sie irgendwo auf. Ihre Finger tasteten über den Boden und schoben sich durch einen Berg von spitzen Gegenständen. Sie zog die Hand zurück und ächzte, als sie erkannte, worauf sie lag.

Knochen. Kleine, blasse Schädel. Fingerknochen und Knochen von Beinen. Die Wände waren mit etwas bespannt, das aussah wie getrocknete Haut, Haarschöpfe hingen an Seilen von der Decke herab, Schreie hallten von den Wänden wider.

Die ganze Grässlichkeit des Ortes brach über sie herein und zerrte an ihren Eingeweiden. Sie würgte. Mit angehaltenem Atem packte sie ihre Pistole und zielte in die Dunkelheit, während sie sich aufrappelte. Vorsichtig setzte sie einen Fuß vor den anderen. Die Knochen am Boden knackten, als sie unter ihrem Gewicht brachen. Sie ging um eine Ecke, hinter der sich ein breiter Raum öffnete.

Eine dunkle Gestalt mit Hut stand vor einem Altar. Sie

hatte ihr den Rücken zugewandt und war mit etwas beschäftigt, das vor ihr lag.

Heuballen und Strohsäcke waren achtlos im Raum verteilt. Auf ihnen stapelten sich Arme und Beine in allen Hautfarben. Der Geruch von Tod durchzog die Luft.

Constanze zielte auf den Mann. Erst jetzt erkannte sie, dass ein Kind vor ihm auf dem Tisch lag. Antje. Einer ihrer Unterschenkel fehlte.

»Du kommst spät«, flüsterte die Stimme in ihrem Kopf und der Mann drehte sich um. Rote Augen starrten sie an. Er grinste aus einem viel zu breiten Maul und entblößte dabei eine Reihe spitzer Zähne.

»Du bist echt«, sagte Constanze, als sie das Gesicht der Albträume ihrer Kindheit wiedererkannte.

»Willst du mit mir im Feld spielen?«, fragte der Mann und neigte leicht den Kopf.

Constanze drückte ab. Ein Knall verzerrte die Schreie, die in ihrem Kopf dröhnten. Die Kugel traf die Gestalt an der Schulter. Stroh flog, als hätte sie auf eine Vogelscheuche geschossen. Sein Grinsen wurde zu einem Zähnefletschen.

Sie feuerte das ganze Magazin ab. Nur noch mehr Stroh. In den Nachhall der Schüsse mischte sich ein abgehacktes Lachen. Dann drehte der Mann sich um, griff nach einer Säge und schnitt in das andere Bein des bewusstlosen Kindes. Blut schoss aus der Wunde.

Constanze schrie, warf die Waffe weg und stürzte sich auf den Mann. Modrig-feuchter Geruch stieg ihr in die Nase. Dann verschwand sie in einer Leere, die dunkler und kälter war als alles, was sie je gespürt hatte.

Die Räder des kleinen Schiebewagens schüttelten sich unter den Unebenheiten des grauen Flurs. Schwester Olga schob das Gefährt vorwärts, öffnete die Tür und kramte den kleinen Plastikbecher mit dem Namen *Constanze Arlmann* hervor.

»Hier, Frau Arlmann. Ihre Nascherei.«

Die Krankenschwester grinste ihr breites Grinsen und ließ die weißen Pillen in Constanzes Hand fallen. Dann reichte sie ihr ein Glas Wasser.

»Wie geht's Ihnen heute?«, fragte sie mit professioneller Fürsorge.

Constanze nahm die Tabletten, trank das Wasser und lächelte zur Antwort. Dann reichte sie Olga den Wasserbecher zurück.

»Falls Sie etwas brauchen: Sie wissen ja, wo Sie mich finden«, sagte die Frau und verschwand samt Wagen aus der Tür von Zimmer 189 des St. Elisabeth-Stift für psychische Erkrankungen.

Constanze stand auf, ging zum Waschbecken, spuckte die Pillen aus und wusch sich den Mund mit einem Schwall kaltem Wasser. Dann setzte sie sich zurück an den Schreibtisch. Es lag noch viel Arbeit vor ihr.

Die Pillen waren zwecklos. Heute wusste sie es besser als damals. Sie wusste, dass es ihn gab. Constanze nahm einen tiefen Atemzug und öffnete ihr Notizbuch. Zeitungsüberschriften prangten in dicken Lettern auf den Seiten.

»DNA-Test überführt Kommissarin des Mordes.«

»Neue Erkenntnisse: Hat die Killer-Kommissarin ihren Bruder ermordet?«

Sie strich mit dem Finger über die Buchstaben.

»Constanze A. wegen mehrfachen Mordes angeklagt.«

Eine Boulevardzeitung schrieb: »Sieht so eine Schuldunfähige aus? Killer-Kommissarin in der Klapse statt im Knast.«

Die Zeilen schmerzten. Aber sie wusste es besser. Endlich wusste sie es besser. Niemand konnte ihr jetzt noch etwas anhaben. Ihre Zeit würde kommen. Sie schlug die nächste Seite auf und begann zu schreiben:

»O bleibe von dem Felde fern
Es sitzt die alte Babe drin.
Sie hütet das Getreide gern,
Lässt ungefragt nichts fürderzieh'n
Sie hat ein feurig's Augenlicht
Kind hüte dich und frevle nicht.«

Der Autor

Bruno E. Thyke ist zweifacher Vater, ein Kind des Ruhrgebiets und schreibt seit seinen Kindheitstagen. Mit 34 setzte er sich daran, seinen Traum vom eigenen Buch in die Tat umzusetzen. Bislang hat er eine Kurzgeschichte in einer Anthologie veröffentlicht, der erste Roman ist in Arbeit. Seine Genres sind düstere Fantasy und Thriller. In seinem Blog schreibt er über das Leben als Autor neben Pendelei, Familienleben und Vollzeitjob.

Mehr zum Autor:

augenschelm.de

(inklusive alternativem Ende von »Die Blutlese«)

DIE SIEBTE TOCHTER

KATRIN ILS

Der Schnittermond stand hoch am Himmel. Wind pfiff durch den Roggen und schlug die Halme gegen Gretes Beine, als sie durch das Feld stolperte. *Zu langsam!* Ihr Nachtgewand war kein ausreichender Schutz gegen die nächtliche Kälte, doch es war vor allem die Angst, die sie frieren ließ.

Sie war zu langsam gewesen, und nun ... Sie brauchte Hilfe, und er war der Einzige, der ihr helfen konnte. Wie sehr sie ihn hasste! Doch das Klopfen ihres Herzens strafte sie Lügen.

Der Fluss rauschte durch die Nacht. Etwas Dämonisches schien dem Wasserbrausen anzuhaften, als lauerte Böses unter der Oberfläche. Fast hätte sie sich bekreuzigt, doch sie klammerte ihre kalten Finger fester in den dünnen Stoff und lief schneller.

Das Drudenmesser in ihrer Brust brannte wie Feuer, wie Höllenfeuer, und Grete konnte ihr Wimmern kaum unterdrücken. Kleine Tiere raschelten über den trockenen Boden, eine Eule ließ ihr unheilvolles Klagen vernehmen. Der Wind schlug die vertrockneten Halme wie Knochen aneinander. Sie schauderte.

Nicht weit entfernt lag Maria unter dem Roggen. Maria, der Mohn aus den Augen wuchs und deren Schrei sich in den Ähren verfangen hatte. Grete hörte ihn, hörte ihn seit Monaten, und es war das verfluchte Gellen gewesen, das sie wieder durch die Träume des Dorfes hatte wandern lassen, Nacht für Nacht. Ihr verfluchtes Blut hatte sie in die Träume des Jägers geführt, und dort war Maria.

Maria, die durch das Roggenfeld lief, zu langsam, viel zu langsam, und die Worte des Jägers, die er nach Marias Verschwinden über den Marktplatz hatte schallen lassen und deren Echo sie verfolgte, auch nun, Wochen danach: *Eine Hexe hat Maria geholt!*

Drudenkreuze an den Türen, das Dorf auf der Suche nach der Teufelsbraut, doch die Bewohner wussten nichts von Gretes Übel. Sie wussten nichts von der Schwester, die Grete in den Träumen ihrer Mutter gesehen hatte. Die Schwester, die dem Fluss übergeben worden war, noch bevor ihr erster Schrei verstummt war. Das Dorf wusste nicht, dass Grete den Fluch der siebten Tochter trug, und die Mutter hatte das Geheimnis mit ins Grab genommen.

Die Nacht vor ihr verdichtete sich und eine Gestalt floss aus den Schatten, als wäre sie die Finsternis selbst.

›Siebte Tochter.‹ Ein Gruß, in dem das Lachen von Dämonen mitschwang. Augen glühten in der Dunkelheit wie brennende Kohlen, und Grete senkte hastig den Blick, bevor sie sich im Antlitz ihres Gegenübers verlor. Die Schattengestalt bewegte sich auf sie zu, brachte den Duft von Efeublüten und Herbstlaub mit sich, nach nasser Erde und offenem Grab. ›Was bringt dich zu mir? Der Wunsch nach gemeinsam verbrachter Zeit vielleicht? Oder die Klinge des Jägers?‹ Bleiche Finger strichen über den Messerknauf in Gretes Brust, über den eingeritzten Drudenstern am Griff.

»Ich kann es nicht herausziehen«, schluchzte Grete. Sie öffnete ihre Hand, wo die Haut, die den Drudenstern berührt hatte, wütende Blasen schlug.

›Nein‹, kam es sanft, ›das kannst du nicht. Nur der, der es geworfen hat, kann es wieder herausziehen.‹

»Es muss noch einen anderen Weg geben!« Panik schnürte ihr die Kehle zusammen, die Worte fielen gehetzt von ihren Lippen. »Wenn ich zu ihm gehe, erkennt er mich, dann werden alle sehen - Sie werden nicht verstehen, dass es ein Fluch ist, sie werden glauben ...« *Sie werden denken, dass ich mit dem Teufel im Bunde bin!*

›Ein Fluch?‹ Nachtkalte Finger legten sich unter ihr Kinn. Grete presste die Augen zusammen, doch sie konnte den Blick der rotglühenden Pupillen tief in ihrer Seele spüren. ›Fühlst du dich nicht frei, wenn du als Windhauch durch die Felder tanzt?‹, raunte es durch die Nachtluft in ihr Ohr. ›Fühlst du dich nicht geliebt, wenn dich die süße Luft in deinem Federkleid umfängt?‹

Grete trat zurück, wischte sich mit der Hand über das Kinn, als könnte sie die Berührung fortwaschen. »Ich fühle mich verflucht«, fuhr sie die Höllengeburt vor sich an.

Tränen des Zorns und der Hilflosigkeit traten ihr in die Augen. Ihre Geburt als siebte Tochter hatte sie zur Drud verdammt, zu Blut voll Zorn und den dunkelsten Gedanken, wenn ihre Macht sie in die Nachtträume der Dorfbewohner tauchte und ihr das Begehren derer zeigte, die bei Tageslicht höflich den Hut voreinander zogen.

»Verflucht, wenn meine Wut die Kühe blutige Milch geben lässt, wenn die Felder verdorren, wenn -«

Sie atmete durch. Sie musste den Groll kontrollieren, der in ihren Knochen selbst zu beben schien. Wenn sie sich nur beherrschen könnte, ihre Wut ersticken, dann würden die Felder nicht verdorren, der Hagel nicht wüten.

»Ich werde uns zum Hungern verdammen«, sagte sie, halb bitter, halb flehend, für einen Moment die Klinge in ihrer Brust vergessend, die der Jäger nach der Drud, die er beim Erwachen auf seiner Brust erspähte, geworfen hatte. Nach ihr.

›Und haben sie es nicht verdient?‹ Die Worte schnitten brutal durch die Luft. ›Du schreitest durch ihre Träume, jede Nacht. Wie kannst du sie nicht als das sehen, was sie sind?‹

Grete schlang die Worte des Dorfpfarrers um sich, ein Schutz gegen den Zorn, der unablässig unter ihrer Haut brannte, gegen das Gift, das die Höllengeburt in ihr Ohr tropfte. »Sie können gerettet werden. Besser werden. Sie müssen nur bereuen«, wiederholte sie, auch wenn die Worte schon in der Kirche hohl geklungen hatten. Doch das Dorf hatte sie aufgezogen, sie gerettet. Wie konnte sie seine Bewohner verdammen?

›Und was‹, kam es grabeskalt zurück, ›hat diese Reue je für ihre Opfer getan?‹

Maria, die in ungeweihter Erde wachte. Der Jäger, der aus dem Schlaf hochschreckte, nach Atem ringend wie die Magd unter seinen Händen. Grete war fortgeeilt, als Windstoß aus dem Fenster gefegt, doch das Messer des Jägers war zu schnell gewesen.

Sie überraschte sich mit einem bitteren Lachen und sah ihn endlich an. *Wie schön er ist. Wie hässlich.*

»Als ob dich das kümmert. Schöne Worte, um deine Gier zu verschleiern. Du willst sie alle, du hast es mir selbst gesagt. Ich bedeute dir nichts. Alles, was du willst, ist deinen Hunger mit Seelen zu stillen.«

›Ich sehe, du hast die Messe besucht.‹ Sein Lachen glitt amüsiert über ihre Haut und seine Stimme war zärtlich, als er sagte: ›Du kannst mehr sein, Grete. Meine Braut.‹

Hexe!, schien es vom Dorf her zu dröhnen, und Grete wich zurück. »Niemals!«

Der Fluss, in dem die Mutter bei der Schwester schlief, rauschte. Wind fuhr durch den Roggen, durch den Mohn, und sie glaubte, Marias Blick zu spüren.

»Warum hast du ihr nicht geholfen?«, fragte Grete leise.

›Ich bin kein rettender Engel. Du solltest es wissen, oder habe ich dir je mein wahres Wesen verheimlicht?‹

Sie schüttelte den Kopf. Die Luft roch nach Herbst und Tod, und in der Ferne gurgelte der Fluss mit teuflischem Gekicher. »Du hättest sie retten können«, sagte sie, mehr zu sich selbst.

›Ah, aber was ist mit dir?‹ Erbarmungslos bohrte sich der Blick der roten Augen in ihre Seele. ›Du kennst seine Träume, sein Verlangen. Er war in deiner Hand, jede Nacht, in der er schlief. Warum also ist sein Atem noch in seiner Brust, statt mit dem Sturm durch die Nacht zu rasen?‹

Grete zuckte zurück, als hätte er sie geschlagen. »Du fühlst nichts«, stieß sie bitter hervor. »Willst mich zur Mörderin machen und sie alle töten. Mehr willst du nicht, mehr wolltest du nie von mir!«

›Das ist nicht wahr, Grete.‹ Arme streckten sich nach ihr aus, versprachen Zuflucht. Versprachen Macht.

»Nein!« Sie wich weiter vor ihm zurück, so hastig, dass sie stolperte. »Du hast dir genug genommen! Meine Seele nimmst du dir nicht!«

›Nehmen?‹ Höhnisches Lachen. ›Du bist immer freiwillig zu mir gekommen, Grete.‹

»Nun, meine Seele gebe ich dir nicht.«

Der Wind fuhr durch ihre Haare, ließ ihr Nachtgewand wirbeln, und der Fluch in ihrem Blut sang verzückt. Grete trat der finsteren Gestalt entschlossen entgegen.

»Die Menschen im Dorf - sie *kennen* mich. Ich werde sie zu Maria bringen. Der Jäger wird für seine Taten bezahlen, ohne dass ich zu ... zu etwas wie du werde!«

Ein Seufzen wie das Rascheln von Herbstlaub füllte die

Nacht. ›Siebte Tochter und doch ganz alleine auf der Welt - wer wird dir glauben? Sie suchen bereits nach einer Hexe, und wenn sie dich finden ...‹

»Ich bin keine Hexe!«

›Nein.‹ Es klang bedauernd. ›Aber du könntest eine sein. Wie mächtig du wärst als meine Braut. Sie würden zittern vor dir.‹

»Ich will nicht, dass sie mich fürchten.« Grete hörte die Einsamkeit in ihrer Stimme.

›Du wartest immer noch auf ihre Liebe. Du bekämpfst dein wahres Ich noch immer. Habe ich dich je in die Irre geführt? Dich belogen? War ich nicht der, der dich gelehrt hat, als deine Drudengabe in dir erwacht ist?‹

Sie schluckte schwer und wandte den Blick ab. Die Nacht schien mit ihm zu warten, doch sie brachte kein Wort über die Lippen.

›Grete, Grete‹, murmelte es mit dem Wind an ihrem Ohr. ›Bin ich nicht der Einzige, bei dem du je du selbst sein konntest? Dein Geist ist zu wild für sie, zu frei. Sie werden deinen wahren Anblick nie ertragen können. Und du weißt es auch. In deinem Herzen siehst du klar.‹

»Ich weiß nicht, wovon du redest!«

›Ach nein? Ich belüge dich nicht, so sag auch du die Wahrheit. Ich sehe den Hass in dir und deine Wut. Ich sehe -‹

Sie drehte sich um und rannte. Der Wind heulte wütend und die Ähren schlugen nach ihr, als die Worte des Höllenwesens ihr folgten wie ein Fluch.

›Ich sehe dich.‹

Vor ihr tanzten die Lichter des Dorfes durch die Dunkelheit. Wachfeuer, geweihte Kerzen, um die Hexe von den Häusern und Ställen fernzuhalten. Grete blieb stehen, schöpfte Atem. Ihre Lunge brannte, doch der Wind trocknete ihre Tränen und zerrte an ihrem Nachtgewand. Nur ein Gedanke und sie konnte mit dem Sturm über die Felder fliegen. *Die Felder, die mein Hass verdorren lassen hat.*

Grete schluchzte auf, die Klinge in ihrer Brust bewegte sich schmerzhaft auf und ab. Sie würden hungern, und es war ihre Schuld. Sie -

»Ich dachte mir, dass ich dich hier finde.«

Grete wirbelte herum.

Der Jäger trat auf sie zu. Vorbeijagende Wolken ließen unheilige Schatten über sein Gesicht fliegen, die die ebenmäßigen Züge des Mannes zu einer Fratze verzerrten. Sein Blick blieb an seinem Messer hängen, mit dem er sie getroffen hatte. Sie sah keine Überraschung in seinen Augen, als sich seine Lippen zu einem kalten Lächeln verzogen.

»Hast du Maria gefunden?« Es klang beiläufig, als wäre die Magd eben in den Stall gegangen und würde nicht in der kalten Erde verfaulen.

Gretes Mund wurde trocken, als Abscheu und Ekel in ihr hochkochten, so gewaltig, dass es sie lähmte. Sie ballte ihre Hände zu Fäusten, unfähig sich zu bewegen, auch als er auf sie zutrat.

Der Jäger streckte die Hand nach dem Messer aus. »Ich denke, das gehört mir. Und ich habe das Gefühl, dass du damit etwas Hilfe benötigst. Nicht wahr, *Drud*?«

Er ließ das Wort zwischen sie fallen wie das Beil eines Henkers.

»Du weißt es«, flüsterte Grete tonlos. »Wie?«

Das fahle Mondlicht verlieh den Augen des Jägers einen dämonischen Glanz. »Ich habe deine Schwester aus dem Fluss gezogen, in dem deine Mutter sie ertränkt hat.«

Sein Ton verriet nichts, doch eine Stimme, so alt wie die Menschheit, drängte sie zu laufen, zu fliehen, den Mann vor sich zu scheuen wie ein wildes Tier.

Aber Grete blieb, wo sie war. Alles, was ihr von der Mutter geblieben war, waren die Träume, die sie als Kind durchwandert hatte, ohne zu wissen, was sie tat oder sah. Und als sie alt genug gewesen war, Einzelnes zu erraten, war die Mutter lange fort. Nun, unter dem Schnittermond, sah sie die Gier in seinen Augen und wusste alles. Übelkeit stieg in ihr auf.

»Wäre es ein Sohn gewesen«, redete er weiter, »hätte ich ihr nie verziehen. So war es besser für mich und für sie.«

Grete spürte den Durst nach Gerechtigkeit, nach Rache, wollte wie der Sturm der Hölle über das Dorf fahren und das Leid auslöschen, den Schmerz ertränken, und die Anblicke, die die Träume der Gequälten ihr zeigten, Nacht für Nacht für …

Grete krallte die Finger in ihr Gesicht, doch die Gefühle tobten weiter in ihr und der Wind fuhr durch die Feldhalme, ihr Rascheln wie ein höllisches Lachen. *Ich bin zu schwach.* Und der Mann vor ihr wusste es auch.

›Du könntest so viel mehr sein, Grete.‹ Die Worte umschmeichelten sie. Sie musste sich nur umwenden und den Jäger in den Roggen führen, wo ihr Bräutigam auf sie wartete. Alles, was sie sagen musste, war: *Ich will.*

Ein geflüstertes Versprechen, mehr brauchte es nicht,

und die Opfer des Jägers würden endlich Vergeltung erfahren. Es wäre so einfach.

›Es ist so einfach, Grete. Sag nur *Ich will*, mein Herz. Mehr braucht es nicht, mehr -‹

»Nein!« Ihr Schrei hallte durch die Nacht.

Der Jäger lachte, als er ihre aufgerissenen Augen sah. »Doch«, sagte er und verstand das Entsetzen in ihrem Blick nicht.

Grete presste die Zähne zusammen, bevor ihr die verfluchten Worte über die Lippen schlüpfen konnten. Noch war sie schuldlos, noch konnte sie ihre Seele retten, noch -

»Sie hat sich nicht wirklich gewehrt«, sagte der Jäger und ließ offen, wen er meinte.

Grete glaubte, ihre Zähne brechen zu hören. *Noch kann ich gerettet werden*, betete sie sich selber vor, *noch bin ich unschuldig, noch bin ich* - Sie war ein Teufel wie die Kreatur vor ihr, sie dürstete nach Blut, nach Zerstörung. Wut kochte in ihren Adern, mit jedem Atemzug, jedem Herzschlag.

»Du musst töten«, sagte der Jäger. »Ich habe es in den Schriften gelesen. Du musst einer armen Kreatur den Atem hinauspressen, bis sie stirbt. Wir sind uns ähnlich, du und ich.«

Gretes Lippen zogen sich von den Zähnen zurück. »Von uns beiden bist du das Monster!«

Er wiegte nachdenklich den Kopf, bevor er einen Schritt auf sie zu machte. Instinktiv wich sie zurück, doch er war schneller.

Zu langsam, seufzte es aus dem Roggen. *Wieder zu langsam.*

»Wir haben beide ein Geheimnis«, flüsterte er. »Der Unterschied zwischen uns ist, dass man dir dieses Leben aus freien Stücken geben muss - und ich es mir nehme.« Er streckte sich nach dem Messergriff aus. »Im Schlaf bist du mir überlegen, doch jetzt bin ich wach.« Ein teuflisches Lächeln. »Du bist verdammt, Drud. Und ich nicht.«

Er war vor ihr, und alles drängte sie, zu laufen, doch ... Der Wind bog den Roggen, brachte ein Wimmern mit sich. Die Einsamkeit und Angst, die in dem Laut lagen, schnitten ihr bis ins Mark. *Ich kann Maria nicht mit ihm alleine lassen.* Der Gedanke war Irrsinn, doch er fesselte sie, und der Mann vor ihr lachte, als ob er es gehört hätte.

»Ich bin mir sicher, unsere Maria ist einsam«, murmelte der Jäger, und Grete fühlte seine Finger an ihrem Hals, als Licht durch die Dunkelheit brach.

In den Augen des Jägers blitzten Wut und Enttäuschung auf. Grete verzerrte ihre Lippen zu der Karikatur eines Lächelns.

»Wer von uns ist nun verdammt?«, fragte sie. Ihr Herz klopfte aufgeregt, als sie Luft holte, um die Dorfbewohner zu sich zu rufen.

Er kam ihr zuvor.

»Hierher!«, rief er. »Ich habe die Hexe!«

Er wirbelte sie herum und versetzte ihr einen Stoß, der sie nach vorne taumeln ließ. Grete blinzelte in die plötzliche Helligkeit der Laternen. Vertraute Gesichter starrten ihr misstrauisch aus der Nacht entgegen.

»Grete!«

Es war der Dorfpfarrer, der ihren Namen mit solchem Entsetzen gerufen hatte. Sie drehte den Kopf zu ihm und er brachte die abgegriffene Bibel zwischen sie wie ein Schild.

»Ich -«, begann sie, als sie sah, dass die Männer erschrocken auf die Klinge in ihrer Brust starrten.

»Dämon«, brachte der Schuster heraus.

»Mörderin«, sagte der Jäger hinter ihr. »Sie ist die Hexe, die Maria geraubt hat.«

Erschrockenes Gemurmel erhob sich zusammen mit Sicheln und Äxten, die von arbeitsrauen Händen umklammert wurden.

»Nein!« Gretes Worte überschlugen sich, als sie hilfesuchend einen Schritt auf die Männer zu machte. »Ich bin ... Ich bin verflucht, aber ich habe Maria nichts getan! Er war es, er selbst! Ich habe es in seinen Träumen gesehen!« Einige Männer fuhren zurück, bekreuzigten sich, und sie redete schneller, redete um ihr Leben. »Er ist ein Dämon, ein Mörder! Ich kann euch zu ihrem Grab bringen, wo er sie verscharrt hat wie Abfall. Ihr *kennt* mich! Ihr wisst, dass ich nie jemandem ein Leid zufügen würde.«

»Dämon.« Der Schlag des Jägers zwang sie zu Boden. »Hexe!«

Grete schmeckte Blut und Wind, als der Kreis der Männer sich um sie schloss. *Flieh!* Doch sie spürte Marias Blick.

»Ich bin eine Drud, aber er - er ist das Monster! Mich trifft keine Schuld an meinem Fluch! Ich bin keine Hexe!«

Der Pfarrer sah auf sie herab. Seine Lippen kräuselten sich in Abscheu, und der Anblick schnitt wie ein zweites Messer durch ihre Brust. Der Wind seufzte durch den Roggen. *Vergeblich.*

»Ich spreche die Wahrheit«, flüsterte sie mit tränenerstickter Stimme. »Ihr müsst mir helfen.«

Der Jäger trat vor. »Es sieht beinahe menschlich aus,

wenn es fleht«, sagte er. »Fallt nicht auf seine Lügen herein. Es hat Maria erstickt und diese Nacht versucht, auch mir die Seele aus dem Leib zu pressen. Wenn mein Wort euch nicht reicht, meine Klinge ist Beweis genug.«

»Bitte«, versuchte Grete es noch einmal.

Regen begann zu fallen. Hasserfüllte Blicke fielen auf das Messer in ihrer Brust, umsonst hob sie hilfesuchend die Hände.

»Ihr müsst mir glauben«, sagte sie heiser. »Er hat Maria getötet und sie im Feld verscharrt. Sie hat es mir selbst gesagt. Er träumt davon, er wird es wieder tun, sehnt sich danach. Ihr müsst mir glauben!«

Der Pfarrer begann zu beten, und die anderen fielen mit ein. Lauter und lauter schallten ihre Stimmen durch die Nacht und übertönten unbarmherzig Gretes Worte. Sie sprang auf. In Gedanken war sie Wind, war Rauch, war - Hände packten sie, brannten wie glühende Eisen auf ihrer Haut.

Sie wehrte sich. Verzweifelt wand sie sich im Griff des Dorfpfarrers, wurde Feder und Schlange, zischte und biss. Vergeblich.

Zu spät, raschelte der Roggen. *Zu spät.* Und unter der Erde erklang ein Seufzen, drang durch die schwere Herbstluft bis in Gretes Herz. *Zu langsam. Wieder zu langsam.*

Die Hände des geweihten Mannes hielten sie fest, als die Vaterunser auf sie einprasselten wie Schläge, und ihre Kräfte erstickten.

Vor dem schmalen Kerkerfenster türmten sich die Wolken,

das Gurgeln des Flusses klang drohend. Grete hatte keine Stimme mehr, hatte sich heiser geschrien, doch sie hatten ihr nicht zugehört, keiner von ihnen. Das Messer steckte immer noch in ihrer Brust, sie spürte die Klinge bei jedem Atemzug. Drudenkreuze umgaben sie, geweihtes Wasser tränkte ihre Fesseln. Sie vermochte nicht zu sagen, ob es ihr Fluch war oder die Erinnerung seiner Berührung, die sie den Anblick des Kreuzes an der Tür nicht ertragen ließ.

›Du könntest so viel mehr sein‹, wisperte es durch ihre Gedanken, doch ein höhnisches ›Zu spät, zu langsam‹ folgte den Worten. Denn sie konnte ihn nicht mehr erreichen. Die Gebete waren ein undurchdringlicher Wall zwischen ihnen.

Alles, was sie hatte, war die Erinnerung an ihn, seine Hände, seine Worte, die verlockend und giftig von spöttisch verzogenen Lippen fielen. Sie verwoben sich mit dem Hass in ihrem Blut, der knochentiefen Verzweiflung, die mit der Wut durch ihr Wesen tobte wie der Sturm draußen über den Himmel. Schwarz schien die Welt.

Ich will sie blutrot färben. Ihr Lachen hallte verloren durch den Kerker. *Ich bin verdorben.* Denn sie war es, rettungslos, schlecht bis ins Mark. *Hätte der Fluch der siebten Tochter mich nicht getroffen - ich wäre ihm trotzdem begegnet.*

Kein Gebet, keine Buße konnte sie je von ihren Taten reinwaschen, kein Rosenkranz diesen teuflischen Hunger nach Vergeltung tilgen oder die Sehnsucht nach ihm und ihren Begegnungen in der Dunkelheit, wo sie sein konnte, wer sie war, wild und frei.

Grete nahm kaum etwas wahr, die Augen tränenblind und der Körper fremd, als gehöre er nicht zu ihr. Doch in ihr war noch ein Funke, ein letztes Flackern von Licht.

Sie kennen mich. Sie haben Maria gefunden, sie werden

sehen, dass ich sie nicht getötet haben kann.

Sie mochten sie fürchten, doch das Dorf *kannte* sie. Hatte sie großgezogen, nachdem das Fieber ihre Schwestern und den Vater geholt hatte, hatte sie gesund gepflegt, beschützt ...

Sie kennen mich.

Und hatte man anderen Druden nicht geholfen, sich von dem Fluch zu befreien? Hatte nicht der Bauer im Nachbardorf sein bestes Pferd zum Totdrücken geopfert? Grete presste den Funken behütend an sich und hielt ihn dort bis zu dem Augenblick, an dem die Männer die Kerkertür öffnen und sie holen würden.

Die Menschen standen dichtgedrängt am kleinen Dorfplatz, die Hauben als Schutz vor dem scharfen Wind tief ins Gesicht gezogen. Grete hörte den Fluss rauschen, dessen Wellen beinahe über das Ufer schwappten, den verdorrten Feldern zum Spott. Die Morgendämmerung färbte den Himmel rot, doch alles, was Grete sah, war der Jäger, der neben dem Pfarrer stand und der Anklage lauschte, Hohn in seinen Augen.

»... mit Blitzen den Heuschober abgebrannt, Ernte vernichtet mit unheiligen Hagelstürmen und mit bösen Träumen die Seelen der Unschuldigen gequält. Mehr noch, unser Jäger hat sie gesehen, als sie Unzucht trieb mit dem Gehörnten selbst! Weiters hat sie ...«

Ihr Blick fand den des Jägers und hielt ihn fest.

Dachtest du wirklich, es endet anders?, schienen seine Augen sie zu fragen. *Ich bin ein Ehrenmann, eine Stütze des Dorfes. Niemand wird es wagen, Hand an mich zu legen.*

Sie ahnen die Wahrheit, gab Grete zurück. Sie konnte es sehen, in der Art, wie die Männer Abstand zu ihm hielten, in den Blicken, mit dem sie den Jäger streiften.

Vielleicht. Belustigung in den kalten Zügen. *Aber sie wissen auch, dass sie ohne mich hungern würden. Dich wird niemand vermissen. Grete, das Waisenkind. Die Hexe.*

»... und die grausame Ermordung der Magd Maria, der sie die Luft aus den Lungen presste, bis sie starb«, las der Pfarrer jetzt, und die Menge bewegte sich unruhig, als der Jäger kaum merklich den Kopf neigte, ein spöttischer Gruß. »Die Hexe ist geständig und soll nun die gerechte Strafe erfahren.«

Der Dorfplatz wurde schmal vor ihren Augen, sie sah nur das Feuer und die Hände, die es hielten. Sie hörte sich schreien, ihre Unschuld beteuern. Hörte sich nach ihrer Mutter rufen, die sie nie gekannt hatte, und im selben Atemzug nach ihm.

Gebete umrauschten sie, geschlagene Kreuze, und dann, einen Atemzug lang, wurde es ganz still. Alles, was Grete noch hörte, war das Rauschen des Wassers, und in der Ferne das Peitschen der Roggenähren im Wind.

Der Pfarrer sagte etwas, seine Worte hatten jeden Sinn für sie verloren. Grete dachte an ihre Mutter. An die Schwester, deren Geburt sie verdammt hatte. An den Roggen, zwischen dessen Halmen die tote Maria stand und wartete. Sie dachte an bleiche Finger, kalt wie der Tod und doch heiß auf ihrer Haut. Das Feuer, das sie umgab, leuchtete so rot wie seine Augen. Dann füllte die Hitze ihre Lunge und ihr Herz und ihr Schrei schlug mit den Flammen gegen einen teilnahmslosen Himmel.

Die Häuser des Dorfes standen dunkel und leer. Einzig die Kirche war hell erleuchtet, doch das unablässige Rauschen des Regens schluckte die verzweifelten Gebete.

Eine dunkle Gestalt schritt über den Dorfplatz, wo verkohlte Äste den Wolkenbergen als stumme Anklage entgegenragten. Regen war in großen Pfützen zusammengelaufen, doch das Wasser teilte sich vor der Erscheinung, als wage es nicht, sie zu berühren. Sie bückte sich nach dem Scheiterhaufen, dürre Finger griffen in die nasse Asche. Das Tosen des Flusses schwoll an, wütend, wie das Heulen eines Tiers, als die suchende Hand auf den kleinen Schädel stieß. Regentropfen perlten über das Gebein, während spitze Nägel Ruß von den zerbrechlichen Wangenknochen schabten.

›Nun, Grete?‹, murmelte es unter dem Tosen des Wassers. ›Was machen wir mit ihnen? Was ist es, das du willst?‹

Regen fiel und fiel, unerbittlich, doch der Fluss schien innezuhalten, mit der finsteren Gestalt auf das entscheidende Wort zu warten. In den Augenhöhlen des Schädels flackerte ein rotes Licht auf, glühte in der Nacht wie das längst erloschene Feuer. Sein Lachen gluckste mit dem Wasser durch die Finsternis.

›Ich dachte mir, dass du so etwas sagst.‹

Die Wellen glitten über das Ufer. Sie schwappten hungrig gegen die Kirchenstiegen wie Wölfe, die sich ihrer Beute sicher waren, als sich seine Braut aus der Asche erhob, ein Wirbel aus Knochen und Sturm und unauslöschlichem Zorn.

Die Autorin

Katrin Ils lebt und schreibt in Wien, wo sie sich ihre Wohnung mit Magiern, Antihelden und Avocadobäumen teilt. Ganz den österreichischen Autorenkonventionen folgend, schreibt sie besonders gerne im Kaffeehaus, wobei böse Zungen behaupten, dass das eher an ihrer Schwäche für Malakofftorte liegt. Man findet sie im Netz unter katrinils.com und auf Twitter, Instagram und Pinterest unter @katrinils

Glossar

In »Erntenacht« findest Du eine ganze Reihe von Aberglauben und Sagen entstammenden Gestalten. Die größte Gruppe unter ihnen bilden die Korndämonen. Zu ihnen gehört auch der Hafermann, der uns den Anstoß zu diesem Buchprojekt gegeben hat.
Unten geben Dir die Autor*innen zu den Figuren, welche sie zu ihren Geschichten inspiriert haben, jeweils eine kleine Beschreibung.
Zuvor jedoch ein paar allgemeine Worte – als Erstes zur breiten Varianz der Wesen in »Erntenacht« und dann über die Korndämonen.
Die zweitgrößte Figurengruppe dieser Anthologie bilden Sagenfiguren. Eine Sage, erklärt der Religionshistoriker und -philosoph Karl Beth, ist »eine Erzählung mit einem starken Einschlag von sonderbaren und über die sinnliche Wirklichkeit hinausweisenden Begebenheiten, die jedoch in der Regel ihren Geschehensboden und unmittelbaren Ansatzpunkt in der nahe liegenden Lebenswirklichkeit oder in der

Geschichte haben« (Beth VII, 871). In diese Gruppe fallen die Kölner Heinzelmännchen, der Bregenzer Klushund, die auf der dänischen Königin Margarete Sambiria basierende Schwarze Grete, der Schwerter Werwolf von Ergste und die Hagener Zwerge vom Goldberg.
Auch als Sagenfigur wird das Sennentuntschi bezeichnet, selbst wenn es sich nicht konkret örtlich fassen lässt, sondern im gesamten deutschsprachigen Alpenraum verbreitet ist. Dieses große Verbreitungs- und – sagen wir mal – Wirkungsgebiet hat diese Puppe mit allen der folgenden Figuren gemeinsam.
Bei ihnen handelt es sich um Dämonen- und Geisterfiguren aus dem Aberglauben. Sie entstammen also nicht dem Bereich des Religiösen (Hoffmann-Krayer, 66), können aber im weiteren Sinne als mythisch bezeichnet werden (Beth, VI 720).
Zwei der von uns genutzten Figuren sind Druckgeister, Wesen also, mit denen sich die Menschen das Druckgefühl in der Brust, wenn man aus Albträumen erwacht, erklärt haben. Die Drude und der Nachtalb zeigen eine Eigenschaft, auf welche wir bei den Korndämonen in extremer Weise stoßen: Sie sind eng miteinander verwandte, aber doch nicht identische Gestalten, die sich vermutlich aufgrund großer räumlicher Distanz aus einer gemeinsamen Quelle unterschiedlich entwickelt haben könnten. Schließlich bleiben noch der Nachtgieger, die einzige Figur aus dem Bereich des Aberglaubens, die keine Erwähnung im »Handwörterbuch des deutschen Aberglaubens« (1927–1942) gefunden hat, sowie die Fangga und der berühmte Rübezahl, bei denen es sich jeweils um Naturgeister handelt. Vom Bilwis bis zur Roggenmuhme, vom Butz bis zum

Getreidewolf – die übrigen mythischen Wesen in diesem Band sind allesamt Korndämonen. Diesen Begriff prägte Wilhelm Mannhardt in seinem Aufsatz »Die Korndämonen. Beitrag zur germanischen Sittenkunde« aus dem Jahre 1868. Volkskundler und Bibliothekar Mannhardt fand Sagen und Redensarten zu mit dem Getreide verbundenen Figuren in ganz Deutschland. Der österreichische Volkskundler Richard Beitl, der später für das »Handwörterbuch des deutschen Aberglaubens« den Beitrag zu »Korndämonen« schrieb, geht sogar davon aus, dass solche Geschichten »bei allen ackerbautreibenden Völkern der Erde« verbreitet waren (Beitl, 250).
Der Korndämon ist »ein mythisches Wesen, das sich als Fruchtbarkeitsgeist im Getreidefeld, seltener auch in anderen Anpflanzungen (Flachs, Hanf, Gras, Erbsen, Bohnen, Kartoffeln, Wein, Obst, Hopfen) zeitweise oder dauernd aufhält« (Beitl, 250). Anhand jener in der Feldforschung verwandten Fragen unterscheidet Mannhardt folgende verschiedene Arten:

- Korndämonen als Wind im Korn
- Korndämonen als Kinderschreck
- Korndämonen im Ernteschlussbrauch, die sich wiederum unterteilen in:

- männliche und weibliche Gestalten
- Kinder- und Tiergestalten
- Garbenpuppen und -opfer
- Korndämonen im Drescherbrauch

Wie man schon an dieser Auflistung erkennen kann, sind

Korndämonen vielgestaltig – und sie haben ebenso viele verschiedene Namen. Grund dafür ist die mündliche Weitergabe der Mythen von Generation zu Generation der bäuerlichen Bevölkerung. So konnten sich sowohl sehr unterschiedliche Vorstellungen und Bezeichnungen entwickeln als auch – obwohl das widersprüchlich erscheint – parallel im gesamten Untersuchungsbereich verbreiten.

Von Süddeutschland bis an die Grenze zum heutigen Litauen beschrieb man Wind, welcher die Kornfelder bewegt, beispielsweise mit einer männlichen Figur (Kornmannl, Schäfer, Teufel, Jäger) oder benutzte eine Redewendung wie »der Mann geht im Korn« (Beitl, 253). Zugleich waren tierische, weibliche und männliche Varianten der Korndämonen als Kinderschreck in denselben Gebieten verbreitet. Sehr ähnliche Figuren tragen in verschiedenen Gebieten auch unterschiedliche Namen: Kornmutter, Roggenmuhme, Zitzenweib, Tittenwief, Kornbaba oder Roggenmöhn sitzen alle im Korn und lauern dort Arglosen wie Kindern auf. Viele von ihnen haben Brüste oder Saugwarzen aus Eisen oder solche, die Gift und Teer absondern, mit welchem sie die Gefangenen zu Tode säugen. Ein Beispiel aus Ostpreußen: Die »schwarze Roggenmöhn sitzt drin, die gibt die schwarze Titten [sic!], da müsst ihr sterben« (Beitl, 267).
Verschiedene Mythen koexistierten also friedlich. Wenn Du Dich ausführlicher mit Korndämonen beschäftigen möchtest, sei Dir das »Handwörterbuch des deutschen Aberglaubens« mit seinem 66-spaltigen Artikel inklusive ausführlichen Karten empfohlen.

Ansonsten bieten das folgende kleine Glossar und natürlich unsere eigenen Geschichten jede Menge Variationen und Interpretationen nicht nur zum Hafermann.

– Claus R. Kullak

Literatur:

Beitl, Richard: »Korndämonen«, in: »Handwörterbuch des deutschen Aberglaubens«, hrsg. v. Bächtold-Stäubli, Hanns, Bd. 5, Berlin: 1933, Sp. 249–314.

Beth, Karl: »Mythologie und Mythus«, in: »Handwörterbuch des deutschen Aberglaubens«, hrsg. v. Bächtold-Stäubli, Hanns, Bd. 6, Berlin: 1934, Sp. 720–751.

Beth, Karl: »Sage«, in: »Handwörterbuch des deutschen Aberglaubens«, hrsg. v. Bächtold-Stäubli, Hanns, Bd. 7, Berlin: 1935, Sp. 871–889.

Hoffmann-Krayer, Eduard: »Aberglaube«, in: »Handwörterbuch des deutschen Aberglaubens«, hrsg. v. Bächtold-Stäubli, Hanns, Bd. 1, Berlin: 1927, Sp. 64–87.

Mannhardt, Wilhelm: »Die Korndämonen. Beitrag zur germanischen Sittenkunde«, Berlin: 1868.

Bilwis, der/die

Dieser männliche oder weibliche Korndämon streift während der Erntesaison durch die Felder, um Korn zu stehlen. Er gilt als Personifikation des Wirbelwindes, kann jedoch auch menschlichen Ursprungs sein. Ursprünglich ein Korngeist, der für eine reiche Ernte sorgte, wurde er mit der Einführung des christlichen Glaubens dämonisiert. Wem der Bilwis schaden will, dem verfilzt er Haar und Bart, verursacht Krankheiten und Albträume oder lähmt durch einen Schuss mit seinem magischen Pfeil.

Kommt vor in: »Wer Wind sät«, Nina C. Hasse

Butz, der

Der Butz ist eine in Mitteldeutschland und Schlesien verbreitete Variante des Kornmannes, der sich ganz ähnlich der Enungermutter im Getreide versteckt und Passanten in die Irre führt. Vom Butz gibt es viele Namensversionen, darunter den »Butzemann«, wie man ihn aus dem Kinderlied kennt. In der Steiermark ist Butz eine alternative Bezeichnung für den Tattermann.

Kommt vor in: »Die Saat des Zorns«, Claus R. Kullak

Drud, die

Als Winddämon oder verfluchte Frau bringt die Drud den Menschen in Süddeutschland und Österreich in der Nacht Albträume, indem sie ihnen auf die Brust sitzt. Daher spricht man auch vom Albdruck. Von ihrem Fluch erlöst werden kann sie nur, wenn ihr freiwillig etwas Geliebtes zum Totdrücken überlassen wird. Ein entfernter Verwandter der Drud ist der Nachtalb.

Kommt vor in: »Die siebte Tochter«, Katrin Ils

Enungermutter, die

Die Enungermutter ist eine im Hessischen verbreitete Variante der Kornmutter, welche im Untern, also von elf bis ein Uhr mittags, umgeht. Daher wird sie auch Einuhrmutter genannt. Sie zeichnet sich durch sonderbare Redensarten aus, welche sie ihren Opfern häufig unsichtbar aus dem Korn heraus zuruft. Sie möchte in die Irre führen.

Kommt vor in: »Die Saat des Zorns«, Claus R. Kullak

Fangga, die

Die Fangga, im Plural Fänggen, sind in Sagen aus Süddeutschland, Österreich und Südtirol zu finden. Sie werden unterschiedlich dargestellt: mal als Walddämonen, Feen oder Hexen. Es gibt männliche sowie weibliche Fänggen. Sie verfügen über das geheime Wissen der Pflanzen und deren Heilkräfte, die ihnen entlockt werden können, wenn man sie betrunken macht.

Kommt vor in: »Die drei«, Benjamin Spang

Getreidewolf, der

Er ist ein wolfsgestaltiger Kinderschreck, der sich in Feldern versteckt hält, und gehört zu den sogenannten Windgeistern. Wenn der Wind durch die Getreidefelder weht und die Ähren in Bewegung bringt, heißt es: »Der Wolf geht im Korn.« Sein Auftauchen soll (je nach Region) die Fruchtbarkeit des Feldes verringern oder mehren.

Kommt vor in: »Der Getreidewolf«, André Milewski

Hafermann, der

Dieser Korndämon ist ein Kinderschreck und unter vielen Namen anzutreffen: Kornmann, Roggenmann, Weizenalter, Kornvater oder Fruchtmann. Er trägt einen dunklen Hut und oftmals einen Stock, hat rote Augen und einen feurigen Mund. Sein Gesicht ist schwarz, daher wird er auch als »Schwarzer Mann« bezeichnet. Er wohnt in unterirdischen Höhlen. Zieht ein Gewitter auf, kommt er aufs Feld. Er entführt Kinder und nimmt sie mit. Erwähnt wurde er bereits von Jacob Grimm. Dort ist er ein Geist, welcher in die Fenster der Wohnungen hineinsieht. Wer ihn dabei anblickt, muss ein Jahr später sterben.

Kommt vor in: »Die Blutlese«, Bruno E. Thyke

Heinzelmännchen, das

Heinzelmännchen gehören der Gruppe der Kobolde und Wichtel an. Sie nehmen Menschen die Arbeit ab, während sie nachts schlafen. Bekannt sind sie für ihren Fleiß, Zipfelmützen und Bärte.

Kommt vor in: »Nichts wie raus aus Märchenstadt«, Thomas Williams

Klushund, der
Ein riesiger schwarzer Hund mit leuchtenden Augen, die groß wie Teller sind, und dessen Anblick Leid und Krankheit bringt, sucht die Gegend um Vorarlberg heim. Den Sagen nach war er einst ein Mensch, der zur Zeit des 30-jährigen Krieges lebte und in Folge eines verlorenen Kegelspiels die Stadt Bregenz an den schwedischen Feldmarschall Carl Gustaf Wrangel auslieferte. Dafür wurde er verflucht, ewig im Körper des Klushunds zu wandeln.
Kommt vor in: »In den Augen liegt der Abgrund«, Nora Bendzko

Kornmann, der
Der Kornmann ist eine ausgestaltete Variante des durchs Getreide wehenden Windes, welchen man in Hessen mit der Redensart beschrieb: »Der Mann geht im Korn.« Er ist in Bayern, Sachsen und Schlesien verbreitet. Dort sitzt er im Korn und wartet auf Kinder, welche er fangen, hineinziehen und mitnehmen kann. Nach unterschiedlichen Vorstellungen erwürgt oder enthauptet er sie. In der Sonderform des Hafermannes trägt er einen schwarzen Dreispitz und einen Krückenstab. Von seiner dunklen Kleidung leitet sich die Redensart vom »Schwarzen Mann« ab.
Kommt vor in: »Die Saat des Zorns«, Claus R. Kullak

Kornmutter, die
Meist taucht die Kornmutter zur Mittagszeit auf. Sie trägt schwarze Kleidung und einen großen Hut. Besonders auffällig sind ihre unglaublich großen Brüste, die so lang sind, dass sie auf dem Boden schleifen. Damit sie sich trotzdem schnell bewegen kann, wirft sie ihre Brüste beim Laufen über die Schultern nach hinten. Ihre Wohnstatt hat

sie in einigen Getreideähren, die bei jeder Ernte stehen gelassen werden. Neben der Aufgabe als Kinderschreck soll die Kornmutter auch für eine gute Ernte im folgenden Jahr sorgen.
Kommt vor in: »Eine Handvoll Ähren«, Karin Jacob

Nachtalb, der
Der Nachtalb, früher auch Nachtmahr genannt, ist ein kleines, dunkles Wesen, das Menschen in Mittel- und Norddeutschland in der Nacht heimsucht. Seine süddeutsche und österreichische Verwandte ist die Drud. Indem er sich ihnen auf die Brust setzt, sorgt er für Albträume, Ängste und Atemnot. Es ist ein wandelbares Wesen, welches sich durch Ritzen und Schlüssellöcher zwängen kann, meist aber als kurzhaarig, mit Ziegenhufen und tierähnlichem Kopf beschrieben wird.
Kommt vor in: »Nachtalb«, Andreas Hagemann

Nachtgieger, der
»Schau das'd ham kummsd, sunsd hould di fei der Nachdgicher« - mit diesen Worten warnen die Menschen in Franken vor dem Nachtgieger, einer grässlichen, schwarzen Gestalt, die nachts umherstreift und bevorzugt unartige Kinder jagt. Niemand vermag ihr Aussehen zu beschreiben, aber oft ist die Rede von Flügeln und einem scharfen Schnabel (gieger = fränk. »Hahn«). In anderen Gegenden Süddeutschlands und Österreichs wird er auch Nachtkrabb oder Nachtrapp genannt.
Kommt vor in: »Nur der Wind weiß es«, Elea Brandt

Roggenmuhme, die

Die Roggenmuhme ist ein weiblicher Korndämon, der bevorzugt kleine Kinder, die sich in ein Roggenfeld wagen, in unterirdische Höhlen verschleppt. Sie ist eine Gestaltwandlerin, kann mit ihren Fingern Feuer entfachen und erschlägt mit ihren riesigen Brüsten ihre Opfer.
Kommt vor in: »Die Roggenmuhme«, Stefanie Fahlteich

Rübezahl, der

Er ist der Berggeist des Riesengebirges. Der launische Geselle kann mal freundlich und hilfsbereit, mal bösartig und gemein auftreten. Meistens hängt dies davon ab, wie man ihm selbst begegnet oder allgemein auftritt – frei nach dem Motto: »Jeder bekommt das, was er verdient!« Er kann die verschiedensten Formen annehmen: als Mönch, Handwerker, Reisender, Tier, Pflanze oder Stein - er ist so wandelbar! Erste Erwähnungen finden sich ab dem 16. Jahrhundert.
Kommt vor in: »Rübezahl vs. Enrico, Mandy und Klaus«, Ben Lesser

Schwarze Grete, die

Magarete Sambiria (um 1230–1282) war Tochter des Herzogs von Mecklenburg und im 13. Jahrhundert Königin von Dänemark. In die Geschichte der historischen Gestalt vermischten sich Legenden über weise Frauen und die slawische Göttin des Meeres, sodass sie zur Schwarzen Grete wurde. Berühmt war lange Zeit ihr Fisch aus Gold im Schloss Gottorf.
Kommt vor in: »Goldfisch«, Wolfgang Lamar

Sennentuntschi, das
Man erzählt es sich in weiten Teilen des deutschsprachigen Alpenraums: Drei Hirten, welche den Sommer auf einer hochgelegenen Almhütte verbringen müssen, basteln aus Langeweile eine weibliche Puppe aus Stroh. Sie erledigt die Arbeiten, und die Hirten verkehren mit ihr. Als der Almabtrieb vor der Tür steht, verlangt das Sennentuntschi seinen Lohn: einen der Männer. Die Strohpuppe häutet ihn und breitet seine Haut auf dem Dach der Hütte aus.
Kommt vor in: »Luis«, Constanze Scheib

Tattermann, der
Der steierische Tattermann wird im »Handwörterbuch des deutschen Aberglaubens« nicht in Zusammenhang mit Korndämonen genannt, wenngleich er in manchen Landstrichen wie die Kornmutter als Gestalt mit eisernen Brüsten beschrieben wird. In der Steiermark sind Tattermann oder -puppe Stroh- oder Garbenpuppen. Gelegentlich tritt der Begriff in der Steiermark synonym zum Butz für ein Gespenst auf. Vogelscheuchen werden vielfach so bezeichnet.
Kommt vor in: »Die Saat des Zorns«, Claus R. Kullak

Werwolf von Ergste, der
Der Werwolf von Ergste ist ein böser Zauberer, der sich nicht nur in einen Wolf, sondern in vielerlei Tiergestalten verwandelt. Er tötet Menschen und Vieh, ohne dass man ihm etwas anhaben kann. Lediglich ein Kind, das ein Stück Stahl wirft und es schneller wieder aufhebt als der Wolf, kann ihn in seine Menschengestalt zurückzwingen. Man

hört ihn noch heute jede Nacht winseln und jammern abseits des Kirchenhofs, an dem seine Asche begraben liegt.
Kommt vor in: »Der Hexenmeister«, Loki Feilon

Zwerg vom Goldberg, der
Unter dem Goldberg in Hagen, am Rande des Ruhrgebiets, lebten Zwerge, die dort Gold und Silber abbauten. Bei Dunkelheit halfen sie den Schmieden, die am Berg lebten, Schwerter und Werkzeuge zu schmieden. Doch die Menschen wurden gierig und entführten einen Zwerg: sein Leben gegen das Gold unter dem Berg. Der gefangene Zwerg führte die Menschen in die Höhle der Zwerge und ließ diese dann einstürzen. Danach wurden die Zwerge nie wiedergesehen.
Kommt vor in: »Abgebrochene Riesen«, Stefan Barth